STS

山田社

STS

山田社

日本語 基本 2000 單字

西村惠子
山田玲奈
林勝田 ◎合著

生活、旅遊、交友用這本就夠啦！

附贈
朗讀 QR Code

山田社

學習不等人！
現在就行動起來，即刻升級自我！
超值精選日本人生活必備的 2000 個單字！
從白天到晚上，無論您是到處遊覽、享受美食，或是在家閒聊，
這些單字都是您的最佳助手！

　　2000 個精選日語單字，從日常生活到旅遊探險，從閒聊到工作溝通，應有盡有！每個動詞單字都附有ます形、ない形、た形等變化形態，協助您熟悉動詞變化，並以情境例句和可愛插圖加強學習趣味。透過本書，您的日語能力將躍升到更高的層次：

☆ 透過本書，您的日語將提升到另一個境界：

◎：成為旅遊達人，輕鬆掌握路上遇到的單字，不再擔心迷路！
🖥：即時掌握第一手日本資訊，了解潮流動向，不再落後！跟日本人聊流暢地與日本人交流，信手拈來正確的日語單字！
📱：毫不費力地理解商品說明，讓您的購物之旅事半功倍！
👆：精通日語動詞基礎變化，大幅提升日文水準，連日本人都會稱讚您「好棒」！

　　不要苦思冥想！一頁一天，掌握一個全新單字，打勾勾當作回饋，讓系統化學習的效率輕鬆帶您前進。善用零散時間，漸進提升單字量，讓您於日本旅行、留學、生活時，輕鬆面對語言障礙！

　　每個單字附帶最貼近日本生活情境的例句，與單字一起學習，遇到相關場景時，腦海即刻喚起「單字→情境例句」的連結，讓您的日語自然又直觀！

　　不僅讓您掌握日語技巧，更增強您的自信心。無論是在日本旅遊、留學或生活中，您都能輕鬆應對各種溝通情境，煥發出您的日語魅力！

本書特色：

▶ 最經典日本人生活常用單字 2000 字，滿足所有生活場景！

本書濃縮最經典的生活單字，一本在手，就能應付生活中大部份的場景，再加上情境例句和可愛插圖的加持，學習單字就跟看漫畫一樣逗趣！擺脫單字就是要死背硬記的魔咒！書中特別幫您規劃學習方格，方便您記錄您的學習進度，一天學一頁，透過系統性的規劃，輕鬆學習單字的同時，不知不覺就能有大大的進步！

追蹤學習進度，大大的成就感！

學過一次，就打一個勾吧！

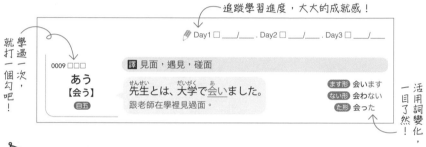

🖋 Day1 □ ＿＿/＿＿ . Day2 □ ＿＿/＿＿ . Day3 □ ＿＿/＿＿

0009 □□□
あう
【会う】
自五

譯 見面，遇見，碰面

<ruby>先生<rt>せんせい</rt></ruby>とは、<ruby>大学<rt>だいがく</rt></ruby>で<ruby>会<rt>あ</rt></ruby>いました。
跟老師在學裡見過面。

ます形 会います
ない形 会わない
た形 会った

活用詞變化，一目了然！

▶ 跟著專業日籍老師，熟悉道地的發音，說出標準日語也不是問題！

搭配日籍專業教師配音，在閱讀單字的同時一起跟著老師讀，這就是最有效率的跟讀法，幫助您不只在腦中理解單字的字義、使用時機，還一同訓練您説日語的肌肉記憶，遇到突發狀況，一句日語就能自然而然蹦出來，輕輕鬆鬆跟日本人哈拉抬槓也都不是問題了啦！

▶ 臨時想不起來的那個單字是什麼意思！ 50 音順排序，讓您隨手一翻都找得到！

本書採用 50 音順排序法，在學習的時候除了是實用又有趣的單字書外，學習完這些單字過後就搖身一變，變成隨時都可以查找的應急萬用辭典！ 絕對是您在學習日語途中最強大、也是陪伴您最久的好幫手！

日語老師專業配音，熟悉道地的發音！

想查就查！50音順排序，

あ い う え お

動詞「た形」變化跟「て形」一樣。
如：買う→買った、買って

○ T01

0001 □□□
あ
感

譯（表示驚訝等）啊，唉呀；哦

<u>あ</u>、あなたも<ruby>学生<rt>がくせい</rt></ruby>ですか。
啊！你也是學生嗎？

目録 もくじ

怎麼看活用詞變化？

日語中的動詞、形容詞（形容動詞），會因接續、時態的不同，而改變外形，因為有變化、很靈活，所以又稱活用詞。書中將介紹「丁寧形、ます形、ない形、た形」的變化形。

形容詞・形容動詞：

丁寧形 **明るいです** ← 形容詞・形容動詞詞尾加上です，是肯定、禮貌的表現，相當於「是（很）…」。

ない形 **明るくない** ← ない形表示「否定」。相當於「不…」。

た形 **明るかった** ← た形表示「過去式」。相當於「…了」。

動詞：

（常見的又分：自上一、自下一、他上一、他下一、自サ、他サ、自五、他五…等類型。）

ます形 **上がります** ← 動詞詞尾加上ます，是肯定、禮貌的表現，相當於「要（會）…」。

ない形 **上がらない** ← ない形表示「否定」。相當於「不…」。

た形 **上がった** ← た形表示「過去式」。相當於「…了」。

品詞略語

呈現	詞性	呈現	詞性	呈現	詞性
名	名詞	副	副詞	形	形容詞
副助	副助詞	形動	形容動詞	終助	終助詞
連體	連體詞	接助	接續助詞	自	自動詞
接續	接續詞	他	他動詞	接頭	接頭詞
四	四段活用	接尾	接尾語	五	五段活用
造語	造語成分（新創詞語）	上一	上一段活用	漢造	漢語造語成分（和製漢語）
上二	上二段活用	連語	連語	下一	下一段活用
感	感動詞	下二	下二段活用	慣	慣用語
サ・サ變	サ行變格活用	寒暄	寒暄用語	變	變格活用

動詞「た形」變化跟「て形」一樣。
如：買う→買った、買って

● T01

0001 □□□
あ
(感)

訳（表示驚訝等）啊，唉呀；哦

<u>あ</u>、あなたも学生ですか。
啊！你也是學生嗎？

0002 □□□
ああ
(副)

訳 那樣，那麼

私があの時<u>ああ</u>言ったのは、よくなかったです。
我當時那樣説並不恰當。

0003 □□□
あい
【愛】
(名・漢造)

訳 愛，愛情；友情，恩情；愛好，熱愛；喜歡

<u>愛</u>を注ぐ。
傾注愛情。

0004 □□□
あいさつ
【挨拶】
(名・自サ)

訳 寒暄；致詞；拜訪

アメリカでは、こう握手して<u>挨拶します</u>。
在美國都像這樣握手寒暄。

ます形 挨拶します
ない形 挨拶しない
た形 挨拶した

0005 □□□
あいず
【合図】
(名・自サ)

訳 信號，暗號

あの煙は、仲間からの<u>合図</u>に違いない。
那道煙霧，一定是同伴給我們的暗號。

ます形 合図します
ない形 合図しない
た形 合図した

0006 □□□
あいする
【愛する】
(他サ)

訳 愛，愛慕；喜愛，有愛情，疼愛，愛護；喜好

<u>愛する</u>人に手紙を書いた。
我寫了封信給我所愛的人。

ます形 愛します
ない形 愛さない
た形 愛した

0007 □□□
あいだ
【間】
(名)

訳 中間；期間；之間

10年もの<u>間</u>、連絡がなかった。
長達10年的時間沒有聯絡了。

0008 □□□
あいて
【相手】
(名)

訳 夥伴，共事者；對方，敵手；對象

商売は、<u>相手</u>があればこそ成り立つものです。
所謂的生意，就是要有交易對象才得以成立。

✏ Day1 □ ___/___ . Day2 □ ___/___ . Day3 □ ___/___

0009 □□□
あう
【会う】
自五

譯 見面，遇見，碰面

せんせい
先生とは、大学で会いました。
跟老師在學裡見過面。

ます形 会います
ない形 会わない
た形 会った

0010 □□□
あう
【合う】
自五

譯 適合；一致；正確

じかん
時間が合えば、会いたいです。
如果時間允許，希望能見一面。

ます形 合います
ない形 合わない
た形 合った

0011 □□□
あおい
【青い】
形

譯 藍色的；綠的

あお はこ あか はこ
青い箱か赤い箱に、プレゼントが入っています。
藍色盒子或紅色盒子裡裝了禮物。

丁寧形 青いです
ない形 青くない
た形 青かった

0012 □□□
あかい
【赤い】
形

譯 紅色的

こ は ねんじゅうあか
この木の葉は、1年中赤いです。
這葉子，一整年都是紅的。

丁寧形 赤いです
ない形 赤くない
た形 赤かった

0013 □□□
あかちゃん
【赤ちゃん】
名

譯 嬰兒

あか な
赤ちゃんは、泣いてばかりいます。
嬰兒一直在哭。

0014 □□□
あかり
【明かり】
名

譯 燈，燈火；光，光亮；消除嫌疑的證據

あ おも むすこ さき かえ
明かりがついていると思ったら、息子が先に帰っていた。
我還在想燈怎麼是開著的，原來是兒子先回到家了。

0015 □□□
あがる
【上がる】
自五

譯 上昇；昇高；上升

やさい ねだん あ
野菜の値段が上がるようだ。
青菜的價格好像要上漲了。

ます形 上がります
ない形 上がらない
た形 上がった

0016 □□□
あかるい
【明るい】
形

譯 明亮，光明的；鮮明，亮色；快活，爽朗

でんき へや あか
電気をつけて、部屋が明るくなった。
打開電燈後，房間變亮了。

丁寧形 明るいです
ない形 明るくない
た形 明るかった

動詞「た形」變化跟「て形」一樣。
如：買う→買った、買って

分 秒
● T01- 01:58

0017 □□□
あかんぼう
【赤ん坊】
（名）

譯 嬰兒

赤ん坊が歩こうとしている。
嬰兒在學走路。

0018 □□□
あき
【秋】
（名）

譯 秋天

秋になったら、旅行をしたいです。
等到了秋天，想去旅行。

0019 □□□
あきらめる
【諦める】
（他下一）

譯 死心，放棄；想開

彼は、諦めたかのように下を向いた。
他有如死心般地，低下了頭。

ます形 諦めます
ない形 諦めない
た形 諦めた

0020 □□□
あきる
【飽きる】
（自上一）

譯 夠，滿足；厭煩，煩膩

この映画を3回見て、飽きるどころかもっと見たくなった。
我這部電影看了三次，不僅不會看膩，反而更想看了。

ます形 飽きます
ない形 飽きない
た形 飽きた

0021 □□□
あく
【開く】
（自五）

譯 打開，開（著）；開業

ドアが開いている。
門開著。

ます形 開きます
ない形 開かない
た形 開いた

0022 □□□
あく
【空く】
（自五）

譯 空隙；閒著；有空

席が空いたら、坐ってください。
如空出座位來，請坐下。

ます形 空きます
ない形 空かない
た形 空いた

0023 □□□
あくしゅ
【握手】
（名・自サ）

譯 握手；和解；合作

会談の始まりに際して、両国の首相が握手した。
會談開始的時候，兩國首相握了手。

ます形 握手します
ない形 握手しない
た形 握手した

0024 □□□
アクセント
【accent】
（名）

譯 重音；重點，強調之點；語調

アクセントからして、彼女は大阪人のようだ。
聽口音，她應該是大阪人。

0025 □□□

あける
【開ける】
(他下一)

譯 打開；開始

● T02

ドアを開けます。

把門打開。

ます形 開けます
ない形 開けない
た形 開けた

0026 □□□

あげる
【上げる】
(他下一)

譯 舉起；逮捕

私が手を上げたとき、彼も手を上げた。

當我舉起手時，他也舉起了手。

ます形 上げます
ない形 上げない
た形 上げた

0027 □□□

あげる
(他下一)

譯 給；送

ほしいなら、あげますよ。

如果想要，就送你。

ます形 あげます
ない形 あげない
た形 あげた

0028 □□□

あさ
【朝】
(名)

譯 早上，早晨

朝起きて、新聞を読みます。

早上起床後看報紙。

0029 □□□

あさい
【浅い】
(形)

譯 （水等）淺的；（顏色）淡的；（程度）膚淺的

子供用のプールは浅いです。

孩童用的游泳池很淺。

丁寧形 浅いです
ない形 浅くない
た形 浅かった

0030 □□□

あさごはん
【朝ご飯】
(名)

譯 早餐

朝ご飯を食べました。

吃過早餐了。

0031 □□□

あさって
【明後日】
(名)

譯 後天

郵便局へは、明後日行きます。

後天去郵局。

0032 □□□

あさねぼう
【朝寝坊】
(名・自サ)

譯 賴床；愛賴床的人

うちの息子は、朝寝坊をしたがる。

我兒子老愛賴床。

ます形 朝寝坊します
ない形 朝寝坊しない
た形 朝寝坊した

動詞「た形」變化跟「て形」一樣。
如：買う→買った、買って

● T02- 00:54

0033 □□□
あし
【足】
名

譯 腿；腳；（器物的）腿；走，移動

たくさん歩いて、足を丈夫にします。
多走路讓腳變得更強壯。

0034 □□□
あじ
【味】
名

譯 味道；妙處

彼によると、このお菓子はオレンジの味がするそうだ。
聽他說這糕點有柳橙味。

0035 □□□
あした
【明日】
名

譯 明天

今日も明日も仕事です。
今天和明天都要工作。

今日
明日

0036 □□□
あす
【明日】
名

譯 明天（較文言）

今日忙しいなら、明日でもいいですよ。
如果今天很忙，那明天也可以喔！

0037 □□□
あずかる
【預かる】
他五

譯 收存，（代人）保管；負責處理；保留

金を預かる。
保管錢。

ます形 預かります
ない形 預からない
た形 預かった

0038 □□□
あずける
【預ける】
他下一

譯 寄放，存放；委託

あんな銀行に、お金を預けるものか。
我絕不把錢存到那種銀行！

ます形 預けます
ない形 預けない
た形 預けた

0039 □□□
あせ
【汗】
名

譯 汗

テニスにしろ、サッカーにしろ、汗をかくスポーツは爽快だ。
不論是網球或足球都好，只要是會流汗的運動，都令人神清氣爽。

0040 □□□
あそこ
代

譯 那邊

あそこのプールは、広くてきれいです。
那邊的游泳池又寬敞又乾淨。

0041 □□□
あそび
【遊び】
（名）

> 譯 遊玩，玩耍；間隙

勉強より、遊びのほうが楽しいです。
玩樂比讀書有趣。

0042 □□□
あそぶ
【遊ぶ】
（自五）

> 譯 遊玩；遊覽，消遣；閒置

六本木ヒルズというところで遊びました。
在一個叫六本木山丘的地方玩。

ます形 遊びます
ない形 遊ばない
た形 遊んだ

0043 □□□
あたえる
【与える】
（他下一）

> 譯 給與，供給；授與；使蒙受；分配

子どもにたくさんお金を与えるものでは
ない。
不該給小孩太多錢。

ます形 与えます
ない形 与えない
た形 与えた

0044 □□□
あたたかい
【暖かい】
（形）

> 譯 溫暖的，溫和的；和睦的，親切的；充裕的

タイという国は、暖かいですか。
泰國那個國家很暖和嗎？

丁寧形 暖かいです
ない形 暖かくない
た形 暖かかった

0045 □□□
あたためる
【暖める】
（他下一）

> 譯 使溫暖；重溫，恢復；擱置不發表

ストーブで部屋を暖めよう。
開暖爐暖暖房間吧！

ます形 暖めます
ない形 暖めない
た形 暖めた

0046 □□□
あたま
【頭】
（名）

> 譯 頭；（物體的上部）頂；頭髮；頭目，首領

頭が痛いわ。
頭好痛哦。

0047 □□□
あたらしい
【新しい】
（形）

> 譯 新的；新鮮的；時髦的

あれは、新しい建物です。
那是新的建築物。

丁寧形 新しいです
ない形 新しくない
た形 新しかった

0048 □□□
あたり
【辺（り）】
（名・造語）

> 譯 附近，一帶；之類

この辺りからあの辺りにかけて、畑が多いです。
從這邊到那邊，有許多田地。

動詞「た形」變化跟「て形」一樣。
如：買う→買った、買って

0049 □□□

あたりまえ
【当たり前】
（名）

> 譯 當然，應然；平常

新しい商品を販売する上は、商品知識を勉強するのは<u>当たり前</u>です。

既然要販售新產品，當然就要好好學習產品相關知識。

0050 □□□

あたる
【当（た）る】
（自五・他五）

> 譯 碰撞；擊中；合適；太陽照射；取暖，吹（風）　　● T03

この花は、屋内屋外を問わず、日の<u>当たる</u>ところに置いてください。

不論是屋內或屋外都可以，請把這花放在太陽照得到的地方。

ます形 当たります
ない形 当たらない
た形 当たった

0051 □□□

あちら
（代）

> 譯 那裡；那位

<u>あちら</u>は、小林さんという方です。

那位是小林先生。

0052 □□□

あつい
【厚い】
（形）

> 譯 厚；（感情、友情）深厚，優厚

ケーキを<u>厚く</u>切らないでください。

請別把蛋糕切得太厚。

丁寧形 厚いです
ない形 厚くない
た形 厚かった

0053 □□□

あつい
【暑い】
（形）

> 譯 （天氣）熱，炎熱

<u>暑い</u>か寒いか、わかりません。

不知道是熱是冷。

丁寧形 暑いです
ない形 暑くない
た形 暑かった

0054 □□□

あつい
【熱い】
（形）

> 譯 （溫度）熱的，燙的；熱心

<u>熱い</u>から、気をつけてください。

很燙的，請小心。

丁寧形 熱いです
ない形 熱くない
た形 熱かった

0055 □□□

あつかう
【扱う】
（他五）

> 譯 操作，使用；對待，待遇；調停，仲裁

この商品を<u>扱う</u>に際しては、十分気をつけてください。

使用這個商品時，請特別小心。

ます形 扱います
ない形 扱わない
た形 扱った

0056 □□□
あつまる
【集まる】
(自五)

譯 聚集，集合；集中

パーティーに、1000人も集まりました。

多達 1000 人來參加派對。

ます形 集まります
ない形 集まらない
た形 集まった

0057 □□□
あつめる
【集める】
(他下一)

譯 集合；收集

生徒たちを、教室に集めなさい。

叫學生到教室集合。

ます形 集めます
ない形 集めない
た形 集めた

0058 □□□
あてる
【当てる】
(他下一)

譯 碰撞，接觸；命中；猜，預測；對著，朝向

僕の年が当てられるものなら、当ててみろよ。

你要能猜中我的年齡，你就猜看看啊！

ます形 当てます
ない形 当てない
た形 当てた

0059 □□□
あと
【後】
(名)

譯 （時間）以後；（地點）後面；（距現在）以前；（次序）之後

後で教えてくださいませんか。

能不能待會兒教我？

0060 □□□
あなた
(代)

譯 （對長輩或平輩尊稱）你，您；（妻子叫先生）老公

あなたは、どなたに英語を習いましたか。

你英語是跟哪位學的？

0061 □□□
あに
【兄】
(名)

譯 哥哥，家兄；大伯子，大舅子，姐夫

兄は、映画が好きです。

哥哥喜歡看電影。

0062 □□□
あね
【姉】
(名)

譯 姊姊，家姊；嫂子，大姑子，大姨子

姉は、目が大きいです。

姊姊的眼睛很大。

0063 □□□
あの
(連體)

譯 （表第三人稱，離說話雙方都距離遠的）那裡，哪個，哪位

この店でも、あの店でも売っています。

這家店和那家店都有在賣。

あ　い　う　え　お

動詞「た形」變化跟「て形」一樣。
如：買う→買った、買って

分　秒
● T03- 01:40

0064 □□□

あのう
（感）

> 譯 喂；嗯（招呼人時，躊躇或不能馬上說出下文時）

<u>あのう</u>、この<ruby>道<rt>みち</rt></ruby>をまっすぐ<ruby>行<rt>い</rt></ruby>くと、<ruby>駅<rt>えき</rt></ruby>ですか。

請問一下，沿著這條路直走，就可以到車站嗎？

0065 □□□

アパート
（名）

> 譯 公寓

<ruby>先生<rt>せんせい</rt></ruby>の<u>アパート</u>はあれです。

老師住的公寓是那一間。

0066 □□□

あびる
【浴びる】
（他上一）

> 譯 淋、浴，澆；照，曬；遭受，蒙受

<ruby>冷<rt>つめ</rt></ruby>たい<ruby>水<rt>みず</rt></ruby>を<u><ruby>浴<rt>あ</rt></ruby>びて</u>、<ruby>風邪<rt>かぜ</rt></ruby>を<ruby>引<rt>ひ</rt></ruby>いた。

洗冷水澡結果感冒了。

ます形 浴びます
ない形 浴びない
た形 浴びた

0067 □□□

あぶない
【危ない】
（形）

> 譯 危險，不安全；（形勢、病情等）危急

あっちは<u><ruby>危<rt>あぶ</rt></ruby>ない</u>から、<ruby>気<rt>き</rt></ruby>をつけて。

那裡很危險，小心一點。

丁寧形 危ないです
ない形 危なくない
た形 危なかった

0068 □□□

あぶら
【脂】
（名）

> 譯 脂肪，油脂；（喻）活動力，幹勁

こんな<ruby>目<rt>め</rt></ruby>に<ruby>遭<rt>あ</rt></ruby>っては、<ruby>恐<rt>おそ</rt></ruby>ろしくて<ruby>脂<rt>あぶら</rt></ruby><ruby>汗<rt>あせ</rt></ruby>が<ruby>出<rt>で</rt></ruby>るというものだ。

遇到這麼慘的事，我大概會嚇得直流汗吧！

0069 □□□

あまい
【甘い】
（形）

> 譯 甜的；甜蜜的；（口味）淡的

これは、<u><ruby>甘<rt>あま</rt></ruby>い</u>お<ruby>菓子<rt>かし</rt></ruby>です。

這是甜的糕點。

丁寧形 甘いです
ない形 甘くない
た形 甘かった

0070 □□□

あまり
（副・名）

> 譯 （後接否定）不太…，不怎麼…；太，過份；剩餘，剩下

パンは、<u>あまり</u><ruby>食<rt>た</rt></ruby>べません。

我很少吃麵包。

0071 □□□

あまる
【余る】
（自五）

> 譯 剩餘；超過，過分，承擔不了

<ruby>時間<rt>じかん</rt></ruby>が<ruby>余<rt>あま</rt></ruby>りぎみだったので、<ruby>喫茶店<rt>きっさてん</rt></ruby>に<ruby>行<rt>い</rt></ruby>った。

看來還有時間，所以去了咖啡廳。

ます形 余ります
ない形 余らない
た形 余った

0072 ☐☐☐
あやまる
【謝る】
（自五）

譯 道歉，謝罪

そんなに謝らなくてもいいですよ。
不必道歉到那種地步。

ます形 謝ります
ない形 謝らない
た形 謝った

0073 ☐☐☐
あらう
【洗う】
（他五）

譯 沖洗，清洗；(徹底)調查，查(清)

石鹸で洗いました。
用香皂洗過了。

ます形 洗います
ない形 洗わない
た形 洗った

0074 ☐☐☐
あらそう
【争う】
（他五）

譯 爭奪；爭辯；對抗，競爭

裁判で争う際には、法律をしっかり勉強
しなければならない。
遇到訴訟糾紛時，得徹底把法律學好才行。

ます形 争います
ない形 争わない
た形 争った

0075 ☐☐☐
あらためる
【改める】
（他下一）

譯 改正，修正，革新；檢查　　🔊 **T04**

酒で失敗して以来、私は行動を改めるこ
とにした。
自從飲酒誤事後，我就決定要改進自己的行為。

ます形 改めます
ない形 改めない
た形 改めた

0076 ☐☐☐
あらゆる
【有らゆる】
（連體）

譯 一切，所有

資料を分析するのみならず、あらゆる角度から検討すべきだ。
不單只是分析資料，也必須從各個角度去探討才行。

0077 ☐☐☐
あらわす
【表す】
（他五）

譯 表現出，表達；象徵，代表

この複雑な気持ちは、表しようがない。
我這複雜的心情，實在無法表現出來。

ます形 表します
ない形 表さない
た形 表した

0078 ☐☐☐
あらわれる
【現れる】
（自下一）

譯 出現，呈現，顯露

意外な人が突然現れた。
突然出現了一位意想不到的人。

ます形 現れます
ない形 現れない
た形 現れた

0079 ☐☐☐
ありがたい
【有り難い】
（形）

譯 難得，少有；值得感謝，感激，值得慶幸

手伝ってくれるとは、なんとありがたいことか。
你願意幫忙，是多麼令我感激啊！

丁寧形 有り難いです
ない形 有り難くない
た形 有り難かった

あ い う え お

動詞「た形」變化跟「て形」一樣。
如：買う→買った、買って

● T04- 00:46 分秒

0080 □□□
ありがとう
（寒暄）

> **譯** 謝謝，太感謝了

> 何から何まで、ありがとう。
> 謝謝多方照顧。

0081 □□□
ある
（自五）

> **譯** 有，存在；持有，具有；舉行，辦理

> 鉛筆はありますが、ペンはありません。
> 有鉛筆但沒原子筆。

ます形 あります
ない形 ない
た形 あった

0082 □□□
ある
【或る】
（連體）

> **譯**（動詞「あり」的連體形轉變，表示不明確、不肯定）某，有

> ある意味ではそれは正しい。
> 就某意義而言，那是對的。

0083 □□□
あるいは
【或いは】
（接・副）

> **譯** 或者，或是，也許；有的，有時

> ペンか、あるいは鉛筆を持ってきてください。
> 請帶筆或鉛筆過來。

0084 □□□
あるく
【歩く】
（自五）

> **譯** 走路，步行；到處

> 道を歩きます。
> 走在路上。

ます形 歩きます
ない形 歩かない
た形 歩いた

0085 □□□
アルバイト
【(德) Arbeit】
（名・自サ）

> **譯** 打工，副業

> アルバイトばかりしていないで、勉強もしなさい。
> 別光打工，也要唸書啊！

0086 □□□
あれ
（代）

> **譯**（表事物、時間、人等第三稱）那，那個；那時；那裡

> これはあれとは違います。
> 這個跟那個是不一樣的。

0087 □□□
あれっ
（感）

> **譯**（驚訝、恐怖、出乎意料等場合發出的聲音）呀！唉呀！

> あれっ、何の音だ。
> 唉呀！那是什麼聲音啊？

0088 □□□
あわせる
【合わせる】
他下一

譯 合併；核對，對照；加在一起，混合；配合，調合

みんなで力を合わせたとしても、彼に勝つことはできない。
就算大家聯手，也沒辦法贏過他。

ます形 合わせます
ない形 合わせない
た形 合わせた

0089 □□□
あわてる
【慌てる】
自下一

譯 驚慌，急急忙忙，勿忙，不穩定

突然質問されて、さすがに慌てた。
突然被這麼一問，到底還是慌了一下。

ます形 慌てます
ない形 慌てない
た形 慌てた

0090 □□□
あんがい
【案外】
副・形動

譯 意想不到，出乎意外

難しいと思ったら、案外易しかった。
原以為很難，結果卻簡單得叫人意外。

丁寧形 案外です
ない形 案外ではない
た形 案外だった

0091 □□□
あんしん
【安心】
名・自サ

譯 安心，放心

大丈夫だから、安心しなさい。
沒事的，放心好了。

ます形 安心します
ない形 安心しない
た形 安心した

0092 □□□
あんぜん
【安全】
名・形動

譯 安全

安全な使いかたをしなければなりません。
使用時必須注意安全。

丁寧形 安全です
ない形 安全ではない
た形 安全だった

0093 □□□
あんな
連體

譯 那樣的；那樣地

私だったら、あんなことはしません。
如果是我的話，才不會做那種事。

0094 □□□
あんない
【案内】
名・他サ

譯 引導；帶路；指南

京都を案内してさしあげました。
我陪同他遊覽了京都。

ます形 案内します
ない形 案内しない
た形 案内した

あ　い　う　え　お 動詞「た形」變化跟「て形」一様。
如：買う→買った、買って

● T05

0095 □□□

い
【胃】
名

譯 胃

あるものを全部食べきったら、胃が痛くなった。
吃完了所有東西以後，胃就痛了起來。

0096 □□□

いい・よい
形

譯 好，佳，良好；貴重，高貴；美麗，漂亮；可以

いい天気ですが、午後は雨が降ります。
天氣雖好，但是下午會下雨。

丁寧形 いいです
ない形 よくない
た形 よかった

0097 □□□

いいえ
感

譯 (用於否定)不是，不對，沒有

いいえ、私の靴はそれではありません。
不，那不是我的鞋子。

0098 □□□

いう
【言う】
他五

譯 説，講；説話，講話；講述；忠告；叫做

誰がそんなことを言いましたか。
誰說過那種話了？

ます形 言います
ない形 言わない
た形 言った

0099 □□□

いえ
【家】
名

譯 房子；(自己的)家，家庭；家世

家に帰ります。
我要回家。

0100 □□□

いか
【以下】
名・接尾

譯 以下；在這以後，下面

あの女性は、３０歳以下の感じがする。
那位女性，感覺不到 30 歲。

0101 □□□

いがい
【以外】
名

譯 除外；除了…以外

彼以外は、みんな来るだろう。
除了他以外，大家都會來吧！

0102 □□□

いかが
【如何】
副・形動

譯 如何，怎麼樣

こんな洋服は、いかがですか。
這一類的洋裝，您覺得如何？

0103 □□□
いがく
【医学】
名

譯（研究、預防疾病的學問）醫學

医学を勉強するなら、東京大学がいいです。
如果要學醫，我想讀東京大學。

0104 □□□
いき
【息】
名

譯 呼吸，氣息；步調

息を全部吐ききってください。
請將氣全部吐出來。

0105 □□□
いきおい
【勢い】
名

譯 勢，勢力；氣勢，氣焰

その話を聞いたとたんに、彼はすごい勢いで部屋を出て行った。
他聽到那番話，就氣沖沖地離開了房間。

0106 □□□
いきる
【生きる】
自上一

譯 活著；謀生；充分發揮

彼は、一人で生きていくそうです。
聽說他打算一個人活下去。

ます形 生きます
ない形 生きない
た形 生きた

0107 □□□
いく
【行く】
自五

譯 去，往；行，走；離去；經過

兄は行きますが、私は行きません。
哥哥會去，但是我不去。

ます形 行きます
ない形 行かない
た形 行った

0108 □□□
いくつ
【幾つ】
名

譯（不確定的個數、年齡）幾個，多少；幾歲

いくつぐらいほしいですか。
大約要幾個？

0109 □□□
いくら
【幾ら】
名

譯 多少（錢、價格、數量等）

その長いスカートは、いくらですか。
那條長裙多少錢？

0110 □□□
**いくら～
ても**
副

譯 無論…也不…

いくらほしくても、これはさしあげられません。
無論你多想要，都不能把這個給你。

あ い う え お

動詞「た形」變化跟「て形」一樣。
如：買う→買った、買って

分 秒
T05- 02:10

0111 □□□
いけ
【池】
名

譯 池塘，池子；（庭院中的）水池

あっちの方に、大きな池があります。
那邊有大池塘。

0112 □□□
いけない
形・連語

譯 不好，糟糕；沒希望，不行；不許，不可以

病気だって？それはいけないね。
生病了！那可不得了了。

0113 □□□
いけん
【意見】
名

譯 意見；勸告

あの学生は、いつも意見を言いたがる。
那個學生，總是喜歡發表意見。

0114 □□□
いご
【以後】
名

譯 今後，以後，將來；（接尾語用法）（在某時期）以後

交通事故に遭ったのをきっかけにして、以後は車に気を
つけるようになりました。
出車禍以後，對車子就變得很小心了。

0115 □□□
いさましい
【勇ましい】
形

譯 勇敢的，振奮人心的；活潑的；（俗）有勇無謀

彼らの行動には、勇ましいものがある。
他們的行為有種振奮人心的力量。

丁寧形 勇ましいです
ない形 勇ましくない
た形 勇ましかった

0116 □□□
いし
【石】
名

譯 石頭

池に石を投げるな。
不要把石頭丟進池塘裡。

0117 □□□
いし
【意志】
名

譯 意志，志向，心意

本人の意志に反して、社長に選ばれた。
與當事人的意願相反，他被選為社長。

0118 □□□
いじめる
【苛める】
他下一

譯 欺負，虐待

誰にいじめられたの。
你被誰欺負了？

ます形 苛めます
ない形 苛めない
た形 苛めた

0119 □□□
いしゃ
【医者】
名

譯 醫生，大夫

🔊 T06

<ruby>医者<rt>いしゃ</rt></ruby>になりたいです。
我想成為醫生。

0120 □□□
いじょう
【以上】
名

譯 …以上；以上

100<ruby>人<rt>にん</rt></ruby><ruby>以上<rt>いじょう</rt></ruby>のパーティーと<ruby>二人<rt>ふたり</rt></ruby>で<ruby>遊<rt>あそ</rt></ruby>びに<ruby>行<rt>い</rt></ruby>くのと、どちらのほうが好きですか。
你喜歡參加百人以上的派對，還是兩人單獨出去玩？

0121 □□□
いす
【椅子】
名

譯 椅子；職位，位置

あちらのいすを<ruby>持<rt>も</rt></ruby>っていきます。
把椅子拿到那邊去。

0122 □□□
いぜん
【以前】
名

譯 以前；更低階段（程度）的；（某時期）以前

<ruby>以前<rt>いぜん</rt></ruby>、<ruby>東京<rt>とうきょう</rt></ruby>で<ruby>お会<rt>あ</rt></ruby>いした<ruby>際<rt>さい</rt></ruby>に、<ruby>名刺<rt>めいし</rt></ruby>を<ruby>私<rt>わた</rt></ruby>お<ruby>渡<rt>わた</rt></ruby>ししたと<ruby>思<rt>おも</rt></ruby>います。
我記得之前在東京跟您會面時，有遞過名片給您。

0123 □□□
いそがしい
【忙しい】
形

譯 忙，忙碌

<ruby>仕事<rt>しごと</rt></ruby>で<ruby>忙<rt>いそが</rt></ruby>しかったです。
為工作而忙。

丁寧形 忙しいです
ない形 忙しくない
た形 忙しかった

0124 □□□
いそぐ
【急ぐ】
自五

譯 急忙；快走

<ruby>急<rt>いそ</rt></ruby>いだのに、<ruby>授業<rt>じゅぎょう</rt></ruby>に<ruby>遅<rt>おく</rt></ruby>れました。
雖然儘快趕來，但上課還是遲到了。

ます形 急ぎます
ない形 急がない
た形 急いだ

0125 □□□
いた
【板】
名

譯 木板；薄板；舞台

<ruby>板<rt>いた</rt></ruby>に<ruby>釘<rt>くぎ</rt></ruby>を<ruby>打<rt>う</rt></ruby>った。
把釘子敲進木板。

0126 □□□
いたい
【痛い】
形

譯 疼痛；（因為遭受打擊而）痛苦，難過；（觸及弱點而感到）難堪

おなかが<ruby>痛<rt>いた</rt></ruby>いのは、どの<ruby>人<rt>ひと</rt></ruby>ですか。
是誰肚子痛？

丁寧形 痛いです
ない形 痛くない
た形 痛かった

 動詞「た形」變化跟「て形」一樣。
如：買う→買った、買って

分 秒
T06- 00:58

0127 □□□

いだい
【偉大】
形動

譯 偉大的，魁梧的

ベートーベンは<u>偉大</u>な作曲家だ。
貝多芬是位偉大的作曲家。

丁寧形 偉大です
ない形 偉大ではない
た形 偉大だった

0128 □□□

いたす
【致す】
自他五

譯 做，辦

このお菓子は、変わった味が<u>致し</u>ますね。
這個糕點的味道好奇特。

ます形 致します
ない形 致さない
た形 致した

0129 □□□

いただきます
連語

譯 (吃飯前的客套話) 我不客氣了

<u>いただきます</u>。これは、おいしいですね。
我就不客氣了。這個真好吃。

0130 □□□

いただく
他五

譯 接收，領取；吃，喝

その品物は、私が<u>いただく</u>かもしれない。
那商品也許我會要。

ます形 いただきます
ない形 いただかない
た形 いただいた

0131 □□□

いたむ
【痛む】
自五

譯 疼痛；苦惱；損壞

傷が<u>痛ま</u>ないこともないが、まあ大丈夫です。
傷口並不是不會痛，不過沒什麼大礙。

ます形 痛みます
ない形 痛まない
た形 痛んだ

0132 □□□

いち
【一】
名

譯 一；第一，最初，起頭；最好，首位

日本語を<u>一</u>から勉強しませんか。
要不要從頭開始學日語？

0133 □□□

いち
【位置】
名・自サ

譯 位置，場所；立場；位於

机は、どの<u>位置</u>に置いたらいいですか。
書桌放在哪個地方好呢？

ます形 位置します
ない形 位置しない
た形 位置した

0134 □□□

いちど
【一度】
名

譯 一次，一回

<u>一度</u>あんなところに行ってみたい。
想去一次那樣的地方。

22

0135 □□□
いちにち
【一日】
名

譯 一天，終日；一整天；（每月的）一號（如是此意要註假名為「ついたち」）

一日勉強して、疲れた。
唸了一整天的書，好累。

0136 □□□
いちばん
【一番】
名・副

譯 最初，第一；最好，最妙；最優秀，最出色

誰が一番頭がいいですか。
誰的頭腦最好？

0137 □□□
いつ
【何時】
代

譯 何時，幾時，什麼時候；平時

いつでも大丈夫です。
什麼時候都行。

0138 □□□
いつか
【五日】
名

譯 （每月的）五號，五日；五天

五日は暇ですが、六日は忙しいです。
我五號有空，但是六號很忙。

0139 □□□
いつか
【何時か】
副

譯 未來的不定時間，改天；過去的不定時間，以前

またいつかお会いしましょう。
改天再見吧！

0140 □□□
いっしょ
【一緒】
名

譯 一同，一起；（時間）一齊；一樣

林さんと一緒に行くわ。
我要跟林先生一起去。

0141 □□□
いっしょう
【一生】
名

譯 一生，終生，一輩子

あいつとは、一生口をきくものか。
我這輩子，絕不跟他講話。

0142 □□□
いっそう
【一層】
副

譯 更，越發

大会で優勝できるように、一層努力します。
為了比賽能得冠軍，我要比平時更加努力。

動詞「た形」變化跟「て形」一樣。
如：買う→買った、買って

● T06- 02:53

0143 □□□
いつつ
【五つ】
名

譯 五個；五歲；第五（個）

五つで一セットです。
五個一組。

0144 □□□
**いってまい
ります**
寒喧

譯 我走了

息子は、「いってまいります。」と言ってでかけました。
兒子説：「我出門啦！」便出去了。

0145 □□□
いつでも
【何時でも】
副

譯 無論什麼時候，隨時，經常，總是

彼はいつでも勉強している。
他無論什麼時候都在學習。

0146 □□□
**いってらっ
しゃい**
寒喧

譯 慢走，好走

● T07

いってらっしゃい。何時に帰るの。
路上小心啊！幾點回來呢？

0147 □□□
いっぱい
副

譯 滿滿地；很多

そんなにいっぱいくださったら、多すぎます。
您給我那麼多，真的太多了。

0148 □□□
いっぱん
【一般】
名

譯 一般，普遍；相同，同樣

展覧会は、会員のみならず、一般の人も入れます。
展覽會不僅限於會員，一般人也可以進入參觀。

0149 □□□
いっぽう
【一方】
名・副助・接

譯 一個方向；一個角度；一面，同時；（兩個中的）一個

勉強する一方で、仕事もしている。
我一邊唸書，也一邊工作。

0150 □□□
いつも
【何時も】
副

譯 經常，隨時，無論何時；日常，往常

いつも兄とけんかします。
經常跟哥哥吵架。

0151 □□□

いと
【糸】
名

譯 線;(三弦琴的)弦

糸と針を買いに行くところです。
正要去買線和針。

0152 □□□

いない
【以内】
名

譯 不超過…;以內

1万円以内なら、買うことができます。
如果不超過一萬日圓,就可以買。

0153 □□□

いなか
【田舎】
名

譯 鄉下

田舎のおかあさんの調子はどうだい。
你鄉下母親的身體還好吧?

0154 □□□

いね
【稲】
名

譯 水稻,稻子

太陽の光のもとで、稲が豊かに実っています。
稻子在陽光之下結實累累。

0155 □□□

いのち
【命】
名

譯 生命,命;壽命

命が危ないところを、助けていただきました。
在我性命危急時,他救了我。

0156 □□□

いのる
【祈る】
自五

譯 祈禱;祝福

みんなで、平和について祈るところです。
大家正要來為和平而祈禱。

ます形 祈ります
ない形 祈らない
た形 祈った

0157 □□□

いはん
【違反】
名・自サ

譯 違反,違犯

スピード違反をした上に、駐車違反までしました。
不僅超速,甚至還違規停車。

ます形 違反します
ない形 違反しない
た形 違反した

0158 □□□

いま
【今】
名

譯 現在,此刻;(表最近的將來)馬上;剛才

先生がたは、今どこにいらっしゃいますか。
老師們現在在什麼地方?

あ い う え お

動詞「た形」變化跟「て形」一樣。
如：買う→買った、買って

分 秒
● T07- 01:28

0159 □□□

いまに
【今に】
（副）

> 譯 就要，即將，馬上；至今，直到現在

> 彼は、現在は無名にしろ、今に有名になるに違いない。
> 儘管他現在只是個無名小卒，但他一定很快會成名的。

0160 □□□

いみ
【意味】
（名）

> 譯 （詞句等）意思，含意；動機

> 意味がわかります。
> 我了解意思。

0161 □□□

いもうと
【妹】
（名）

> 譯 妹妹

> 妹は、本が好きです。
> 妹妹喜歡看書。

0162 □□□

いや
【嫌】
（形動）

> 譯 討厭，不喜歡，不願意；厭煩，厭膩；不愉快

> 黒いシャツは嫌です。白いのがいいです。
> 我不喜歡黑襯衫。最好是白色的。

> 丁寧形 嫌です
> ない形 嫌ではない
> た形 嫌だった

0163 □□□

**いらっしゃ
いませ**
（寒暄）

> 譯 歡迎光臨

> いらっしゃいませ。何になさいますか。
> 歡迎光臨。你想點什麼？

0164 □□□

いらっしゃる
（自五）

> 譯 （尊敬語）來，去，在

> 忙しければ、いらっしゃらなくても
> いいですよ。
> 如果很忙，不來也沒關係的。

> ます形 いらっしゃいます
> ない形 いらっしゃらない
> た形 いらっしゃった

0165 □□□

いりぐち
【入り口】
（名）

> 譯 入口，門口；開始，起頭

> トイレの入り口はどれですか。
> 洗手間的入口是哪一個？

0166 □□□

いる
【居る】
（自上一）

> 譯 （人或動物的存在）有，在；居住

> どうして、ここにいるのですか。
> 為什麼你在這裡？

> ます形 居ます
> ない形 居ない
> た形 居た

0167 □□□
いる
【要る】
（自五）

譯 要，需要，必要

飲み物はいりません。
不需要飲料。

ます形 要ります
ない形 要らない
た形 要った

0168 □□□
いれる
【入れる】
（他下一）

譯 放入，裝進；送進，收容；包含，計算進去

本をかばんに入れます。
把書放進包包裡。

ます形 入れます
ない形 入れない
た形 入れた

0169 □□□
いろ
【色】
（名）

譯 顏色；色澤；臉色，神色

あそこのリンゴ、色がきれいですね。
那裡的蘋果，色澤真是美。

0170 □□□
いろいろ
（形動）

譯 各種各樣，各式各樣，形形色色

いろいろありますが、あなたはどれが
好きですか。
東西各式各樣，你喜歡哪一種？

丁寧形 いろいろです
ない形 いろいろではない
た形 いろいろだった

0171 □□□
いわ
【岩】
（名）

譯 岩，岩石

ここを畑にするには、あの大きな岩をどけるよりほかない。
要把這裡改為田地的話，就只得將那個大岩石移開了。

0172 □□□
いわう
【祝う】
（他五）

譯 祝賀，慶祝；祝福；送賀禮；致賀詞

みんなで彼の合格を祝おう。
大家一起來慶祝他上榜吧！

ます形 祝います
ない形 祝わない
た形 祝った

0173 □□□
いん
【員】
（名・接尾）

譯 …員

研究員としてやっていくつもりですか。
你打算當研究員嗎？

0174 □□□
インキ
【ink】
（名）

譯 墨水

万年筆のインキがなくなったので、サインのしようがない。
因為鋼筆的墨水用完了，所以沒辦法簽名。

動詞「た形」變化跟「て形」一樣。
如：買う→買った、買って

● T07- 03:10
分 秒

0175 □□□
いんさつ
【印刷】
名・他サ

譯 印刷

原稿ができたら、すぐ印刷にまわすことになっています。

稿一完成，就要馬上送去印刷。

ます形 印刷します
ない形 印刷しない
た形 印刷した

0176 □□□
いんしょう
【印象】
名

譯 印象

旅行の印象に加えて、旅行中のトラブルについても聞かれました。

除了對旅行的印象之外，也被問到了有關旅行時所發生的糾紛。

動詞「た形」變化跟「て形」一樣。
如：買う→買った、買って

● T08

0177 □□□
うえ
【上】
名

譯（位置）上面，上部；表面；（能力等、地位、等級）高

机の上に本があります。

桌上有書。

0178 □□□
うえる
【植える】
他下一

譯 種植與培植

花の種をさしあげますから、植えてみてください。

我送你花的種子，你試種看看。

ます形 植えます
ない形 植えない
た形 植えた

0179 □□□
うかがう
他五

譯 拜訪；打聽（謙讓語）

先生のお宅にうかがったことがあります。

我拜訪過老師家。

ます形 うかがいます
ない形 うかがわない
た形 うかがった

0180 □□□
うかがう
他五

譯 詢問；打聽

先生でもわからないかもしれないが、まあうかがってみましょう。

老師或許也不知道，總之問問看吧！

0181 ☐☐☐
うかぶ
【浮かぶ】
（自五）

譯 漂，浮起；浮現，露出

そのとき、すばらしいアイデアが浮かんだ。
就在那時，靈光一現，腦中浮現了好點子。

ます形 浮かびます
ない形 浮かばない
た形 浮かんだ

0182 ☐☐☐
うく
【浮く】
（自五）

譯 飄浮；動搖，鬆動；結餘；輕薄

面白い形の雲が、空に浮いている。
天空裡飄著一朵形狀有趣的雲。

ます形 浮きます
ない形 浮かない
た形 浮いた

0183 ☐☐☐
うけつけ
【受付】
（名・他サ）

譯 詢問處；受理；受理申請

受付に行こうとしているのですが、どちらのほうでしょうか。
我想去詢問處，請問在哪一邊？

ます形 受付します
ない形 受付しない
た形 受付けした

0184 ☐☐☐
うけとる
【受け取る】
（他五）

譯 領，接收，理解，領會

意味のないお金は、受け取りようがありません。
沒來由的金錢，我是不能收下的。

ます形 受け取ります
ない形 受け取らない
た形 受け取った

0185 ☐☐☐
うける
【受ける】
（他下一）

譯 接受；遭受；報考

いつか、大学院を受けたいと思います。
我將來想報考研究所。

ます形 受けます
ない形 受けない
た形 受けた

0186 ☐☐☐
うごかす
【動かす】
（他五）

譯 移動，挪動，活動；搖動；給予影響，感動

体を動かす。
活動身體。

ます形 動かします
ない形 動かさない
た形 動かした

0187 ☐☐☐
うごく
【動く】
（自五）

譯 動，移動；運動；作用

動かずに、そこで待っていてください。
請不要離開，在那裡等我。

ます形 動きます
ない形 動かない
た形 動いた

0188 ☐☐☐
うしろ
【後ろ】
（名）

譯 後面；背面，背地裡

あなたの後ろに、なにかあります。
你的後面好像有什麼東西。

 あ い う え お

動詞「た形」變化跟「て形」一樣。
如：買う→買った、買って

分 秒
● T08- 01:27

0189 □□□
うすい
【薄い】
形

[譯] 薄；淡；待人冷淡；稀少，缺乏

パンを薄く切ります。
把麵包切薄。

丁寧形 薄いです
ない形 薄くない
た形 薄かった

0190 □□□
うそ
【嘘】
名

[譯] 謊言；錯誤

彼は、嘘ばかり言う。
他老愛説謊。

0191 □□□
うた
【歌】
名

[譯] 歌，歌曲；和歌，詩歌；謠曲

あなたは、歌を歌いますか。
你會唱歌嗎？

0192 □□□
うたう
【歌う】
他五

[譯] 唱歌；賦詩，歌詠；謳歌，歌頌

どちらの歌を歌いますか。
你要唱哪首歌？

ます形 歌います
ない形 歌わない
た形 歌った

0193 □□□
うたがう
【疑う】
他五

[譯] 懷疑，疑惑，不相信，猜測

彼のことは、友人でさえ疑っている。
他的事情，就連朋友也都在懷疑。

ます形 疑います
ない形 疑わない
た形 疑った

0194 □□□
うち
【家】
名

[譯] 家，家庭；房子；自己的家裡

彼女は家にいるでしょう。
她應該在家吧！

0195 □□□
うち
【内】
名

[譯] 內部；…之中；…之內

今年のうちに、お金を返してくれますか。
今年內可以還我錢嗎？

0196 □□□
うつ
【打つ】
他五

[譯] 打擊，打

イチローがホームランを打ったところだ。
一郎正好擊出了全壘打。

ます形 打ちます
ない形 打たない
た形 打った

0197 □□□
うつ
【打つ・討つ・撃つ】
他五

譯 使勁用某物撞打他物，打，擊，拍，碰

後頭部を強く打つ。
重擊後腦部。

0198 □□□
うっかり
副・自サ

譯 不注意，不留神；發呆，茫然

うっかりしたものだから、約束を忘れてしまった。
因為一時不留意，而忘了約會。

ます形 うっかりします
ない形 うっかりしない
た形 うっかりした

0199 □□□
うつくしい
【美しい】
形

譯 美麗，好看

美しい絵を見ることが好きです。
喜歡看美麗的畫。

丁寧形 美しいです
ない形 美しくない
た形 美しかった

0200 □□□
うつす
【写す】
他五

譯 照相；摹寫

写真を写してあげましょうか。
我幫你照相吧！

ます形 写します
ない形 写さない
た形 写した

0201 □□□
うつす
【映す】
他五

譯 映，照；放映

鏡に姿を映して、おかしくないかどうか見た。
我照鏡子，看看樣子奇不奇怪。

ます形 映します
ない形 映さない
た形 映した

0202 □□□
うつす
【移す】
他五

譯 移，搬；使傳染；度過時間

● T09

住まいを移す。
遷移住所。

ます形 移します
ない形 移さない
た形 移した

0203 □□□
うつる
【移る】
自五

譯 移動；推移；沾到

あちらの席にお移りください。
請移到那邊的座位。

ます形 移ります
ない形 移らない
た形 移った

0204 □□□
うで
【腕】
名

譯 胳臂；本領

彼女の腕は、枝のように細い。
她的手腕像樹枝般細。

 動詞「た形」變化跟「て形」一樣。
如：買う→買った、買って

分　秒
T09- 00:19

0205 □□□ うまい （形）	譯 拿手；好吃；非常適宜，順利
	彼はテニスはうまいのに、ゴルフは下手です。 他網球打得好，但高爾夫卻打不好。
	丁寧形 うまいです ない形 うまくない た形 うまかった

0206 □□□ うまれる 【生まれる】 （自下一）	譯 出生；出現
	あなたは、どちらで生まれましたか。 你在哪裡出生的？
	ます形 生まれます ない形 生まれない た形 生まれた

0207 □□□ うみ 【海】 （名）	譯 海，海洋；茫茫一片
	海に遊びに行きませんか。 要不要去海邊玩？

0208 □□□ うら 【裏】 （名）	譯 裡面；背後
	紙の裏に名前が書いてあるかどうか、見てください。 請看一下紙的背面有沒有寫名字。

0209 □□□ うらやましい 【羨ましい】 （形）	譯 羨慕，令人嫉妒
	庶民からすれば、お金のある人はとても羨ましいのです。 就平民的角度來看，有錢人實在太令人羨慕了。
	丁寧形 羨ましいです ない形 羨ましくない た形 羨ましかった

0210 □□□ うりば 【売場】 （名）	譯 賣場
	靴下売場は2階だそうだ。 聽説襪子的賣場在二樓。

0211 □□□ うる 【売る】 （他五）	譯 賣，販賣；沽名；出賣
	デパートで、かわいいスカートを売っていました。 百貨公司裡有在賣很可愛的裙子。
	ます形 売ります ない形 売らない た形 売った

0212 □□□ うるさい 【煩い】 （形）	譯 吵鬧；囉唆
	うるさいなあ。静かにしろ。 很吵耶，安靜一點！
	丁寧形 煩いです ない形 煩くない た形 煩かった

0213 ☐☐☐
うれしい
【嬉しい】
形

> 譯 高興，喜悅

誰でも、ほめられれば嬉しい。
不管是誰，只要被誇都會很高興的。

丁寧形 嬉しいです
ない形 嬉しくない
た形 嬉しかった

0214 ☐☐☐
うれる
【売れる】
自下一

> 譯 商品賣出，暢銷；變得廣為人知，聞名

この新製品がよく売れる。
這個新產品很暢銷。

ます形 売れます
ない形 売れない
た形 売れた

0215 ☐☐☐
うわぎ
【上着】
名

> 譯 上衣，外衣

上着を脱いで、入ります。
脱了外套後再進去。

0216 ☐☐☐
うわさ
【噂】
名・自サ

> 譯 議論，閒談；傳說，風聲

本人に聞かないことには、噂が本当かどうかわからない。
傳聞是真是假，不問當事人是不知道的。

ます形 噂します
ない形 噂しない
た形 噂した

0217 ☐☐☐
うん
感

> 譯 對，是

うん、僕は UFO を見たことがあるよ。
沒錯，我看過 UFO 喔！

0218 ☐☐☐
うん
【運】
名

> 譯 命運，運氣

宝くじが当たるとは、なんと運がいいことか。
竟然中了彩卷，運氣還真好啊！

0219 ☐☐☐
うんてん
【運転】
名・他サ

> 譯 開車；周轉

車を運転しようとしたら、かぎがなかった。
正想開車，才發現沒有鑰匙。

ます形 運転します
ない形 運転しない
た形 運転した

0220 ☐☐☐
**うんてん
しゅ**
【運転手】
名

> 譯 司機

タクシーの運転手に、チップをあげた。
給了計程車司機小費。

動詞「た形」變化跟「て形」一様。
如：買う→買った、買って

分 秒
● T09- 02:09

0221 □□□
うんどう
【運動】
名・自サ

譯 運動；運動

<ruby>運動<rt>うんどう</rt></ruby>し<ruby>終<rt>お</rt></ruby>わったら、<ruby>道具<rt>どうぐ</rt></ruby>を<ruby>片付<rt>かたづ</rt></ruby>けてください。
運動完了，請將道具收拾好。

ます形 運動します
ない形 運動しない
た形 運動した

動詞「た形」變化跟「て形」一様。
如：買う→買った、買って

● T10

0222 □□□
え
【絵】
名

譯 畫

これは、「ひまわり」という<ruby>絵<rt>え</rt></ruby>です。
這幅畫叫「向日葵」。

0223 □□□
えいが
【映画】
名

譯 電影

いっしょに<ruby>映画<rt>えいが</rt></ruby>を<ruby>見<rt>み</rt></ruby>ましょう。
一起看場電影吧！

0224 □□□
えいがかん
【映画館】
名

譯 電影院

<ruby>映画館<rt>えいがかん</rt></ruby>と<ruby>銀行<rt>ぎんこう</rt></ruby>があります。
有電影院和銀行。

0225 □□□
えいぎょう
【営業】
名・自他サ

譯 營業，經商

<ruby>営業<rt>えいぎょう</rt></ruby><ruby>開始<rt>かいし</rt></ruby>に<ruby>際<rt>さい</rt></ruby>して、<ruby>店長<rt>てんちょう</rt></ruby>から<ruby>挨拶<rt>あいさつ</rt></ruby>があります。
開始營業時，店長會致詞。

ます形 営業します
ない形 営業しない
た形 営業した

0226 □□□
えいご
【英語】
名

譯 英語，英文

<ruby>先生<rt>せんせい</rt></ruby>は、<ruby>英語<rt>えいご</rt></ruby>ができます。
老師懂英語。

0227 □□□
えいよう
【栄養】
名

譯 營養

<ruby>子<rt>こ</rt></ruby>どもに<ruby>勉強<rt>べんきょう</rt></ruby>させる<ruby>一方<rt>いっぽう</rt></ruby>、<ruby>栄養<rt>えいよう</rt></ruby>にも<ruby>気<rt>き</rt></ruby>をつけています。
我督促小孩讀書的同時，也注意營養是否均衡。

0228 □□□
ええ
（感）

譯（用降調表示肯定）是的；（用升調表示驚訝）哎呀

ええ、切手も葉書も買いました。
是的，買了郵票，也買了明信片。

0229 □□□
えき
【駅】
（名）

譯（鐵路的）車站

駅から家まで歩きました。
從車站走到家。

0230 □□□
**エスカレー
ター**
【escalator】
（名）

譯 自動手扶梯

駅にエスカレーターをつけることになりました。
車站決定設置手扶梯。

0231 □□□
えだ
【枝】
（名）

譯 樹枝；分支

枝を切ったので、遠くの山が見えるようになった。
由於砍掉了樹枝，就可以看到遠山了。

0232 □□□
えらい
【偉い】
（形）

譯 偉大，卓越，了不起；（地位）高，（身分）高貴；（出乎意料）嚴重

彼は学者として偉かった。
以一個學者而言他是很偉大的。

丁寧形 偉いです
ない形 偉くない
た形 偉かった

0233 □□□
えらぶ
【選ぶ】
（他五）

譯 選擇

好きなのをお選びください。
請選您喜歡的。

ます形 選びます
ない形 選ばない
た形 選んだ

0234 □□□
**エレベー
ター**
【elevator】
（名）

譯 電梯，升降機

駅にはエレベーターがあります。
車站裡有電梯。

0235 □□□
えん
【円】
（名）

譯（日本貨幣單位）日圓

アメリカのは 1000 円ですが、日本のは 800 円です。
美國製的是 1000 日圓，日本製的是 800 日圓。

動詞「た形」變化跟「て形」一樣。
如：買う→買った、買って

分秒
● T10-01:42

0236 □□□ えん【円】（名）	譯（幾何）圓，圓形
	点Aを中心に、円を描いてください。 請以A點為圓心，畫出一個圓來。

0237 □□□ えんぴつ【鉛筆】（名）	譯 鉛筆
	鉛筆で書きます。 用鉛筆寫字。

0238 □□□ えんりょ【遠慮】（名・自他サ）	譯 客氣；謝絕
	すみませんが、私は遠慮します。 對不起，請容我拒絕。	ます形 遠慮します ない形 遠慮しない た形 遠慮した

動詞「た形」變化跟「て形」一樣。
如：買う→買った、買って

● T11

0239 □□□ お【御】（接頭）	譯 放在字首，表示尊敬語及美化語
	お金は、いくらありますか。 你有多少錢？

0240 □□□ おあずかりします【お預かりします】（寒暄）	譯 收進；保管（暫時代人）
	鍵をお預かりします。 幫您保管鑰匙。

0241 □□□ おいしい【美味しい】（形）	譯 美味的，可口的，好吃的
	その店のラーメンは、おいしいですか。 那家店的拉麵可口嗎？	丁寧形 美味しいです ない形 美味しくない た形 美味しかった

0242 □□□ おいでになる【お出でになる】（自五）	譯 來，去，在（尊敬語）
	明日のパーティーに、社長はお出でになりますか。 明天的派對，社長會蒞臨嗎？	ます形 お出でになります ない形 お出でにならない た形 お出でになった

0243 □□□
おいわい
【お祝い】
（名）

> 譯 慶祝，祝福

これは、お祝いのプレゼントです。
這是聊表祝福的禮物。

0244 □□□
おう
【追う】
（他五）

> 譯 追；趕走；逼催，忙於；追求；遵循

刑事は犯人を追っている。
刑警正在追捕犯人。

ます形	追います
ない形	追わない
た形	追った

0245 □□□
おうせつま
【応接間】
（名）

> 譯 會客室

応接間の花に水をやってください。
請幫會客室裡的花澆一下水。

0246 □□□
おうふく
【往復】
（名・自サ）

> 譯 往返，來往；通行量

往復5時間もかかる。
來回要花上五個小時。

ます形	往復します
ない形	往復しない
た形	往復した

0247 □□□
おうよう
【応用】
（名・他サ）

> 譯 應用，運用

基本問題に加えて、応用問題もやってください。
除了基本題之外，也請做一下應用題。

ます形	応用します
ない形	応用しない
た形	応用した

0248 □□□
おおい
【多い】
（形）

> 譯 多的

友だちは、多いほうがいいです。
多一點朋友比較好。

丁寧形	多いです
ない形	多くない
た形	多かった

0249 □□□
おおきい
【大きい】
（形）

> 譯（數量、體積等）大，巨大；（程度、範圍等）大，廣大

あの窓の大きい建物は、学校です。
那棟有著大窗戶的建築物是學校。

丁寧形	大きいです
ない形	大きくない
た形	大きかった

0250 □□□
おおきな
【大きな】
（準連體詞）

> 譯 大，大的

こんな大きな木は見たことがない。
沒看過這麼大的樹木。

37

動詞「た形」變化跟「て形」一樣。
如：買う→買った、買って

● T11- 01:26

0251 □□□

おおぜい
【大勢】
（名）

[譯] 很多（人），眾多（人）；（人數）很多

あそこに、大勢人がいます。
那邊有很多人。

0252 □□□

オートバイ
【auto + bicycle
（日製）】
（名）

[譯] 摩托車

そのオートバイは、彼のらしい。
那輛摩托車好像是他的。

0253 □□□

オーバー
【over】
（名）

[譯] 大衣

この黒いオーバーにします。
我要這件黑大衣。

0254 □□□

おかあさん
【お母さん】
（名）

[譯]（「母」的敬稱）媽媽，母親；您母親，令堂

お母さんと一緒に、買い物をしました。
和媽媽一起去買了東西。

0255 □□□

おかえりなさい
【お帰りなさい】
（寒暄）

[譯] 回來了

お帰りなさい。お茶でも飲みますか。
你回來啦。要不要喝杯茶？

0256 □□□

おかげ
【お蔭】
（寒暄）

[譯] 托福；承蒙關照

あなたが手伝ってくれたおかげで、仕事が終わりました。
多虧你的幫忙，工作才得以結束。

0257 □□□

おかげさまで
【お蔭様で】
（寒暄）

[譯] 託福，多虧

お蔭様で、元気になってきました。
託您的福，我身體好多了。

0258 □□□

おかし
【お菓子】
（名）

[譯] 點心，糕點

あなたは、お菓子しか食べないの。
你只吃點心嗎？

0259 □□□
おかしい
【可笑しい】
形

譯 奇怪，可笑；不正常

おかしければ、笑いなさい。
如果覺得可笑，就笑呀！

丁寧形 可笑しいです
ない形 可笑しくない
た形 可笑しかった

0260 □□□
おかね
【お金】
名

譯 錢，貨幣

お金がたくさんほしいです。
我想要有很多錢。

0261 □□□
おかねもち
【お金持ち】
名

譯 有錢人

だれでもお金持ちになれる。
誰都可以成為有錢人。

0262 □□□
おき
接尾

譯 每隔…

天気予報によると、1日おきに雨が降るそうだ。
根據氣象報告，每隔一天會下雨。

0263 □□□
おきる
【起きる】
自上一

譯 （倒著的東西）起來，立起來；起床；不睡

わたしは毎朝早く起きます。
我每天早上都很早起床。

ます形 起きます
ない形 起きない
た形 起きた

0264 □□□
おく
【億】
名

譯 億

家を建てるのに、3億円も使いました。
蓋房子竟用掉了 3 億日圓。

0265 □□□
おく
【置く】
他五

譯 放，放置；降，下；處於，處在

そこに、荷物を置いてください。
請將行李放在那邊。

ます形 置きます
ない形 置かない
た形 置いた

0266 □□□
おくさま
【奥様】
名

譯 尊夫人，太太

社長のかわりに、奥様がいらっしゃいました。
社長夫人代替社長大駕光臨了。

 動詞「た形」變化跟「て形」一樣。如：買う→買った、買って

分 秒
● T11-03:02

0267 □□□
おくさん
【奥さん】
（名）

譯 太太，尊夫人

奥さんとけんかしますか。
你會跟太太吵架嗎？

0268 □□□
おくじょう
【屋上】
（名）

譯 屋頂

● T12

屋上でサッカーをすることができます。
頂樓可以踢足球。

0269 □□□
おくりもの
【贈り物】
（名）

譯 贈品，禮物

この贈り物をくれたのは、誰ですか。
這禮物是誰送我的？

0270 □□□
おくる
【送る】
（他五）

譯 寄送；送行

東京にいる息子に、お金を送ってやりました。
寄錢給在東京的兒子了。

ます形	送ります
ない形	送らない
た形	送った

0271 □□□
おくる
【贈る】
（他五）

譯 贈送，餽贈；授與，贈給

大学から彼に博士号が贈られた。
大學頒給他博士學位。

ます形	贈ります
ない形	贈らない
た形	贈った

0272 □□□
おくれる
【遅れる】
（自下一）

譯 遲到；緩慢

時間に遅れるな。
不要遲到。

ます形	遅れます
ない形	遅れない
た形	遅れた

0273 □□□
おこさん
【お子さん】
（名）

譯 您孩子

お子さんは、どんなものを食べたがりますか。
您小孩喜歡吃什麼東西？

0274 □□□
おこす
【起こす】
（他五）

譯 扶起；叫醒；引起

父は、「明日の朝、6時に起こしてくれ。」と言った。
父親說：「明天早上6點叫我起床」。

ます形	起こします
ない形	起こさない
た形	起こした

0275 □□□
おこなう
【行なう】
他五

譯 舉行，舉辦

_{らいしゅう} _{おんがくかい} _{おこ}
来週、音楽会が行なわれる。
音樂將會在下禮拜舉行。

ます形 行ないます
ない形 行なわない
た形 行なった

0276 □□□
おこる
【怒る】
自五

譯 生氣；斥責

_{はは} _{おこ}
母に怒られた。
被媽媽罵了一頓！

ます形 怒ります
ない形 怒らない
た形 怒った

0277 □□□
おさえる
【押さえる】
他下一

譯 按，壓；扣住，勒住；控制；捉住；扣留

_{くぎ} _お
この釘を押さえていてください。
請按住這個釘子。

ます形 押さえます
ない形 押さえない
た形 押さえた

0278 □□□
おさけ
【お酒】
名

譯 酒（「さけ」的鄭重説法）

_{ばあ} _{さけ}
お祖母さんは、お酒がきらいです。
奶奶不喜歡酒。

0279 □□□
おじ
【伯父】
名

譯 伯伯，叔叔，舅舅，姨丈，姑丈

_{お じ} _{いっしょ} _{ばん} _{はん} _た
伯父と一緒に晩ご飯を食べました。
和伯伯一起吃了晚飯。

0280 □□□
おしい
【惜しい】
形

譯 遺憾；可惜的；珍惜

_{ふ だん} _{じつりょく} _{はん} _お _{しあい} _ま
普段の実力に反して、惜しくも試合に負
けた。
不同於以往該有的實力，很可惜地輸掉了比賽。

丁寧形 惜しいです
ない形 惜しくない
た形 惜しかった

0281 □□□
おじいさん
【お祖父さん】
名

譯 祖父；外公；（對一般老年男子的稱呼）爺爺；老爺爺，老爹

_{じい} _{げん き}
お祖父さんは、元気ですか。
爺爺好嗎？

0282 □□□
おしいれ
【押し入れ】
名

譯 壁櫥

_{ほん} _お _い
その本は、押し入れにしまっておいてください。
請將那本書收進壁櫥裡。

 動詞「た形」變化跟「て形」一樣。
如：買う→買った、買って

分 秒
● T12-01:37

0283 □□□
おしえる
【教える】
(他下一)

| 譯 指導，教導；教訓；指教，告訴 |

どなたが田中さんですか。**教えて**ください。
哪位是田中先生？請告訴我。

ます形 教えます
ない形 教えない
た形 教えた

0284 □□□
おじぎ
【お辞儀】
(名・自サ)

| 譯 行禮，敬禮；客氣 |

目上の人に**お辞儀**をしなかったばかりに、
母にしかられた。
因為我沒跟長輩行禮，被媽媽罵了一頓。

ます形 お辞儀します
ない形 お辞儀しない
た形 お辞儀した

0285 □□□
おじさん
【伯父・叔父さん】
(名)

| 譯 伯父，叔叔，舅舅，姑丈，姨丈；大叔，大爺 |

伯父さんは元気ですか。
伯父好嗎？

0286 □□□
おじょうさん
【お嬢さん】
(名)

| 譯 您女兒；小姐；千金小姐 |

お嬢さんは、とても女らしいですね。
您女兒非常淑女呢！

0287 □□□
おす
【押す】
(他五)

| 譯 推，擠；壓，按；冒著，不顧 |

押したり引いたりする。
或推或拉。

ます形 押します
ない形 押さない
た形 押した

0288 □□□
おそい
【遅い】
(形)

| 譯 (速度上)慢，遲緩；(時間上)遲，晚；趕不上，來不及 |

もっと飲みたいですが、もう時間が**遅い**です。
我想多喝一點，但是時間已經很晚了。

丁寧形 遅いです
ない形 遅くない
た形 遅かった

0289 □□□
おそれる
【恐れる】
(自下一)

| 譯 害怕，恐懼；擔心 |

私は挑戦したい気持ちがある半面、失敗
を**恐れ**ている。
在我想挑戰的同時，心裡也害怕失敗。

ます形 恐れます
ない形 恐れない
た形 恐れた

0290 □□□
おそろしい
【恐ろしい】
(形)

| 譯 可怕；驚人，非常 |

そんな**恐ろしい**目で見ないでください。
不要用那種駭人的眼神看我。

丁寧形 恐ろしいです
ない形 恐ろしくない
た形 恐ろしかった

0291 □□□
おだいじに
【お大事に】
寒暄

譯 珍重，保重

頭痛がするのですか。どうぞお大事に。
頭痛嗎？請多保重！

0292 □□□
おたく
【お宅】
名

譯 您府上，貴宅

うちの息子より、お宅の息子さんのほうがまじめです。
你家兒子比我家兒子認真。

0293 □□□
おちゃ
【お茶】
名

譯 茶，茶葉；茶道；茶會

お茶やコーヒーを飲みました。
喝了茶和咖啡。

0294 □□□
おちる
【落ちる】
自上一

譯 掉落；脱落；降低

何か、机から落ちましたよ。
有東西從桌上掉下來了喔！

ます形 落ちます
ない形 落ちない
た形 落ちた

0295 □□□
おっしゃる
他五

譯 説，講，叫

なにかおっしゃいましたか。
您説了什麼呢？

ます形 おっしゃいます
ない形 おっしゃらない
た形 おっしゃった

0296 □□□
おてあらい
【お手洗い】
名

譯 廁所，洗手間 ● T13

お手洗いは、どちらにありますか。
請問廁所在哪裡？

0297 □□□
おと
【音】
名

譯 音，聲音

あれは、自動車の音かもしれない。
那可能是汽車的聲音。

0298 □□□
おとうさん
【お父さん】
名

譯 （「ちち」的敬稱）爸爸，父親；您父親，令尊

お父さんとお母さんは、お元気ですか。
父母親都好嗎？

43

動詞「た形」變化跟「て形」一樣。
如：買う→買った、買って

分 秒
● T13-00:24

0299 □□□
おとうと
【弟】
名

> 譯 弟弟；年齡小，經歷淺

私は、弟がほしいです。
我想要個弟弟。

0300 □□□
おとこ
【男】
名

> 譯 男性，男子，男人；(泛指動物)雄性

その男の人は、学生です。
那個男子是學生。

0301 □□□
おとこのこ
【男の子】
名

> 譯 男孩子；兒子；年輕小伙子

男の子か女の子か知りません。
不知道是男孩還是女孩。

0302 □□□
おとす
【落とす】
他五

> 譯 使掉下；丟失；弄掉

落としたら割れますから、気をつけて。
掉下就破了，小心點！

ます形 落とします
ない形 落とさない
た形 落とした

0303 □□□
おととい
【一昨日】
名

> 譯 前天

一昨日、誰と会いましたか。
前天跟誰見了面？

0304 □□□
おととし
【一昨年】
名

> 譯 前年

一昨年、ここに来ました。
前年來過這裡。

0305 □□□
おとな
【大人】
名

> 譯 大人，成人；(兒童等)聽話，乖巧；老成

子どもから大人まで、たくさんの人が来ました。
來了很多人，從小孩到大人都有。

0306 □□□
おとなしい
【大人しい】
形

> 譯 老實，溫順；(顏色等)樸素，雅致

彼女は大人しい反面、内面はとてもしっかりしています。
她個性溫順的另一面，其實內心非常有自己的想法。

丁寧形 大人しいです
ない形 大人しくない
た形 大人しかった

44

0307 □□□
おどり
【踊り】
名

譯 舞蹈

沖縄の踊りを見たことがありますか。
你看過沖繩舞蹈嗎？

0308 □□□
おどる
【踊る】
自五

譯 跳舞

私はタンゴが踊れます。
我會跳探戈舞。

ます形 踊ります
ない形 踊らない
た形 踊った

0309 □□□
おどろく
【驚く】
自五

譯 吃驚，驚奇

彼にはいつも、驚かされる。
我總是被他嚇到。

ます形 驚きます
ない形 驚かない
た形 驚いた

0310 □□□
おなか
【お腹】
名

譯 肚子，腸胃

会社に行くとき、いつもおなかが痛くなります。
要去公司時，肚子總是會痛。

0311 □□□
おなじ
【同じ】
形動

譯 相同的，一樣的，同等的；同一個

それは私のと同じだわ。
那個跟我的一樣。

丁寧形 同じです
ない形 同じではない
た形 同じだった

0312 □□□
おにいさん
【お兄さん】
名

譯 哥哥（「あに」的鄭重説法）

鈴木さんのお兄さんは、英語がわかります。
鈴木先生的哥哥懂英語。

0313 □□□
おねえさん
【お姉さん】
名

譯 姊姊（「あね」的鄭重説法）

お姉さんは、いつ結婚しましたか。
令姊什麼時候結婚的？

0314 □□□
おば
【伯母・叔母】
名

譯 姨媽，姑媽，伯母，舅媽

叔母の家へ行きます。
到姨媽家去。

あ い う え **お**

動詞「た形」變化跟「て形」一樣。
如：買う→買った、買って

分 秒
● T13-02:09

0315 □□□
おばあさん
【お祖母さん】
(名)

> 譯 祖母；外祖母（對一般老年婦女的稱呼）；奶奶，姥姥

<u>お祖母</u>さんといつ<u>会</u>いますか。
什麼時候跟奶奶見面？

0316 □□□
おばさん
【伯母さん・
叔母さん】
(名)

> 譯 姨媽，姑媽，伯母

<u>叔母</u>さんは、ここへは、いつ<u>来</u>ましたか。
姨媽什麼時候來過這裡？

0317 □□□
おはよう
(寒暄)

> 譯 （早晨見面時）早安，您早

<u>おはよう</u>。<u>今日</u>はどこかへ<u>行</u>きますか。
早安。今天要去哪裡呢？

0318 □□□
おべんとう
【お弁当】
(名)

> 譯 便當

<u>お弁当</u>は、いくついりますか。
要幾個便當？

0319 □□□
おぼえる
【覚える】
(他下一)

> 譯 記住，記得；學會，掌握；感到，覺得

<u>平仮名</u>は<u>覚</u>えましたが、<u>片仮名</u>はまだです。
平假名已經記住了，但是片假名還沒。

ます形 覚えます
ない形 覚えない
た形 覚えた

0320 □□□
**おまたせ
しました**
【お待たせ
しました】
(寒暄)

> 譯 讓您久等了

<u>お待たせしました</u>。どうぞお<u>坐</u>りください。
讓您久等了，請坐。

0321 □□□
おまつり
【お祭り】
(名)

> 譯 慶典，祭典

<u>お祭</u>りの<u>日</u>が、<u>近</u>づいてきた。
慶典快到了。

0322 □□□
おみまい
【お見舞い】
(名)

> 譯 探望

<u>田中</u>さんが、<u>お見舞</u>いに<u>花</u>をくださった。
田中小姐帶花來探望我。

46

0323 □□□
おみやげ
【お土産】
名

譯 當地名產；禮物　　　　　　　　🔊 **T14**

みんなにお土産を買ってこようと思います。

我想買點當地名產給大家。

0324 □□□
**おめでとう
ございます**
寒暄

譯 恭喜

おめでとうございます。賞品は、カメラとテレビとどちらのほうがいいですか。

恭喜您！獎品有照相機跟電視，您要哪一種？

0325 □□□
おもい
【重い】
形

譯（份量）重，沉重；（心情）沈重，不開朗；（情況）嚴重

重い荷物を持ちました。

提了很重的行李。

丁寧形	重いです
ない形	重くない
た形	重かった

0326 □□□
おもいだす
【思い出す】
他五

譯 想起來，回想

明日は休みだということを思い出した。

我想起明天放假。

ます形	思い出します
ない形	思い出さない
た形	思い出した

0327 □□□
おもいで
【思い出】
名

譯 回憶，追憶，追懷；紀念

旅の思い出に写真を撮る。

拍照留下旅行的紀念。

0328 □□□
おもう
【思う】
自五

譯 覺得，感覺

悪かったと思うなら、謝りなさい。

如果覺得自己不對，就去賠不是。

ます形	思います
ない形	思わない
た形	思った

0329 □□□
おもしろい
【面白い】
形

譯 好玩，有趣；愉快；新奇，別有風趣

映画は、あまり面白くなかったです。

電影不太有趣。

丁寧形	面白いです
ない形	面白くない
た形	面白かった

0330 □□□
おもちゃ
【玩具】
名

譯 玩具

孫のために、玩具を買っておきました。

為孫子買了玩具。

あ い う え **お** 動詞「た形」變化跟「て形」一樣。
如：買う→買った、買って

分 秒
● T14-01:00

0331 □□□
おもて
【表】
名

譯 表面；正面

紙の表に、名前と住所を書きなさい。
在紙的正面，寫下姓名與地址。

0332 □□□
おもに
【主に】
副

譯 主要，重要；(轉)大部分，多半

大学では主に物理を学んだ。
在大學主修了物理。

0333 □□□
おや
【親】
名

譯 父母，雙親；先祖；母體

親は私を医者にしたがっています。
父母希望我當醫生。

0334 □□□
およぐ
【泳ぐ】
自五

譯 (人、魚等在水中)游泳；穿過，度過

1日泳いで、とても疲れました。
游了一整天，感到非常疲倦。

ます形 泳ぎます
ない形 泳がない
た形 泳いだ

0335 □□□
およそ
【凡そ】
名・副

譯 大概；(一句話之開頭)凡是；大約；完全

田中さんを中心にして、およそ50人のグループを作った。
以田中小姐為中心，組成了大約50人的團體。

0336 □□□
おりる
【降りる】
自上一

譯 (從高處)下來，降落；(從車，船等)下來；(霜雪等)落下

バスを降ります。
從巴士上下來。

ます形 降ります
ない形 降りない
た形 降りた

0337 □□□
おりる
【下りる】
自上一

譯 下來；下車；退位

この階段は下りやすい。
這個階梯很好下。

ます形 下ります
ない形 下りない
た形 下りた

0338 □□□
おる
【居る】
自五

譯 在，存在

明日はうちに居りますので、どうぞ来てください。
明天我在家，請過來坐坐。

ます形 居ります
ない形 居らない
た形 居った

0339 □□□
おれい
【お礼】
名

譯 謝辭，謝禮

お礼を言わせてください。
請讓我表示一下謝意。

0340 □□□
おれる
【折れる】
自下一

譯 折彎；折斷

台風で、枝が折れるかもしれない。
樹枝或許會被颱風吹斷。

ます形 折れます
ない形 折れない
た形 折れた

0341 □□□
おろす
【下ろす・降ろす】
他五

譯 （從高處）取下，拿下，降下，弄下；砍下

車から荷を降ろす。
從車上卸下行李。

ます形 下ろします
ない形 下ろさない
た形 下ろした

0342 □□□
おわり
【終わり】
名

譯 結束，最後

小説は、終わりの書きかたが難しい。
小説的結尾很難寫。

0343 □□□
おんがく
【音楽】
名

譯 音樂

私は、音楽が好きです。
我喜歡音樂。

0344 □□□
おんせん
【温泉】
名

譯 溫泉

このあたりは、名所旧跡ばかりでなく、温泉もあります。
這地帶不僅有名勝古蹟，也有溫泉。

0345 □□□
おんな
【女】
名

譯 女人，女性，婦女；女人的容貌，姿色

私は、女とはけんかしません。
我不跟女人吵架。

0346 □□□
おんなのこ
【女の子】
名

譯 女孩子；少女

その女の子は、いくつですか。
那個女孩子幾歲？

か き く け こ 動詞「た形」變化跟「て形」一樣。
如：買う→買った、買って

● T15

0347 □□□ か【家】接尾	譯 …家

この問題は、専門家でも難しいでしょう。

這個問題，連專家也會被難倒吧！

0348 □□□ カーテン【curtain】名	譯 窗簾

カーテンをしめなくてもいいでしょう。

不拉上窗簾也沒關係吧！

0349 □□□ かい【会】名・接尾	譯 會，會議；…會

展覧会は、終わってしまいました。

展覽會結束了。

0350 □□□ かい・がい【回】名・接尾	譯 …回，次數

1週間に1回、泳ぎます。

一個星期游一次泳。

0351 □□□ かい・がい【階】接尾	譯 （樓房的）…樓，層

靴下は、何階にありますか。

襪子賣場在幾樓？

0352 □□□ がい【外】接尾・漢造	譯 …外；以外，之外；外側，外面；除外

そんなやり方は、問題外です。

那樣的作法，根本就是搞不清楚狀況。

0353 □□□ かいがん【海岸】名	譯 海岸

風のために、海岸は危険になっています。

因為風大，海岸很危險。

0354 □□□ かいぎ【会議】名	譯 會議

会議はもう終わったの。

會議已經結束了嗎？

0355 □□□
がいこう
【外交】
名

譯 外交；對外事務，外勤人員

外交上は、両国の関係は非常に良好である。

從外交上來看，兩國的關係相當良好。

0356 □□□
がいこく
【外国】
名

譯 外國，外洋

外国からも、たくさんの人が来ました。

從國外也來了很多人。

0357 □□□
**がいこく
じん**
【外国人】
名

譯 外國人

マイケルさんは外国人ですが、日本語が上手です。

麥克先生雖是外國人，但是日語講得很好。

0358 □□□
かいしゃ
【会社】
名

譯 公司；商社

9時に会社へ行きます。

9點去公司。

0359 □□□
かいしゃく
【解釈】
名・他サ

譯 解釋，理解，説明

この法律は、解釈上、二つの問題がある。

這條法律，在説明上有兩個問題點。

ます形 解釈します
ない形 解釈しない
た形 解釈した

0360 □□□
がいしゅつ
【外出】
名・自サ

譯 出門，外出

外出したついでに、銀行と美容院に行った。

外出時，順便去了銀行和美容院。

ます形 外出します
ない形 外出しない
た形 外出した

0361 □□□
かいじょう
【会場】
名

譯 會場

私も会場に入ることができますか。

我也可以進入會場嗎？

0362 □□□
かいだん
【階段】
名

譯 樓梯，階梯，台階；順序前進的等級，級別

階段を上ったり下りたりする。

上上下下爬樓梯。

動詞「た形」變化跟「て形」一樣。
如：買う→買った、買って

分秒
● T15- 01:56

0363 □□□
かいもの
【買い物】
名

譯 購物，買東西；要買的東西；買到的東西

デパートに買い物に行く。
到百貨公司購物。

0364 □□□
かいわ
【会話】
名

譯 會話

会話の練習をしても、なかなか上手になりません。
即使練習會話，也始終不見進步。

0365 □□□
かう
【飼う】
他五

譯 飼養（動物等）

うちではダックスフントを飼っています。
我家裡有養臘腸犬。

ます形 飼います
ない形 飼わない
た形 飼った

0366 □□□
かう
【買う】
他五

譯 購買；招致，惹起；器重，讚揚

あなたは、これがいくらなら買いますか。
這東西多少錢你才肯買？

ます形 買います
ない形 買わない
た形 買った

0367 □□□
かえす
【返す】
他五

譯 還，歸還，退還；送回（原處）；退掉（商品）

図書館に本を返してから、帰ります。
把書還回圖書館後再回家。

ます形 返します
ない形 返さない
た形 返した

0368 □□□
かえす
【帰す】
他五

譯 讓…回去，打發回家

もう遅いから、女性を一人で家に帰すわけにはいかない。
已經太晚了，不能就這樣讓女性一人單獨回家。

ます形 帰します
ない形 帰さない
た形 帰した

0369 □□□
かえって
【却って】
副

譯 反倒，相反地，反而

私が手伝うと、却って邪魔になるみたいです。
看來我反而越幫越忙的樣子。

0370 □□□
かえり
【帰り】
名

譯 回家途中；回來，回去

私は時々、帰りにおじの家に行くことがある。
我有時回家途中會去伯父家。

0371 □□□

かえる
【帰る】
（自五）

> **譯** 回來，回去；回歸；歸還，恢復

あなたがたは、もう家に帰るのですか。
你們已經要回家了嗎？

ます形 帰ります
ない形 帰らない
た形 帰った

0372 □□□

かえる
【変える】
（他下一）

> **譯** 改變；變更

がんばれば、人生を変えることもできるのだ。
只要努力，人生也可以改變的。

ます形 変えます
ない形 変えない
た形 変えた

0373 □□□

かえる
【返る】
（自五）

> **譯** 復原；返回；回應

友達に貸したお金が、なかなか返ってこない。
借給朋友的錢，遲遲沒能拿回來。

ます形 返ります
ない形 返らない
た形 返った

0374 □□□

かお
【顔】
（名）

> **譯** 臉，面孔；表情，神色；面子，顏面

🔘 **T16**

顔を洗ってから、新聞を読みます。
先洗完臉後再看報紙。

0375 □□□

かがく
【科学】
（名）

> **譯** 科學

科学が進歩して、いろいろなことができるようになりました。
科學進步了，很多事情都可以做了。

0376 □□□

かがく
【化学】
（名）

> **譯** 化學

化学を専攻しただけのことはあって、薬品には詳しいね。
不虧是曾主修化學的人，對藥品真是熟悉呢。

0377 □□□

かがみ
【鏡】
（名）

> **譯** 鏡子

鏡なら、そこにあります。
如果要鏡子，就在那裡。

0378 □□□

かかり
【係り】
（名）

> **譯** 負責某工作的人；關聯，牽聯

係りの人が忙しいところを、呼び止めて質問した。
我叫住正在忙的相關職員，找他問了些問題。

か
行

かいもの〜かかり

き
く
け
こ

 動詞「た形」變化跟「て形」一樣。
如：買う→買った、買って

分 秒
● T16-00:39

0379 □□□	譯 懸掛，掛上；覆蓋；陷入，落在…；遭遇	
かかる 【掛かる】 自五	なぜ壁に、この絵がかかっていますか。 為什麼牆上掛了這幅畫？	ます形 掛かります ない形 掛からない た形 掛かった

0380 □□□	譯 鑰匙，鎖頭；關鍵	
かぎ 【鍵】 名	ドアに鍵をかけましたか。 門上鎖了嗎？	

0381 □□□	譯 限定，限制；限於；以…為限；不限，不一定	
かぎる 【限る】 自他五	この仕事は、二十歳以上の人に限ります。 這份工作只限定 20 歲以上的成人才能做。	ます形 限ります ない形 限らない た形 限った

0382 □□□	譯 寫，書寫；作(畫)；寫作(文章等)	
かく 【書く】 他五	片仮名か平仮名で書く。 用片假名或平假名來書寫。	ます形 書きます ない形 書かない た形 書いた

0383 □□□	譯 (用手或爪)搔，撥；拔，推；攪拌，攪和	
かく 【搔く】 他五	失敗して恥ずかしくて、頭を掻いていた。 因失敗感到不好意思，而搔起頭來	ます形 掻きます ない形 掻かない た形 掻いた

0384 □□□	譯 家具	
かぐ 【家具】 名	家具といえば、やはり丈夫なものが便利だと思います。 說到家具，我認為還是耐用的東西比較方便。	

0385 □□□	譯 確實，準確；可靠	
かくじつ 【確実】 形動	もう少し待ちましょう。彼が来るのは確実だもの。 再等一下吧！因為他會來是千真萬確的事。	丁寧形 確実です ない形 確実ではない た形 確実だった

0386 □□□	譯 藏起來，隱瞞，掩蓋	
かくす 【隠す】 他五	事件のあと、彼は姿を隠してしまった。 案件發生後，他就躲了起來。	ます形 隠します ない形 隠さない た形 隠した

0387 ☐☐☐
がくせい
【学生】
名

> 譯 學生（主要指大專院校的學生）
>
> <ruby>学生<rt>がくせい</rt></ruby>は、３<ruby>人<rt>にん</rt></ruby>しかいません。
> 學生只有三位。

0388 ☐☐☐
がくぶ
【学部】
接尾

> 譯 …科系；…院系
>
> <ruby>彼<rt>かれ</rt></ruby>は<ruby>医<rt>い</rt></ruby><ruby>学部<rt>がくぶ</rt></ruby>に<ruby>入<rt>はい</rt></ruby>りたがっています。
> 他想進醫學院。

0389 ☐☐☐
がくもん
【学問】
名

> 譯 學業，學問；科學，學術；見識，知識
>
> <ruby>学問<rt>がくもん</rt></ruby>による<ruby>分析<rt>ぶんせき</rt></ruby>が、<ruby>必要<rt>ひつよう</rt></ruby>です。
> 用學術來分析是必要的。

0390 ☐☐☐
かくれる
【隠れる】
自下一

> 譯 躲藏，隱藏；隱遁；不為人知，潛在的
>
> <ruby>警察<rt>けいさつ</rt></ruby>から<ruby>隠<rt>かく</rt></ruby>れられるものなら、<ruby>隠<rt>かく</rt></ruby>れてみろよ。
> 你要是能躲過警察的話，你就躲看看啊！

ます形 隠れます
ない形 隠れない
た形 隠れた

0391 ☐☐☐
かげ
【影】
名

> 譯 影子；倒影；蹤影，形跡
>
> <ruby>二人<rt>ふたり</rt></ruby>の<ruby>影<rt>かげ</rt></ruby>が、<ruby>仲良<rt>なかよ</rt></ruby>く<ruby>並<rt>なら</rt></ruby>んでいる。
> 兩人的影子，肩並肩要好的並排著。

0392 ☐☐☐
かげ
【陰】
名

> 譯 日陰，背影處；背面；背地裡，暗中
>
> <ruby>木<rt>き</rt></ruby>の<ruby>陰<rt>かげ</rt></ruby>で、おべんとうを<ruby>食<rt>た</rt></ruby>べた。
> 在樹蔭下吃便當。

0393 ☐☐☐
かげつ
【ヶ月】
接尾

> 譯 …個月
>
> ２<ruby>ヶ月<rt>かげつ</rt></ruby>に１<ruby>回<rt>いっかい</rt></ruby>、<ruby>遊<rt>あそ</rt></ruby>びに<ruby>行<rt>い</rt></ruby>きます。
> 兩個月去玩一次。

0394 ☐☐☐
かける
【掛ける】
他下一

> 譯 掛在（牆壁）；戴上（眼鏡），蒙上；繫上，捆上
>
> <ruby>眼鏡<rt>めがね</rt></ruby>をかけないと<ruby>新聞<rt>しんぶん</rt></ruby>が<ruby>読<rt>よ</rt></ruby>めない。
> 不戴上眼鏡就沒辦法看報紙。

ます形 掛けます
ない形 掛けない
た形 掛けた

か
行

かかる～かける
き
く
け
こ

か きくけこ

動詞「た形」變化跟「て形」一様。
如：買う→買った、買って

分 秒
● T16-02:25

0395 □□□ かける 【掛ける】 他下一	譯 吊掛	
	ここにコートをお掛けください。 請把外套掛在這裡。	ます形 掛けます ない形 掛けない た形 掛けた

0396 □□□ かける 【欠ける】 自下一	譯 缺損；缺少	
	メンバーが一人欠けたままだ。 成員一直缺少一個人。	ます形 欠けます ない形 欠けない た形 欠けた

0397 □□□ かける 自下一	譯 奔跑，快跑	
	うちから駅までかけたので、疲れてしまった。 從家裡跑到車站，所以累壞了。	ます形 かけます ない形 かけない た形 かけた

0398 □□□ かこ 【過去】 名	譯 過去，往昔；(佛)前生，前世	
	過去のことを言うかわりに、未来のことを考えましょう。 與其述説過去的事，不如大家來想想未來的計畫吧！	

0399 □□□ かこむ 【囲む】 他五	譯 圍繞，包圍；下圍棋；圍攻	
	先生を囲んで話しているところへ、田中さんがやってきた。 當我們正圍著老師講話時，田中小姐來了。	ます形 囲みます ない形 囲まない た形 囲んだ

0400 □□□ かさ 【傘】 名	譯 傘	
	傘かコートを貸してください。 請借我傘或外套。	

0401 □□□ かさなる 【重なる】 自五	譯 重疊；(事情)趕在一起	
	いろいろな仕事が重なって、休むどころではありません。 同時有許多工作，哪能休息。	ます形 重なります ない形 重ならない た形 重なった

0402 □□□ かさねる 【重ねる】 他下一	譯 重疊堆放；再加上，蓋上；反覆，重複，屢次 ● T17	
	本がたくさん重ねてある。 書堆了一大疊。	ます形 重ねます ない形 重ねない た形 重ねた

0403 ☐☐☐

かざる
【飾る】
（他五）

> 譯 擺飾，裝飾
>
> 花_{はな}をそこにそう飾_{かざ}るときれいですね。
> 花像那樣擺在那裡，就很漂亮了。

ます形 飾ります
ない形 飾らない
た形 飾った

0404 ☐☐☐

かし
【菓子】
（名）

> 譯 點心，糕點，糖果
>
> お菓子_{かし}が焼_やけたのをきっかけに、お茶_{ちゃ}の時間_{じかん}にした。
> 趁著點心剛烤好，就當作是喝茶的時間。

0405 ☐☐☐

かじ
【火事】
（名）

> 譯 火災
>
> 空_{そら}が真_まっ赤_かになって、まるで火事_{かじ}が起_おこったようだ。
> 天空一片紅，宛如火災一般。

0406 ☐☐☐

かしこい
【賢い】
（形）

> 譯 聰明的，周到，賢明的
>
> その子_こがどんなに賢_{かしこ}いとしても、この問_{もん}題_{だい}は解_とけないだろう。
> 即使那孩子再怎麼聰明，也沒辦法解開這難題吧！

丁寧形 賢いです
ない形 賢くない
た形 賢かった

0407 ☐☐☐

**かしこまり
ました**
（寒暄）

> 譯 知道，了解（「わかる」的謙讓語）
>
> かしこまりました。少々_{しょうしょう}お待_まちください。
> 知道了，您請稍候。

0408 ☐☐☐

かす
【貸す】
（他五）

> 譯 借出，借給；出租，組給；幫助，提供（智慧與力量）
>
> 傘_{かさ}を貸_かしてください。
> 請借我傘。

ます形 貸します
ない形 貸さない
た形 貸した

0409 ☐☐☐

かぜ
【風】
（名）

> 譯 風；風氣，風尚；樣子，態度
>
> 風_{かぜ}はどちらに吹_ふいていますか。
> 風往哪裡吹？

0410 ☐☐☐

かぜ
【風邪】
（名）

> 譯 感冒，傷風
>
> 風邪_{かぜ}をひいて、学校_{がっこう}を休_{やす}みました。
> 感冒了，所以向學校請假。

か き く け こ

動詞「た形」變化跟「て形」一樣。
如：買う→買った、買って

分 秒
● T17- 01:04

0411 ☐☐☐
かぞえる
【数える】
(他下一)

譯 數，計算；列舉，枚舉

10から1まで逆に数える。
從 10 倒數到 1。

ます形 数えます
ない形 数えない
た形 数えた

0412 ☐☐☐
かぞく
【家族】
(名)

譯 家人，家庭，親屬

どちらが、あなたの家族ですか。
哪一位是你的家人？

0413 ☐☐☐
ガソリン
【gasoline】
(名)

譯 汽油

ガソリンを入れなくてもいいんですか。
不加油沒關係嗎？

0414 ☐☐☐
**ガソリン
スタンド**
【gasoline ＋
stand（日製）】
(名)

譯 加油站

あっちにガソリンスタンドがありそうです。
那裡好像有加油站。

0415 ☐☐☐
かた
【方】
(名・接尾)

譯 位，人（「人」的敬稱）

新しい先生は、あそこにいる方らしい。
新來的老師，好像是那邊的那位。

0416 ☐☐☐
かたい
【固い・堅い・硬い】
(形)

譯 硬的，堅固的；堅決的；生硬的；頑固的

父は、真面目というより頭が固いんです。
父親與其說是認真，還不如說是死腦筋。

丁寧形 固いです
ない形 固くない
た形 固かった

0417 ☐☐☐
かたかな
【片仮名】
(名)

譯 片假名

片仮名は、わかりません。
我不懂片假名。

0418 ☐☐☐
かたち
【形】
(名)

譯 形狀；形

どんな形の部屋にするか、考えているところです。
我正在想要把房間弄成什麼樣子。

か行

かぞえる～がっこう

きくけこ

0419 ☐☐☐
かたづける
【片付ける】
他下一

譯 收拾，打掃；解決

教室を<u>片付け</u>ようとしていたら、先生が
来た。
正打算整理教室的時候，老師來了。

ます形 片付けます
ない形 片付けない
た形 片付けた

0420 ☐☐☐
かたむく
【傾く】
自五

譯 傾斜；有…的傾向；（日月）偏西；衰弱，衰微

あのビルは、少し<u>傾い</u>ているね。
那棟大廈，有點偏一邊呢！

ます形 傾きます
ない形 傾かない
た形 傾いた

0421 ☐☐☐
かち
【価値】
名

譯 價值

あのドラマは見る<u>価値</u>がある。
那齣連續劇有一看的價值。

0422 ☐☐☐
かつ
【勝つ】
自五

譯 贏，勝利；克服

試合に<u>勝っ</u>たら、100万円やろう。
如果比賽贏了，就給你 100 萬日圓。

ます形 勝ちます
ない形 勝たない
た形 勝った

0423 ☐☐☐
がつ
【月】
接尾

譯 月

<u>一月一日</u>、ふるさとに<u>帰る</u>ことにした。
我決定一月一日回老家。

0424 ☐☐☐
がっかり
副・自サ

譯 失望，灰心喪氣；筋疲力盡

何も言わないことからして、すごく<u>がっ
かり</u>しているみたいだ。
從他不發一語的樣子看來，應該是相當地氣餒。

ます形 がっかりします
ない形 がっかりしない
た形 がっかりした

0425 ☐☐☐
かっこう
名

譯 外表，裝扮

その<u>かっこう</u>で<u>出</u>かけるの。
你要穿那樣出去嗎？

0426 ☐☐☐
がっこう
【学校】
名

譯 學校；（有時指）上課

<u>風邪</u>で<u>学校</u>に行きませんでした。
因為感冒，所以沒去學校。

動詞「た形」變化跟「て形」一樣。
如：買う→買った、買って

分 秒
● T17- 02:52

0427 □□□
かつどう
【活動】
名・自サ

譯 活動，行動

一緒に活動するにつれて、みんな仲良く
なりました。
隨著共同參與活動，大家都變成好朋友了。

ます形 活動します
ない形 活動しない
た形 活動した

0428 □□□
かてい
【家庭】
名

譯 家庭，家

● T18

最近の子どもの問題に関しては、家庭も家庭なら、学校も
学校だ。
關於最近小孩的問題，我認為家庭有家庭的不是，學校也有學校的缺失。

0429 □□□
かど
【角】
名

譯 角；（道路的）拐角，角落；稜角，不圓滑

机の角を丸くしてください。
請將桌角弄圓。

0430 □□□
かない
【家内】
名

譯 家內；家屬，全家；（我的）妻子，內人

そのコートは、家内のではありません。
那件外套不是我妻子的。

0431 □□□
かなしい
【悲しい】
形

譯 悲傷，悲哀

失敗してしまって、悲しいです。
失敗了，很是傷心。

丁寧形 悲しいです
ない形 悲しくない
た形 悲しかった

0432 □□□
かなしむ
【悲しむ】
他五

譯 感到悲傷，痛心，可歎

それを聞いたら、お母さんがどんなに悲し
むことか。
如果媽媽聽到這話，會多麼傷心呀！

ます形 悲しみます
ない形 悲しまない
た形 悲しんだ

0433 □□□
かならず
【必ず】
副

譯 一定，務必，必須

この仕事を 10 時までに必ずやっておいてね。
十點以前一定要完成這個工作。

0434 □□□

かなり
（副・形動・名）

譯 相當；頗

先生は、かなり疲れていらっしゃいますね。

老師您看來相當地疲憊呢！

0435 □□□

かね
【金】
（名）

譯 金屬；錢，金錢

事業を始めるというと、まず金が問題になる。

説到創業，首先金錢就是個問題。

0436 □□□

かのう
【可能】
（名・形動）

譯 可能

お金を貯めるどころか、大もうけも可能ですよ。

豈止存錢，也有可能大撈一筆呢。

丁寧形 可能です
ない形 可能ではない
た形 可能だった

0437 □□□

かのじょ
【彼女】
（名）

譯 她；女朋友

彼女はビールを 5 本も飲んだ。

她竟然喝了五瓶啤酒。

0438 □□□

かばん
【鞄】
（名）

譯 皮包，提包，公事包，書包

これは、私の鞄です。

這是我的手提包。

0439 □□□

かびん
【花瓶】
（名）

譯 花瓶

あの花瓶はどこで買いましたか。

那個花瓶是在哪裡買的？

0440 □□□

かぶる
【被る】
（他五）

譯 戴（帽子等）；（從頭上）蒙，蓋（被子）；（從頭上）套，穿

どうして帽子を被るのですか。

為什麼戴著帽子？

ます形 被ります
ない形 被らない
た形 被った

0441 □□□

かべ
【壁】
（名）

譯 牆壁；障礙

子どもたちに、壁に絵をかかないように言った。

已經告訴小孩不要在牆上塗鴉了。

動詞「た形」變化跟「て形」一樣。
如：買う→買った、買って

0442 □□□

かまう
〔自他五〕

譯 在意，理會；逗弄

あんな男にはかまうな。
不要理會那種男人。

ます形 かまいます
ない形 かまわない
た形 かまった

0443 □□□

がまん
【我慢】
〔名・他サ〕

譯 忍耐，克制，將就，原諒；(佛)饒恕

いらないと言った上は、ほしくても我慢します。
既然都講不要了，就算想要我也會忍耐。

ます形 我慢します
ない形 我慢しない
た形 我慢した

0444 □□□

かみ
【紙】
〔名〕

譯 紙

丈夫で薄い紙を使います。
我要用既薄又堅固的紙張。

0445 □□□

かみ
【髪】
〔名〕

譯 頭髮

髪を短く切るつもりだったがやめた。
原本想把頭髮剪短，但作罷了。

0446 □□□

かみ
【神】
〔名〕

譯 神，神明，上帝，造物主；(死者的)靈魂

世界平和を、神に祈りました。
我向神祈禱世界和平。

0447 □□□

かみなり
【雷】
〔名〕

譯 雷；雷神；大發雷霆的人

雷が鳴っているなと思ったら、やはり雨が降ってきました。
才剛打雷，這會兒果然下起雨來了。

0448 □□□

かむ
〔他五〕

譯 咬

犬にかまれました。
被狗咬了。

ます形 かみます
ない形 かまない
た形 かんだ

0449 □□□

カメラ
【camera】
〔名〕

譯 照相機；攝影機

カメラと一緒に、フィルムも買いました。
相機和底片都一起買了。

0450 □□□

かゆい
【痒い】
形

譯 癢的

なんだか体中痒いです。
不知道為什麼，全身發癢。

丁寧形 痒いです
ない形 痒くない
た形 痒かった

0451 □□□

かよう
【通う】
自五

譯 來往，往來

学校に通うことができて、まるで夢を見ているようだ。
能夠上學，簡直像作夢一樣。

ます形 通います
ない形 通わない
た形 通った

0452 □□□

かようび
【火曜日】
名

譯 星期二

金曜日から火曜日まで、うちにいません。
星期五到星期二這段期間不在家。

0453 □□□

から
【空】
名

譯 空的；空，假，虛

通帳はもとより、財布の中もまったく空です。
別說是存摺，就連錢包裡也空空如也。

0454 □□□

からい
【辛い】
形

譯 辣，辛辣；嚴格，嚴酷；艱難

甘いものは好きですが、辛いものは嫌いです。
喜歡甜食，但是不喜歡辛辣的食物。

丁寧形 辛いです
ない形 辛くない
た形 辛かった

0455 □□□

ガラス
【硝子】
名

譯 玻璃

ガラスは、プラスチックより弱いです。
玻璃比塑膠容易破。

0456 □□□

からだ
【体】
名

譯 身體；體格；體質

体が丈夫になった。
身體變結實了。

0457 □□□

かりる
【借りる】
他上一

譯 借（進來）；借助；租用，租借

図書館でも借りました。
也有向圖書館借過了。

ます形 借ります
ない形 借りない
た形 借りた

か き く け こ   動詞「た形」變化跟「て形」一樣。
如：買う→買った、買って

分 秒
● T18-03:19

0458 □□□
かるい
【軽い】
形

> **譯** 輕的，輕巧的；（程度）輕微的；輕鬆，快活

こっちの荷物の方が軽いです。

這個行李比較輕。

丁寧形 軽いです
ない形 軽くない
た形 軽かった

0459 □□□
かれ
【彼】
名

> **譯** 他

彼がそんな人だとは、思いませんでした。

沒想到他是那種人。

0460 □□□
かれら
【彼ら】
名

> **譯** 他們

● T19

彼らは本当に男らしい。

他們真是男子漢。

0461 □□□
かれる
【枯れる】
自下一

> **譯** 枯萎，乾枯；老練，造詣精深；（身材）枯瘦

庭の木が枯れてしまった。

庭院的樹木枯了。

ます形 枯れます
ない形 枯れない
た形 枯れた

0462 □□□
カレンダー
【calendar】
名

> **譯** 日曆；全年記事表

カレンダーがほしいです。

我想要日曆。

0463 □□□
かわ
【川】
名

> **譯** 河川，河流

川で泳ぎました。

在河裡游泳。

0464 □□□
かわ
【皮】
名

> **譯** 皮，表皮；皮革

りんごの皮をむいているところを、後ろから押されて指を切ってしまった。

我在削蘋果皮時，有人從後面推我一把，害我割到了手指。

0465 □□□
がわ
【側】
接尾

> **譯** …邊，…側；…方面，立場；周圍，旁邊

こちら側に来てください。

請到這邊來。

0466 ☐☐☐
かわいい
【可愛い】
形

譯 可愛，討人喜愛；小巧玲瓏；寶貴

可愛いバッグをください。
請給我可愛的包包。

丁寧形 可愛いです
ない形 可愛くない
た形 可愛かった

0467 ☐☐☐
かわいそう
【可哀相・可哀想】
形動

譯 可憐

お母さんが病気になって、子どもたちがかわいそうでならない。
母親生了病，孩子們真是可憐得叫人鼻酸！

丁寧形 可哀想です
ない形 可哀想ではない
た形 可哀想だった

0468 ☐☐☐
かわかす
【乾かす】
他五

譯 曬乾；晾乾；烤乾

洗濯物を乾かしているところへ、犬が飛び込んできた。
當我正在曬衣服的時候，小狗突然跑了進來。

ます形 乾かします
ない形 乾かさない
た形 乾かした

0469 ☐☐☐
かわく
【乾く】
自五

譯 乾；口渴

洗濯物が、そんなに早く乾くはずがありません。
洗好的衣物不可能那麼快就乾。

ます形 乾きます
ない形 乾かない
た形 乾いた

0470 ☐☐☐
かわりに
【代わりに】
副

譯 代替，替代；交換

父の代わりに、その仕事をやらせてください。
請讓我代替父親，做那個工作。

0471 ☐☐☐
かわる
【変わる】
自五

譯 變化，改變

彼は、考えが変わったようだ。
他的想法好像變了。

ます形 変わります
ない形 変わらない
た形 変わった

0472 ☐☐☐
かんがえ
【考え】
名

譯 思想，想法，意見；念頭，觀念；考慮；期待；決心

その件について自分の考えを説明した。
我說明了自己對那件事的看法。

動詞「た形」變化跟「て形」一樣。
如：買う→買った、買って

分 秒
● T19- 01:28

0473 □□□
かんがえる
【考える】
(他下一)

譯 思考；考慮

その問題は、彼に考えさせます。
我讓他想那個問題。

ます形 考えます
ない形 考えない
た形 考えた

0474 □□□
かんけい
【関係】
(名)

譯 關係；影響

みんな、二人の関係を知りたがっています。
大家都很想知道他們兩人的關係。

0475 □□□
かんげい
【歓迎】
(名・他サ)

譯 歡迎

故郷に帰った際には、とても歓迎された。
回到家鄉時，受到熱烈的歡迎。

ます形 歓迎します
ない形 歓迎しない
た形 歓迎した

0476 □□□
かんごふ
【看護婦】
(名)

譯 護士

私はもう 30 年も看護婦をしています。
我當護士已長達 30 年了。

0477 □□□
かんじ
【漢字】
(名)

譯 漢字

ジョンさんは、漢字がわかります。
約翰先生會漢字。

0478 □□□
かんじ
【感じ】
(名)

譯 知覺，感覺；印象

彼女は女優というより、モデルという感じですね。
與其說她是女演員，倒不如說她更像個模特兒。

0479 □□□
かんしゃ
【感謝】
(名・自他サ)

譯 感謝

本当は感謝しているくせに、ありがとうも
言わない。
明明就很感謝，卻連句道謝的話也不說。

ます形 感謝します
ない形 感謝しない
た形 感謝した

0480 □□□
かんじょう
【勘定】
(名・他サ)

譯 計算；算帳；（會計上的）帳目，戶頭，結帳；考慮，估計

そろそろお勘定をしましょうか。
差不多該結帳了吧！

ます形 勘定します
ない形 勘定しない
た形 勘定した

0481 □□□
かんじる・ずる
【感じる・ずる】
自他上一

> 譯 感覺，感到；感動，感觸，有所感

とても面白い映画だと<u>感じた</u>。

我覺得這部電影很有趣。

ます形 感じます
ない形 感じない
た形 感じた

0482 □□□
かんしん
【感心】
名・形動・自サ

> 譯 欽佩；贊成；（貶）令人吃驚

彼はよく働くので、<u>感心</u>させられる。

他很努力工作，真是令人欽佩。

ます形 感心します
ない形 感心しない
た形 感心した

0483 □□□
かんせい
【完成】
名・自他サ

> 譯 完成

ビルの<u>完成</u>にあたって、パーティーを開こうと思う。

在這大廈竣工之際，我想開個派對。

ます形 完成します
ない形 完成しない
た形 完成した

0484 □□□
かんぜん
【完全】
名・形動

> 譯 完全，完整；完美，圓滿

病気が<u>完全</u>に治ってからでなければ、退院しません。

在病情完全痊癒之前，我是不會出院的。

丁寧形 完全です
ない形 完全ではない
た形 完全だった

0485 □□□
かんそう
【感想】
名

> 譯 感想

全員、明日までに研修の<u>感想</u>を書くように。

所有人在明天以前都要寫出研究的感想。

0486 □□□
かんたん
【簡単】
名・形動

> 譯 簡單

<u>簡単</u>な問題なので、自分でできます。

因為問題很簡單，我自己可以處理。

丁寧形 簡単です
ない形 簡単ではない
た形 簡単だった

0487 □□□
がんばる
自五

> 譯 努力，加油；堅持

父に、合格するまで<u>がんばれ</u>と言われた。

父親要我努力，直到考上為止。

ます形 がんばります
ない形 がんばらない
た形 がんばった

0488 □□□
かんばん
【看板】
名

> 譯 招牌；牌子，幌子；（店鋪）關門，停止營業時間

<u>看板</u>の字を書いてもらえますか。

可以麻煩您替我寫下招牌上的字嗎？

動詞「た形」變化跟「て形」一樣。
如：買う→買った、買って

● T20

0489 □□□
き
【木】
名

譯 樹，樹木；木材，木料；木柴

<ruby>木<rt>き</rt></ruby>の<ruby>上<rt>うえ</rt></ruby>に<ruby>鳥<rt>とり</rt></ruby>がいます。
樹上有鳥。

0490 □□□
き
【気】
名

譯 氣氛；心思

たぶん<ruby>気<rt>き</rt></ruby>がつくだろう。
應該會發現吧！

0491 □□□
きいろい
【黄色い】
形

譯 黃色，黃色的

<ruby>木<rt>こ</rt></ruby>の<ruby>葉<rt>は</rt></ruby>は、いつ<ruby>黄色<rt>きいろ</rt></ruby>くなりますか。
樹葉什麼時候會變黃？

丁寧形 黄色いです
ない形 黄色くない
た形 黄色かった

0492 □□□
きえる
【消える】
自下一

譯 （燈、火等）熄滅；（雪等）融化；消失，隱沒，看不見

<ruby>山<rt>やま</rt></ruby>の<ruby>上<rt>うえ</rt></ruby>の<ruby>雪<rt>ゆき</rt></ruby>は、いつ<ruby>消<rt>き</rt></ruby>えますか。
山上的雪什麼時候會融化？

ます形 消えます
ない形 消えない
た形 消えた

0493 □□□
きおく
【記憶】
名・他サ

譯 記憶，記憶力；記性

<ruby>最近<rt>さいきん</rt></ruby>、<ruby>記憶<rt>きおく</rt></ruby>が<ruby>混乱<rt>こんらん</rt></ruby>ぎみだ。
最近有記憶錯亂的現象。

ます形 記憶します
ない形 記憶しない
た形 記憶した

0494 □□□
きかい
【機会】
名

譯 機會

<ruby>彼女<rt>かのじょ</rt></ruby>に<ruby>会<rt>あ</rt></ruby>えるいい<ruby>機会<rt>きかい</rt></ruby>だったのに、<ruby>残念<rt>ざんねん</rt></ruby>でしたね。
難得有這麼好的機會去見她，卻這樣真是可惜。

0495 □□□
きかい
【機械】
名

譯 機械

<ruby>機械<rt>きかい</rt></ruby>のような<ruby>音<rt>おと</rt></ruby>がしますね。
好像有機械轉動聲耶。

0496 □□□
きかい
【器械】
名

譯 機械，機器

<ruby>彼<rt>かれ</rt></ruby>は、<ruby>器械体操部<rt>きかいたいそうぶ</rt></ruby>で<ruby>活躍<rt>かつやく</rt></ruby>している。
他活躍於健身社中。

0497 □□□
きかん
【期間】
名

訳 期間，期限內

<ruby>夏<rt>なつやす</rt></ruby>みの<ruby>期間<rt>きかん</rt></ruby>、<ruby>塾<rt>じゅく</rt></ruby>の<ruby>教師<rt>きょうし</rt></ruby>として<ruby>働<rt>はたら</rt></ruby>きます。
暑假期間，我以補習班老師的身份在工作。

0498 □□□
きく
【聞く】
他五

訳 聽；聽說，聽到；聽從；應允，答應

<ruby>本<rt>ほん</rt></ruby>を<ruby>読<rt>よ</rt></ruby>んだり、<ruby>音楽<rt>おんがく</rt></ruby>を<ruby>聞<rt>き</rt></ruby>いたりしています。
我正看著書，時而聽聽音樂。

ます形 聞きます
ない形 聞かない
た形 聞いた

0499 □□□
きけん
【危険】
名・形動

訳 危險

<ruby>彼<rt>かれ</rt></ruby>は<ruby>危険<rt>きけん</rt></ruby>なところに<ruby>行<rt>い</rt></ruby>こうとしている。
他打算要去危險的地方。

丁寧形 危険です
ない形 危険ではない
た形 危険だった

0500 □□□
きげん
【機嫌】
名

訳 心情，情緒

<ruby>彼<rt>かれ</rt></ruby>の<ruby>機嫌<rt>きげん</rt></ruby>が<ruby>悪<rt>わる</rt></ruby>いとしたら、きっと<ruby>奥<rt>おく</rt></ruby>さんと<ruby>喧嘩<rt>けんか</rt></ruby>したんでしょう。
如果他心情不好，就一定是因為和太太吵架了。

0501 □□□
きこう
【気候】
名

訳 氣候，天氣

<ruby>最近<rt>さいきん</rt></ruby><ruby>気候<rt>きこう</rt></ruby>が<ruby>不順<rt>ふじゅん</rt></ruby>なので、<ruby>風邪<rt>かぜ</rt></ruby>ぎみです。
最近由於氣候不佳，有點要感冒的樣子。

0502 □□□
きこえる
【聞こえる】
自下一

訳 聽得見

<ruby>電車<rt>でんしゃ</rt></ruby>の<ruby>音<rt>おと</rt></ruby>が<ruby>聞<rt>き</rt></ruby>こえてきました。
聽到電車的聲音了。

ます形 聞こえます
ない形 聞こえない
た形 聞こえた

0503 □□□
きし
【岸】
名

訳 岸，岸邊；崖

<ruby>向<rt>む</rt></ruby>こうの<ruby>岸<rt>きし</rt></ruby>まで<ruby>泳<rt>およ</rt></ruby>いでいくよりほかない。
就只有游到對岸這個方法可行了。

0504 □□□
きしゃ
【汽車】
名

訳 火車

あれは、<ruby>青森<rt>あおもり</rt></ruby>に<ruby>行<rt>い</rt></ruby>く<ruby>汽車<rt>きしゃ</rt></ruby>らしい。
那好像是開往青森的火車。

動詞「た形」變化跟「て形」一樣。
如：買う→買った、買って

● T20- 01:50

分 秒

0505 ☐☐☐
ぎじゅつ
【技術】
名

譯 技術

ますます技術が発展していくでしょう。
技術會愈來愈進步吧！

0506 ☐☐☐
きず
【傷】
名

譯 傷口，創傷；缺陷，瑕疵

薬のおかげで、傷はすぐ治りました。
多虧了藥物，傷口馬上就痊癒了。

0507 ☐☐☐
きせつ
【季節】
名

譯 季節

今の季節は、とても過ごしやすい。
現在這季節很舒服。

0508 ☐☐☐
きせる
【着せる】
他下一

譯 給穿上 (衣服)；鍍上；嫁禍，加罪

着物を着せてあげましょう。
我來幫你把和服穿上吧！

ます形 着せます
ない形 着せない
た形 着せた

0509 ☐☐☐
きそ
【基礎】
名

譯 基石，基礎，根基；地基

英語の基礎は勉強したが、すぐにしゃべれるわけではない。
雖然有學過基礎英語，但也不可能馬上就能開口說的。

0510 ☐☐☐
きそく
【規則】
名

譯 規則，規定

規則を守りなさい。
你要遵守規定。

0511 ☐☐☐
きた
【北】
名

譯 北，北方，北邊；北風

どちらが北ですか。
哪一邊是北邊？

0512 ☐☐☐
ギター
【guitar】
名

譯 吉他

ギターの練習に行きます。
去練吉他。

0513 □□□
きたない
【汚い】
形

> 譯 骯髒；(道義上的)卑劣，不正經；(看上去)雜亂無章，亂七八糟

よく洗いましたが、まだ汚いです。
雖然仔細洗過，但還是很髒。

丁寧形 汚いです
ない形 汚くない
た形 汚かった

0514 □□□
きちんと
副

> 譯 整齊，乾乾淨淨；恰好；準時；好好地，牢牢地

きちんと勉強していたわりには、点が悪かった。
雖然努力用功了，但分數卻不理想。

0515 □□□
きっさてん
【喫茶店】
名

> 譯 咖啡店

喫茶店で、田中さんと会いました。
在咖啡廳跟田中先生見了面。

0516 □□□
きって
【切手】
名

> 譯 郵票；禮券

切手は、どこに貼りますか。
郵票要貼在哪裡？

0517 □□□
きっと
副

> 譯 一定，務必

きっと彼が行くことになるでしょう。
他一定會去吧！

0518 □□□
きっぷ
【切符】
名

> 譯 票，車票　　　　　　　　● T21

電車に乗る前に、切符を買います。
搭電車前先買車票。

0519 □□□
きぬ
【絹】
名

> 譯 絲

彼女の誕生日に、絹のスカーフをあげました。
女朋友生日，我送了絲質的絲巾給她。

0520 □□□
きねん
【記念】
名・他サ

> 譯 紀念

記念として、この本をあげましょう。
送你這本書做紀念吧！

ます形 記念します
ない形 記念しない
た形 記念した

か
行

か
ぎじゅつ〜きねん
く
け
こ

71

 動詞「た形」變化跟「て形」一樣。
如：買う→買った、買って

分 秒
● T21-00:24

0521 □□□
きのう
【昨日】
名

譯 昨天；近來，最近；過去，既往

昨日、友達とけんかしました。
昨天跟朋友吵了架。

0522 □□□
きのどく
【気の毒】
名・形動

譯 可悲；可惜，遺憾

お気の毒ですが、今回はあきらめていただくしかありませんね。
雖然很遺憾，但這次只能請您放棄了。

丁寧形 気の毒です
ない形 気の毒ではない
た形 気の毒だった

0523 □□□
きびしい
【厳しい】
形

譯 嚴格；嚴重

新しい先生は、厳しいかもしれない。
新老師也許會很嚴格。

丁寧形 厳しいです
ない形 厳しくない
た形 厳しかった

0524 □□□
きぶん
【気分】
名

譯 情緒；身體狀況；氣氛

気分が悪くても、会社を休みません。
即使身體不舒服，也不請假。

0525 □□□
きぼう
【希望】
名・他サ

譯 希望，期望，願望

あなたが応援してくれたおかげで、希望を持つことができました。
因為你的加油打氣，我才能懷抱希望。

ます形 希望します
ない形 希望しない
た形 希望した

0526 □□□
きまる
【決まる】
自五

譯 決定，規定

先生が来るかどうか、まだ決まっていません。
還不知道老師是否要來。

ます形 決まります
ない形 決まらない
た形 決まった

0527 □□□
きみ
【君】
名

譯 你

君は、将来何をしたいの。
你將來想做什麼？

0528 □□□
ぎむ
【義務】
名

譯 義務

我々には、権利もあれば、義務もある。
我們既有權利，也有義務。

0529 □□□
きめる
【決める】
(他下一)

譯 決定，規定；斷定

予定をこう決めました。
行程就這樣決定了。

ます形 決めます
ない形 決めない
た形 決めた

0530 □□□
きもち
【気持ち】
(名)

譯 心情；(身體)狀態

暗い気持ちのまま帰ってきた。
心情鬱悶地回來了。

0531 □□□
きもの
【着物】
(名)

譯 衣服；和服

着物とドレスと、どちらのほうが素敵ですか。
和服與洋裝，哪一件比較漂亮？

0532 □□□
ぎもん
【疑問】
(名)

譯 疑問，疑惑

私からすれば、あなたのやり方には疑問があります。
就我看來，我對你的做法感到有些疑惑。

0533 □□□
きゃく
【客】
(名)

譯 客人；顧客

客がたくさん入るだろう。
會有很多客人進來吧！

0534 □□□
ぎゃく
【逆】
(名・漢造)

譯 反，相反，倒；叛逆

今度は、逆に私から質問します。
這次，反過來由我來發問。

0535 □□□
きゅう・く
【九】
(名)

譯 (數)九，九個

午後九時ごろ、友達と飲みに行きました。
晚上9點左右，和朋友一起去喝了兩杯。

0536 □□□
きゅうこう
【急行】
(名)

譯 急行；快車

急行に乗ったので、早く着いた。
因為搭乘快車，所以提早到了。

動詞「た形」變化跟「て形」一樣。
如：買う→買った、買って

T21-02:10

0537 □□□ **きゅうに** 【急に】 副	譯 忽然，突然，急忙 車は、急に止まることができない。 車子沒辦法突然停下來。
0538 □□か□ **ぎゅうにく** 【牛肉】 名	譯 牛肉 その牛肉は 100 グラムいくらですか。 那個牛肉 100 公克多少錢？
0539 □□□ **ぎゅうにゅう** 【牛乳】 名	譯 牛奶 牛乳だけ飲みました。 只喝了牛奶。
0540 □□□ **きょう** 【今日】 名	譯 今天 昨日は暑かったです。今日も暑いです。 昨天很熱，今天也很熱。
0541 □□□ **きょういく** 【教育】 名	譯 教育 学校教育について、研究しているところだ。 正在研究學校教育。
0542 □□□ **きょうかい** 【教会】 名	譯 教會 明日、教会でコンサートがあるかもしれない。 明天教會也許有音樂會。
0543 □□□ **きょうし** 【教師】 名	譯 教師，老師 教師の立場から見ると、あの子はとてもいい生徒です。 從老師的角度來看，那孩子真是個好學生。
0544 □□□ **きょうしつ** 【教室】 名	譯 教室；研究室 一緒に教室へ行きました。 一起去了教室。

0545 □□□
きょうそう
【競争】
名・自サ

譯 競爭，比賽

● T22

一緒に勉強して、お互いに競争するようにした。
一起唸書，以競爭方式來激勵彼此。

ます形 競争します
ない形 競争しない
た形 競争した

0546 □□□
きょうだい
【兄弟】
名

譯 兄弟姊妹；親如兄弟的人，拜把兄弟

それでは、由美さんとは兄弟ですか。
那麼，你和由美小姐是姊妹嗎？

0547 □□□
きょうみ
【興味】
名

譯 興趣，興致

興味があれば、お教えします。
如果有興趣，我可以教您。

0548 □□□
きょうよう
【教養】
名

譯 教育，教養，修養；（專業以外的）知識學問

彼は教養があって、いろいろなことを知っている。
他很有學問，知道各式各樣的事情。

0549 □□□
きょうりょく
【協力】
名・自サ

譯 協力，合作，共同努力，配合

友達が協力してくれたおかげで、彼女とデートができた。
由於朋友們從中幫忙撮合，所以才有辦法約她出來。

ます形 協力します
ない形 協力しない
た形 協力した

0550 □□□
きょか
【許可】
名・他サ

譯 許可，批准

理由があるなら、外出を許可しないこともない。
如果有理由的話，並不是説不能讓你外出。

ます形 許可します
ない形 許可しない
た形 許可した

0551 □□□
きょねん
【去年】
名

譯 去年

2016年から去年まで、大学で勉強しました。
從2016年起到去年為止，都在大學念書。

動詞「た形」變化跟「て形」一樣。
如：買う→買った、買って

● T22-00:52

分 秒

0552 □□□
きょり
【距離】
名

譯 距離，間隔，差距

距離は遠いといっても、車で行けばすぐです。
雖說距離遠，但開車馬上就到了。

0553 □□□
きらい
【嫌い】
形動

譯 嫌惡，不喜歡；有…之嫌

肉も野菜も嫌いです。
我既不愛吃肉，也不愛吃蔬菜。

丁寧形 嫌いです
ない形 嫌いではない
た形 嫌いだった

0554 □□□
きらう
【嫌う】
他五

譯 嫌惡，厭惡；憎惡；區別

彼を嫌ってはいるものの、口をきかないわけにはいかない。
雖說我討厭他，但也不能完全不跟他說話。

ます形 嫌います
ない形 嫌わない
た形 嫌った

0555 □□□
きり
【霧】
名

譯 霧，霧氣；噴霧

山の中は、霧が深いにきまっています。
山裡一定籠罩著濃霧。

0556 □□□
きる
【切る】
他五

譯 切，剪，裁剪；切傷

紙を小さく切ってください。
請將紙剪小一點。

ます形 切ります
ない形 切らない
た形 切った

0557 □□□
きる
【着る】
他上一

譯（穿）衣服；承受，承擔

スーツを着て、出かけます。
穿上套裝後出門。

ます形 着ます
ない形 着ない
た形 着た

0558 □□□
きれ
【布】
名

譯 衣料，布頭，碎布

きれいなきれを買ってきて、バッグを作った。
我買漂亮的布料來作皮包。

0559 □□□
きれい
形動

譯 漂亮，好看；整潔，乾淨；乾脆

あの目のきれいな方はどなたですか。
那個有著漂亮的雙眼的人是誰？

丁寧形 きれいです
ない形 きれいではない
た形 きれいだった

0560 □□□
きれる
【切れる】
（自下一）

譯 斷開；中斷；用完，賣完；磨破；斷絕關係

このはさみは、あまり切れませんね。
這把剪刀不大利耶！

ます形 切れます
ない形 切れない
た形 切れた

0561 □□□
きろく
【記録】
（名・他サ）

譯 記錄，記載，（體育比賽的）紀錄

記録からして、大した選手じゃないのはわかっていた。
就紀錄來看，可知道他並不是很厲害的選手。

ます形 記録します
ない形 記録しない
た形 記録した

0562 □□□
キログラム
【kilogram】
（名）

譯 千克，公斤

肉を何キログラムほしいですか。
要幾公斤的肉？

0563 □□□
キロメートル
【（法）kilometre】
（名）

譯 一千公尺，一公里

燃費がいい車なので、1L のガソリンで 30 キロメートル走行できる。
這是省油的車款，一公升的石油可以跑 30 公里。

0564 □□□
ぎん
【銀】
（名）

譯 銀，白銀；銀色

銀の食器を買おうと思います。
我打算買銀製的餐具。

0565 □□□
ぎんこう
【銀行】
（名）

譯 銀行

そこが駅で、あそこが銀行です。
那邊是車站，那邊是銀行。

0566 □□□
きんし
【禁止】
（名・他サ）

譯 禁止

病室では、喫煙のみならず、携帯電話の使用も禁止されている。
病房內不止抽煙，就連使用手機也是被禁止的。

ます形 禁止します
ない形 禁止しない
た形 禁止した

か
行

か
きょり〜きんし
く
け
こ

動詞「た形」變化跟「て形」一樣。
如：買う→買った、買って

分 秒
● T22- 02:36

0567 □□□
きんじょ
【近所】
名

譯 附近，近處，近鄰

<u>近所</u>の人が、りんごをくれました。

鄰居送了我蘋果。

0568 □□□
きんぞく
【金属】
名

譯 金屬，五金

これはプラスチックではなく、<u>金属製</u>です。

這不是塑膠，它是用金屬製成的。

0569 □□□
きんにく
【筋肉】
名

譯 肌肉

<u>筋肉</u>を鍛えるとすれば、まず<u>運動</u>をしなければなりません。

如果要鍛鍊肌肉，首先就得多運動才行。

0570 □□□
きんようび
【金曜日】
名

譯 星期五

<u>金曜日</u>と<u>土曜日</u>は<u>忙</u>しいです。

星期五和星期六都很忙。

動詞「た形」變化跟「て形」一樣。
如：買う→買った、買って

● T23

0571 □□□
ぐあい
【具合】
名

譯（健康等）情況；狀況；方法

もう<u>具合</u>はよくなられましたか。

您身體好些了嗎？

0572 □□□
くうき
【空気】
名

譯 空氣；氣氛

その<u>町</u>は、<u>空気</u>がきれいですか。

那個小鎮空氣好嗎？

0573 □□□
くうこう
【空港】
名

譯 機場

<u>空港</u>まで、<u>送</u>ってさしあげた。

送他到機場。

0574 ☐☐☐
くさ
【草】
（名）

譯 草

草を取って、歩きやすいようにした。
把草拔掉，以方便走路。

0575 ☐☐☐
くさい
【臭い】
（形・接尾）

譯 難聞，臭；可疑；表示有某種味道

ごみ捨て場が臭い。
垃圾場很臭。

丁寧形 臭いです
ない形 臭くない
た形 臭かった

0576 ☐☐☐
くさる
【腐る】
（自五）

譯 腐臭，腐爛；金屬鏽，爛；墮落，腐敗

金魚鉢の水が腐る。
金魚魚缸的水臭了。

ます形 腐ります
ない形 腐らない
た形 腐った

0577 ☐☐☐
くしん
【苦心】
（名・自サ）

譯 苦心，費心

10年にわたる苦心の末、新製品が完成した。
長達10年嘔心瀝血的努力，終於完成了新產品。

ます形 苦心します
ない形 苦心しない
た形 苦心した

0578 ☐☐☐
くすり
【薬】
（名）

譯 藥，藥品；彩釉；火藥；好處，益處

薬は、一回いくつ飲まなければなりませんか。
藥一次要吃多少才行？

0579 ☐☐☐
くずれる
【崩れる】
（自下一）

譯 崩潰；散去；粉碎

雨が降り続けたので、山が崩れた。
因持續下大雨而山崩了。

ます形 崩れます
ない形 崩れない
た形 崩れた

0580 ☐☐☐
くせ
【癖】
（名）

譯 癖好，脾氣，習慣；（衣服的）摺線；頭髮亂翹

まず、朝寝坊の癖を直すことですね。
首先，你要做的是把你早上賴床的習慣改掉。

0581 ☐☐☐
ください
【下さい】
（敬）

譯 （表請求對方作）請給（我）；請

これとそれをください。
請給我這個和那個。

 動詞「た形」變化跟「て形」一樣。
如：買う→買った、買って

分 秒
● T23-01:14

0582 □□□
くださる
（他五）

譯 給，給予

先生が、今本をくださったところです。
老師剛把書給我。

ます形 くださいます
ない形 くださらない
た形 くださった

0583 □□□
くだもの
【果物】
（名）

譯 水果，鮮果

なにか果物をください。
請給我任意一種水果。

0584 □□□
くだり
【下り】
（名）

譯 下降的；下行列車

下りの列車に乗って帰ります。
我搭南下的火車回家。

0585 □□□
くだる
【下る】
（自五）

譯 下降，下去；下野，脫離公職；由中央到地方；下達；往河的
下游去

船で川を下る。
搭船順河而下。

ます形 下ります
ない形 下らない
た形 下った

0586 □□□
くち
【口】
（名）

譯 口，嘴巴；說話，語言；傳聞，話柄；出入口

あなたは口を出さないでください。
請別插嘴。

0587 □□□
くちびる
【唇】
（名）

譯 嘴唇

冬になると、唇が乾燥する。
一到冬天嘴唇就會乾燥。

0588 □□□
くつ
【靴】
（名）

譯 鞋子

きれいな靴ですね。
好漂亮的鞋子啊！

0589 □□□
くつした
【靴下】
（名）

譯 襪子

靴下やハンカチなどを洗濯しました。
洗了襪子和手帕。

0590 □□□

くに
【国】
名

> 譯 國家；國土；故鄉

サッカーで有名な国は、ブラジルです。
以足球而聞名的國家是巴西。

0591 □□□

くび
【首】
名

> 譯 頸部

どうしてか、首がちょっと痛いです。
不知道為什麼，脖子有點痛。

0592 □□□

くふう
【工夫】
名・自サ

> 譯 設法

工夫しないことには、問題を解決できない。
如不下點功夫，就沒辦法解決問題。

ます形 工夫します
ない形 工夫しない
た形 工夫した

0593 □□□

くべつ
【区別】
名・他サ

> 譯 區別，分清

🔊 T24

夢と現実の区別がつかなくなった。
我已分辨不出幻想與現實的區別了。

ます形 区別します
ない形 区別しない
た形 区別した

0594 □□□

くみ
【組】
名

> 譯 套，組，隊；班，班級；（黑道）幫

どちらの組に入りますか。
你要編到哪一組？

0595 □□□

くも
【雲】
名

> 譯 雲

白い煙がたくさん出て、雲のようだ。
冒出了很多白煙，像雲一般。

0596 □□□

くもる
【曇る】
自五

> 譯 陰天；模糊不清，朦朧；（因為憂愁）表情、心情黯淡

空が曇ります。
天是陰的。

ます形 曇ります
ない形 曇らない
た形 曇った

0597 □□□

くらい
【暗い】
形

> 譯 （光線）暗，黑暗；（顏色）發暗；陰沉，不愉快

暗いから、電気をつけませんか。
因為太暗了，要不要開電燈？

丁寧形 暗いです
ない形 暗くない
た形 暗かった

動詞「た形」變化跟「て形」一樣。
如：買う→買った、買って

分 秒
● T24-00:32

0598 □□□
くらい・ぐらい
【位】
副助

譯 大概，左右（數量或程度上的推測），上下；（表比較）像…那樣

今日の気温は、30度ぐらいです。
きょう き おん   ど
今天的氣溫約是三十度左右。

0599 □□□
クラス
【class】
名

譯 階級，等級；（學校的）班級

このクラスは、大変賑やかです。
たいへんにぎ
這一班很熱鬧。

0600 □□□
くらす
【暮らす】
自他五

譯 生活，度日

親子3人で楽しく暮らしています。
おや こ   にん   たの   く
親子三人過著快樂的生活。

ます形 暮らします
ない形 暮らさない
た形 暮らした

0601 □□□
くらべる
【比べる】
他下一

譯 比較

妹と比べると、姉の方がやっぱり美人だ。
いもうと く   あね ほう   び じん
跟妹妹比起來，姊姊果然是美女。

ます形 比べます
ない形 比べない
た形 比べた

0602 □□□
グラム
【（法）gramme】
名

譯 （公制重量單位）公克

三つで200グラムです。
みっ
三個共200公克。

0603 □□□
くりかえす
【繰り返す】
他五

譯 反覆，重覆

失敗は繰り返すまいと、心に誓った。
しっぱい く かえ   こころ ちか
我心中發誓，絕不再犯同樣的錯。

ます形 繰り返します
ない形 繰り返さない
た形 繰り返した

0604 □□□
くる
【来る】
自サ

譯 （空間、時間上的）來，到來；由來，引起；出現，（思想上）產生

日本語を勉強しに来ました。
に ほん ご   べんきょう   き
我過來學日語了。

ます形 きます
ない形 こない
た形 きた

0605 □□□
くるしむ
【苦しむ】
自五

譯 感到痛苦，感到難受

彼は若い頃、病気で長い間苦しんだ。
かれ わか ころ   びょう き   なが あいだくる
他年輕時因生病而長年受苦。

ます形 苦しみます
ない形 苦しまない
た形 苦しんだ

0606 ☐☐☐

くるま
【車】
名

> 譯 車子，汽車；車輪，輪

東京は、車が多いです。
東京的車子很多。

0607 ☐☐☐

くれる
他下一

> 譯 給；給我

そのお金を私にくれ。
那筆錢給我。

ます形	くれます
ない形	くれない
た形	くれた

0608 ☐☐☐

くれる
【暮れる】
自下一

> 譯 日暮；年終

日が暮れたのに、子どもたちはまだ遊んでいる。
天都黑了，孩子們卻還在玩。

ます形	暮れます
ない形	暮れない
た形	暮れた

0609 ☐☐☐

くろい
【黒い】
形

> 譯 黑(色)，褐色；骯髒；黑暗；邪惡，不吉利

黒いシャツを2枚ください。
請給我兩件黑襯衫。

丁寧形	黒いです
ない形	黒くない
た形	黒かった

0610 ☐☐☐

くわえる
【加える】
他下一

> 譯 加，加上

出汁に醤油と砂糖を加えます。
在湯汁裡加入醬油跟砂糖。

ます形	加えます
ない形	加えない
た形	加えた

0611 ☐☐☐

くわしい
【詳しい】
形

> 譯 詳細；精通，熟悉

彼は事情を詳しく知っている人です。
他是知道詳情的人。

丁寧形	詳しいです
ない形	詳しくない
た形	詳しかった

0612 ☐☐☐

くん
【君】
接尾

> 譯 君

田中君でも、誘おうかと思います。
我在想是不是也邀請田中君。

かきくけこ

動詞「た形」變化跟「て形」一樣。
如：買う→買った、買って

● T25

0613 □□□
げ
【下】
名

譯 下等；（書籍的）下卷

女性を殴るなんて、<u>下</u>の<u>下</u>というものだ。

竟然毆打女性，簡直比低級還更低級。

0614 □□□
けいかく
【計画】
名

譯 計劃

私の<u>計画</u>をご説明いたしましょう。

我來説明一下我的計劃！

0615 □□□
けいかん
【警官】
名

譯 警察；巡警

<u>警官</u>は、<u>事故</u>について<u>話</u>すように<u>言</u>いました。

警察要我説事故的發生經過。

0616 □□□
けいき
【景気】
名

譯（事物的）活動狀態，活潑，精力旺盛；（經濟的）景氣

<u>景気</u>がよくなるにつれて、<u>人々</u>のやる<u>気</u>も<u>出</u>てきている。

伴隨著景氣的回復，人們的幹勁也上來了。

0617 □□□
けいけん
【経験】
名

譯 經驗

<u>経験</u>がないまま、この<u>仕事</u>をしている。

我在沒有經驗的情況下，從事這份工作。

0618 □□□
けいこう
【傾向】
名

譯（事物的）傾向，趨勢

<u>若者</u>は、<u>厳</u>しい<u>仕事</u>を<u>避</u>ける<u>傾向</u>がある。

最近的年輕人，有避免從事辛苦工作的傾向。

0619 □□□
けいざい
【経済】
名

譯 經濟

<u>日本</u>の<u>経済</u>について、ちょっとお<u>聞</u>きします。

有關日本經濟，想請教你一下。

0620 □□□
けいさつ
【警察】
名

譯 警察；警察局

<u>警察</u>に<u>連絡</u>することにしました。

決定向警察報案。

110

0621 □□□
けいさん
【計算】
名・他サ

譯 計算，演算；估計，算計，考慮

商売をしているだけあって、計算が速い。
不愧是做買賣的，計算得真快。

ます形 計算します
ない形 計算しない
た形 計算した

0622 □□□
けいしき
【形式】
名

譯 形式，樣式；方式

上司が形式にこだわっているところに、新しい考えを提案
した。
在上司拘泥於形式時，我提出了新方案。

0623 □□□
げいじゅつ
【芸術】
名

譯 藝術

芸術もわからないくせに、偉そうなことを言うな。
明明就不懂藝術，別在那裡説得跟真的一樣。

0624 □□□
けが
名・自サ

譯 受傷

たくさんの人がけがをしたようだ。
好像很多人受傷了。

ます形 けがします
ない形 けがしない
た形 けがした

0625 □□□
げき
【劇】
名

譯 劇，戲劇；(接尾)引人注意的事件

その劇は、市役所において行われます。
那齣戲在市公所上演。

0626 □□□
けさ
【今朝】
名

譯 今天早上

今朝来なかったのは、どうしてですか。
今天早上為什麼沒來？

0627 □□□
けしき
【景色】
名

譯 景色，風景

どこか、景色のいいところへ行きたい。
想去風景好的地方。

0628 □□□
げしゅく
【下宿】
名・自サ

譯 寄宿，住宿

下宿の探し方がわかりません。
不知道如何尋找住的公寓。

ます形 下宿します
ない形 下宿しない
た形 下宿した

 動詞「た形」變化跟「て形」一樣。
如：買う→買った、買って

分 秒
● T25- 02:02

0629 □□□

けしょう
【化粧】
名・自サ

譯 化妝，打扮；修飾，裝飾，裝潢

彼女はトイレで化粧している。
她正在廁所化妝。

ます形 化粧します
ない形 化粧しない
た形 化粧した

0630 □□□

けす
【消す】
他五

譯 熄掉，撲滅；關掉，弄滅；消失，抹去

電気を消してから、うちを出ます。
先關掉電燈後再出門。

ます形 消します
ない形 消さない
た形 消した

0631 □□□

けずる
【削る】
他五

譯 削，刨，刮；刪減，削去，削減

木の皮を削り取る。
刨去樹皮。

ます形 削ります
ない形 削らない
た形 削った

0632 □□□

げた
【下駄】
名

譯 木屐

げたをはいて、外出した。
穿木屐出門去。

0633 □□□

けっか
【結果】
名・自他サ

譯 結果，結局

結果から見ると、今回の会議はなかなか成功でした。
就結果來看，這次的會議辦得挺成功的。

ます形 結果します
ない形 結果しない
た形 結果した

0634 □□□

けっきょく
【結局】
名・副

譯 結果，結局；最後，最終，終究

結局、最後はどうなったんですか。
結果，事情最後究竟演變成怎樣了？

0635 □□□

けっこう
【結構】
形動

譯 很好，漂亮；可以，足夠；(表示否定)不用，不要

結構なものをありがとうございます。
謝謝你送我這麼好的東西。

丁寧形 結構です
ない形 結構ではない
た形 結構だった

0636 □□□

けっこん
【結婚】
名・自サ

譯 結婚

田中さんとは、結婚しません。
我不跟田中先生結婚。

ます形 結婚します
ない形 結婚しない
た形 結婚した

0637 ☐☐☐
けっして
【決して】
副

譯 絕對

このことは、決してだれにも言わない。

這件事我絕不跟任何人說。

0638 ☐☐☐
けっしん
【決心】
名・自他サ

譯 決心，決意

絶対タバコは吸うまいと、決心した。

我下定決心不再抽煙。

ます形 決心します
ない形 決心しない
た形 決心した

0639 ☐☐☐
けっせき
【欠席】
名・自サ

譯 缺席

● T26

病気のため学校を欠席する。

因生病而沒去學校。

ます形 欠席します
ない形 欠席しない
た形 欠席した

0640 ☐☐☐
けってい
【決定】
名・自他サ

譯 決定，確定

いろいろ考えたあげく、留学することに決定しました。

再三考慮後，最後決定出國留學。

ます形 決定します
ない形 決定しない
た形 決定した

0641 ☐☐☐
けってん
【欠点】
名

譯 缺點，欠缺，毛病

彼は、欠点はあるにせよ、人柄はとてもいい。

就算他有缺點，但人品是很好的。

0642 ☐☐☐
げつようび
【月曜日】
名

譯 星期一

来週の月曜日や火曜日は暇です。

下星期一和星期二有空。

0643 ☐☐☐
けむり
【煙】
名

譯 煙

喫茶店は、煙草の煙でいっぱいだった。

咖啡廳裡，瀰漫著香煙的煙。

0644 ☐☐☐
ける
【蹴る】
他五

譯 踢；沖破（浪等）；拒絕，駁回

ボールを蹴ったら、隣のうちに入ってしまった。

球一踢就飛到隔壁的屋裡去了。

ます形 蹴ります
ない形 蹴らない
た形 蹴った

動詞「た形」變化跟「て形」一樣。
如：買う→買った、買って

● T26-00:46

0645 □□□
けれど・
けれども
（接助）

譯 但是

夏の暑さは厳しいけれど、冬は過ごしやすいです。

那裡夏天的酷熱非常難受，但冬天很舒服。

0646 □□□
けん
【軒】
（接尾）

譯 …間，…家

村には、薬屋が3軒もあるのだ。

村裡竟有三家藥局。

0647 □□□
けん
【県】
（名）

譯（日本地方行政區域）縣

隣の県から引っ越してきた。

我是從隔壁縣搬來的。

0648 □□□
げんいん
【原因】
（名）

譯 原因

原因は、小さなことでございました。

原因是一件小事。

0649 □□□
けんか
（名・自サ）

譯 爭吵，打架

だれでも、けんかしたくはないですよ。

沒有人想吵架。

ます形 けんかします
ない形 けんかしない
た形 けんかした

0650 □□□
げんかん
【玄関】
（名）

譯（建築物的）正門，前門，玄關

嫌な人が、玄関に来ています。

惹人厭的人來到了玄關。

0651 □□□
げんき
【元気】
（形動）

譯 精神，朝氣；身體結實；（萬物生長的）元氣

お父さんは元気です。お母さんも元気です。

父親精神很好，母親也不錯。

丁寧形 元気です
ない形 元気ではない
た形 元気だった

0652 □□□
けんきゅう
【研究】
（名・他サ）

譯 研究

何を研究されていますか。

您在做什麼研究？

ます形 研究します
ない形 研究しない
た形 研究した

88

0653 □□□

**けんきゅう
しつ**

【研究室】

名

譯 研究室

研究室にだれかいるようです。

研究室裡好像有人。

0654 □□□

げんきん

【現金】

名

譯 （手頭的）現款，現金；（經濟的）現款，現金

今もっている現金は、これきりです。

現在手邊的現金，就只剩這些了。

0655 □□□

げんご

【言語】

名

譯 言語

インドの言語状況について研究している。

我正在針對印度的語言生態進行研究。

0656 □□□

けんこう

【健康】

形動

譯 健康的，健全的

煙草をたくさん吸っていたわりに、健康です。

雖然抽煙抽得兇，但身體卻很健康。

丁寧形 健康です
ない形 健康ではない
た形 健康だった

0657 □□□

けんさ

【検査】

名・他サ

譯 檢查，檢驗

病気かどうかは、検査をした上でなければわからない。

是不是生病，不經過檢查是無法斷定的。

ます形 検査します
ない形 検査しない
た形 検査した

0658 □□□

げんざい

【現在】

名

譯 現在，目前，此時

現在は、保険会社で働いています。

我現在在保險公司上班。

0659 □□□

けんせつ

【建設】

名・他サ

譯 建設

ビルの建設が進むにつれて、その形が明らかになってきた。

隨著大廈建設的進行，它的雛形就慢慢出來了。

ます形 建設します
ない形 建設しない
た形 建設した

 動詞「た形」變化跟「て形」一樣。
如：買う→買った、買って

分 秒
● T26- 02:30

0660 □□□
げんだい
【現代】
(名)

> 譯 現代，當代；(歷史)現代(日本史上指二次世界大戰後)

この方法は、現代ではあまり使われません。
那個方法現代已經不常使用了。

0661 □□□
けんちく
【建築】
(名・他サ)

> 譯 建築，建造

ヨーロッパの建築について、研究しています。
我在研究有關歐洲的建築物。

> ます形 建築します
> ない形 建築しない
> た形 建築した

0662 □□□
けんぶつ
【見物】
(名・他サ)

> 譯 觀光，參觀

祭りを見物させてください。
請讓我參觀祭典。

> ます形 見物します
> ない形 見物しない
> た形 見物した

0663 □□□
けんり
【権利】
(名)

> 譯 權利

勉強することは、義務というより権利だと私は思います。
唸書這件事，與其說是義務，我認為它更是一種權利。

 動詞「た形」變化跟「て形」一樣。
如：買う→買った、買って

● T27

0664 □□□
こ
【個】
(接尾)

> 譯 …個

りんごを何個買いますか。
要買幾個蘋果？

0665 □□□
こ
【子】
(名)

> 譯 孩子

うちの子は、まだ5歳なのにピアノがじょうずです。
我家小孩才5歲，卻很會彈琴。

0666 □□□
ご
【五】
(名)

> 譯 (數)五

その映画は、五回ぐらい見ました。
那部電影看了五次左右。

0667 ☐☐☐
ご
【語】
接尾

譯 …語

彼は、上手な英語を話します。
他説一口很流利的英文。

0668 ☐☐☐
ご
【御】
接頭

譯 可形成尊敬語、謙讓語、美化語

ご近所にあいさつをしなくてもいいですか。
不跟鄰居打聲招呼好嗎？

0669 ☐☐☐
こい
【濃い】
形

譯 色或味濃深；濃稠

濃い化粧をする。
化著濃妝。

丁寧形 濃いです
ない形 濃くない
た形 濃かった

0670 ☐☐☐
こう
副

譯 這樣，這麼

そうしてもいいが、こうすることもできる。
雖然那樣也可以，但這樣做也可以。

0671 ☐☐☐
こうえん
【公園】
名

譯 公園

あの公園はきれいで大きいです。
那座公園既漂亮又寬廣。

0672 ☐☐☐
こうえん
【講演】
名・自サ

譯 演説，講演

誰に講演を頼むか、私には決めかねる。
我無法作主要拜託誰來演講。

ます形 講演します
ない形 講演しない
た形 講演した

0673 ☐☐☐
こうか
【効果】
名

譯 效果，成效，成績；（劇）效果

努力にもかかわらず、ぜんぜん効果が上がらない。
雖然努力了，效果還是完全未見提升。

0674 ☐☐☐
こうがい
【郊外】
名

譯 郊外

郊外は住みやすいですね。
郊外住起來舒服呢。

動詞「た形」變化跟「て形」一樣。
如：買う→買った、買って

分 秒
T27- 01:15

0675 □□□
こうぎ
【講義】
名

譯 上課

大学の先生に、法律について講義をしていただきました。
請大學老師幫我上法律。

0676 □□□
こうぎょう
【工業】
名

譯 工業

工業と商業と、どちらのほうが盛んですか。
工業與商業，哪一種比較興盛？

0677 □□□
こうくう
【航空】
名

譯 航空；「航空公司」的簡稱

航空会社に勤めたい。
我想到航空公司上班。

0678 □□□
**こうこう・こう
とうがっこう**
【高校・高等学校】
名

譯 高中

高校の時の先生が、アドバイスをしてくれた。
高中時代的老師給了我建議。

0679 □□□
こうこうせい
【高校生】
名

譯 高中生

高校生の息子に、英語の辞書をやった。
我送就讀高中的兒子英文辭典。

0680 □□□
こうこく
【広告】
名・他サ

譯 廣告；廣告宣傳

広告を出すとすれば、たくさんお金が必要
になります。
如果要拍廣告，就需要龐大的資金。

ます形 広告します
ない形 広告しない
た形 広告した

0681 □□□
こうさい
【交際】
名・自サ

譯 交際，交往，應酬

私が交際したかぎりでは、みんなとても
親切な方たちでした。
就我和他們相處的感覺，大家都是很友善的人。

ます形 交際します
ない形 交際しない
た形 交際した

0682 □□□

こうじ
【工事】
名・自サ

譯 工程，工事

工事の騒音をめぐって、近所から抗議されました。

工廠因為施工的噪音，而受到附近居民的抗議。

ます形 工事します
ない形 工事しない
た形 工事した

0683 □□□

こうじょう
【工場】
名

譯 工廠

工場で働かせてください。

請讓我在工廠工作。

0684 □□□

こうちょう
【校長】
名

譯 校長

校長が、これから話をするところです。

校長正要開始說話。

0685 □□□

こうつう
【交通】
名

譯 交通

東京は、交通が便利です。

東京交通便利。

0686 □□□

こうてい
【校庭】
名

譯 學校的庭園，操場

珍しいことに、校庭で誰も遊んでいない。

稀奇的是，沒有一個人在操場上。

0687 □□□

こうどう
【講堂】
名

譯 禮堂

みんなが講堂に集まりました。

大家在禮堂集合了。

0688 □□□

こうどう
【行動】
名・自サ

譯 行動，行為

いつもの行動からして、父は今頃飲み屋にいるでしょう。

就以往的行動模式來看，爸爸現在應該是在小酒店吧！

ます形 行動します
ない形 行動しない
た形 行動した

0689 □□□

こうば
【工場】
名

譯 工廠，作坊

3年間にわたって、町の工場で働いた。

長達三年的時間，都在鎮上的工廠工作。

動詞「た形」變化跟「て形」一樣。
如：買う→買った、買って

分 秒
● T27-02:59

0690 □□□

こうばん
【交番】
名

譯 派出所；交替，輪換

<ruby>交番<rt>こうばん</rt></ruby>に、<ruby>誰<rt>だれ</rt></ruby>がいますか。

有誰在派出所？

0691 □□□

こうへい
【公平】
名・形動

譯 公平，公道

● T28

<ruby>法<rt>ほう</rt></ruby>のもとに、<ruby>公平<rt>こうへい</rt></ruby>な<ruby>裁判<rt>さいばん</rt></ruby>を<ruby>受<rt>う</rt></ruby>ける。

法律之前，人人接受平等的審判。

丁寧形 公平です
ない形 公平ではない
た形 公平だった

0692 □□□

こうむいん
【公務員】
名

譯 公務員

<ruby>公務員<rt>こうむいん</rt></ruby>になるのは、<ruby>難<rt>むずか</rt></ruby>しいようです。

要當公務員好像很難。

0693 □□□

こえ
【声】
名

譯（人或動物的）聲音，語音，嗓音；（物體震動發出的）聲響

<ruby>大<rt>おお</rt></ruby>きな<ruby>声<rt>こえ</rt></ruby>で<ruby>歌<rt>うた</rt></ruby>いましょう。

大聲唱歌吧！

0694 □□□

コート
【coat】
名

譯 外套，大衣；（西裝的）上衣

<ruby>コート<rt></rt></ruby>を<ruby>買<rt>か</rt></ruby>いました。

買了外套。

0695 □□□

ごかい
【誤解】
名・他サ

譯 誤解，誤會

<ruby>誤解<rt>ごかい</rt></ruby>を<ruby>招<rt>まね</rt></ruby>くことなく、<ruby>状況<rt>じょうきょう</rt></ruby>を<ruby>説明<rt>せつめい</rt></ruby>しなければならない。

為了不引起誤會，要先說明一下狀況才行。

ます形 誤解します
ない形 誤解しない
た形 誤解した

0696 □□□

こきゅう
【呼吸】
名・自他サ

譯 呼吸，吐納；（合作時）步調，拍子

<ruby>緊張<rt>きんちょう</rt></ruby>すればするほど、<ruby>呼吸<rt>こきゅう</rt></ruby>が<ruby>速<rt>はや</rt></ruby>くなった。

越是緊張，呼吸就越是急促。

ます形 呼吸します
ない形 呼吸しない
た形 呼吸した

0697 □□□

こく
【国】
漢造

譯 國；政府；國際，國有，國家等的簡稱

<ruby>日本<rt>にほん</rt></ruby>から<ruby>台湾<rt>タイワン</rt></ruby>への<ruby>国際電話<rt>こくさいでんわ</rt></ruby>の<ruby>掛<rt>か</rt></ruby>けかたを<ruby>教<rt>おし</rt></ruby>えてください。

請教我怎麼從日本打國際電話到台灣。

0698 ☐☐☐
こくさい
【国際】
名

譯 國際

彼女はきっと国際的な仕事をするだろう。
她一定會從事國際性的工作吧！

0699 ☐☐☐
こくみん
【国民】
名

譯 國民

物価の上昇につれて、国民の生活は苦しくなりました。
隨著物價的上揚，國民的生活越來越困苦。

0700 ☐☐☐
ここ
代

譯 這裡；（表程度、場面、事體）此，如今

ここで車を降ります。
在這裡下車。

0701 ☐☐☐
ごご
【午後】
名

譯 下午，午後，後半天

午後仕事をします。
下午工作。

0702 ☐☐☐
ここのか
【九日】
名

譯 九號，九日；九天

九日は日曜日です。
九號是星期日。

0703 ☐☐☐
ここのつ
【九つ】
名

譯 九個；九歲

九つか十かは、どちらでもいい。
九個或十個都可以。

0704 ☐☐☐
こころ
【心】
名

譯 內心；心地；想法；心情

彼の心の優しさに、感動しました。
他善良的心地，叫人很感動。

0705 ☐☐☐
こしかける
【腰掛ける】
自下一

譯 坐下

ソファーに腰掛けて話をしましょう。
讓我們坐沙發上聊天吧！

ます形 腰掛けます
ない形 腰掛けない
た形 腰掛けた

動詞「た形」變化跟「て形」一樣。
如：買う→買った、買って

分 秒
T28- 01:40

0706 □□□
ごしゅじん
【ご主人】
名

譯（稱呼對方的）您的先生，您的丈夫

ジョンさんの奥さんや、花子さんのご主人が来ました。

約翰先生的太太和花子小姐的先生來了。

0707 □□□
こしょう
【故障】
名・自サ

譯 故障，毛病

私のコンピュータは、故障しやすい。

我的電腦老是故障。

ます形 故障します
ない形 故障しない
た形 故障した

0708 □□□
こする
【擦る】
他五

譯 擦，揉，搓；摩擦

汚れは、布で擦れば落ちます。

這污漬用布擦就會掉了。

ます形 擦ります
ない形 擦らない
た形 擦った

0709 □□□
ごぜん
【午前】
名

譯 上午，午前

午前 10 時に、先生と会います。

上午 10 點和老師碰面。

0710 □□□
ごぞんじ
【ご存知】
名

譯 您知道（尊敬語）

ご存知のことをお教えください。

請告訴我您所知道的事。

0711 □□□
こたえ
【答え】
名

譯 回答，答覆；答案

テストの答えは、ああ書いておきました。

考試的答案，都已經寫在那裡了。

0712 □□□
こたえる
【答える】
自下一

譯 回答，答覆，解答

質問に答えてくださいませんか。

能不能請您回答問題？

ます形 答えます
ない形 答えない
た形 答えた

0713 □□□
ごちそう
名

譯 請客；豐盛佳餚

ごちそうがなくてもいいです。

沒有豐盛的佳餚也無所謂。

96

0714 □□□
こちら
（代）

譯 這邊，這裡，這方面；這位；我，我們

<u>こちら</u>からも、手紙を書きました。

我這邊也寫了信。

0715 □□□
こづかい
【小遣い】
（名）

譯 零用錢

ちゃんと勉強したら、お<u>小遣い</u>をあげないこともないわよ。

只要你好好讀書，也不是不給你零用錢的。

0716 □□□
こっち
（名）

譯 這裡，這邊

<u>こっち</u>に、なにか面白い鳥がいます。

這裡有一隻有趣的鳥。

0717 □□□
コップ
【（荷）kop】
（名）

譯 杯子，玻璃杯，茶杯

<u>コップ</u>で、水を飲む。

用杯子喝水。

0718 □□□
こと
（名）

譯 事情；事件；説的話

おかしい<u>こと</u>を言ったのに、だれも面白がらない。

説了滑稽的事，卻沒人覺得有趣。

0719 □□□
こと
【事】
（名）

譯 事情；事務；與…有關之事

課長も課長なら、部長も部長で、この<u>こと</u>にだれも責任を持たない。

不管是課長還是部長，都也真是的，誰都不願意承擔這件事的責任。

0720 □□□
ことし
【今年】
（名）

譯 今年

あなたは、<u>今年</u>いくつですか。

你今年幾歲？

0721 □□□
ことば
【言葉】
（名）

譯 語言，詞語；説法，措辭　　　　　○ T29

彼の話す<u>言葉</u>は、英語です。

他講的語言是英語。

動詞「た形」變化跟「て形」一樣。
如：買う→買った、買って

● T29- 00:09

分 秒

0722 □□□
こども
【子ども】
名

譯 兒女；小孩，孩子，兒童

子^こどもと一緒^{いっしょ}に歌^{うた}を歌^{うた}う。
跟小朋友一起唱歌。

0723 □□□
ことり
【小鳥】
名

譯 小鳥

小鳥^{ことり}には、何^{なに}をやったらいいですか。
餵什麼給小鳥吃好呢？

0724 □□□
こな
【粉】
名

譯 粉，粉末，麵粉

この粉^{こな}は、小麦粉^{こむぎこ}ですか。
這粉是麵粉嗎？

0725 □□□
この
連體

譯 這…，這個…

私^{わたし}は、この人^{ひと}たちをだれも知^しりません。
這些人我沒有一個認識的。

0726 □□□
このあいだ
副

譯 前幾天，前些時候

このあいだ買^かったのは、おいしくなかった。
前幾天買的不好吃。

0727 □□□
このごろ
副

譯 最近

このごろ、考^{かんが}えさせられることが多^{おお}いです。
最近讓人省思的事有很多。

0728 □□□
ごはん
【ご飯】
名

譯 米飯；飯食，餐

1日^{にち}に3回^{かい}、ご飯^{はん}を食^たべる。
一天吃三頓飯。

0729 □□□
こまかい
【細かい】
形

譯 細小；詳細；無微不至

細^{こま}かいことは言^いわずに、適当^{てきとう}にやりましょう。
別鑽牛角尖，看情況做吧！

丁寧形 細かいです
ない形 細かくない
た形 細かかった

0730 □□□
こまる
【困る】
（自五）

譯 感到傷腦筋，困擾；苦惱；沒有辦法

お金がなくて、困りました。

沒錢感到非常困擾。

ます形 困ります
ない形 困らない
た形 困った

0731 □□□
ごみ
（名）

譯 垃圾

道にごみを捨てるな。

別把垃圾丟在路邊。

0732 □□□
こむ
【込む】
（自五・接尾）

譯 擁擠；深入；完全；費事

朝の電車は、込んでいるらしい。

早上的電車好像很擠。

ます形 込みます
ない形 込まない
た形 込んだ

0733 □□□
こめ
【米】
（名）

譯 米

台所に米があるかどうか、見てきてください。

你去看廚房裡是不是還有米。

0734 □□□
ごらん
【ご覧】
（名）

譯（敬）看，觀覽；（親切的）請看；（接動詞連用形）試試看

窓から見える景色がきれいだからご覧なさい。

從窗戶眺望的景色實在太美了，您也來看看吧！

0735 □□□
ごらんになる
（他五）

譯 看，閱讀（尊敬語）

ここから、富士山をごらんになることができます。

從這裡可以看到富士山。

ます形 ごらんになります
ない形 ごらんにならない
た形 ごらんになった

0736 □□□
これ
（代）

譯 這個，此；這人；現在，此時

これは汚いから、きれいなのをください。

這個有點髒，請給我乾淨的。

0737 □□□
これから
（連語）

譯 接下來，現在起

これから、母にあげるものを買いに行きます。

現在要去買送母親的禮物。

動詞「た形」變化跟「て形」一樣。
如：買う→買った、買って

● T29- 01:44

分 秒

0738 □□□
ころ・ごろ
【頃】
名

譯 （表示時間）左右，時候；正好的時候

10時ごろには、出かけます。
10 點左右會出門。

0739 □□□
ころす
【殺す】
他五

譯 殺死，致死；抑制，消除；埋沒；殺，（棒球）使出局

社長を批判すると、殺されかねないよ。
你要是批評社長，性命可就難保了唷！

ます形 殺します
ない形 殺さない
た形 殺した

0740 □□□
ころぶ
【転ぶ】
自五

譯 跌倒，倒下；滾轉；趨勢發展，事態變化

道で転んで、ひざ小僧を怪我した。
在路上跌了一跤，膝蓋受了傷。

ます形 転びます
ない形 転ばない
た形 転んだ

0741 □□□
こわい
【怖い】
形

譯 可怕，害怕

どんなに怖くても、ぜったい泣かない。
不管怎麼害怕，也絕不哭。

丁寧形 怖いです
ない形 怖くない
た形 怖かった

0742 □□□
こわす
【壊す】
他五

譯 弄碎；破壞

コップを壊してしまいました。
摔破杯子了。

ます形 壊します
ない形 壊さない
た形 壊した

0743 □□□
こわれる
【壊れる】
自下一

譯 壞掉，損壞；故障

台風で、窓が壊れました。
窗戶因颱風而壞掉了。

ます形 壊れます
ない形 壊れない
た形 壊れた

0744 □□□
こんげつ
【今月】
名

譯 這個月

今月は、元気で勉強しましょう。
這個月就好好提起精神唸書吧。

0745 □□□
コンサート
【concert】
名

譯 音樂會

コンサートでも行きませんか。
要不要去參加音樂會？

0746 □□□
こんしゅう
【今週】
名

譯 這個星期，本週

どうして今週は寒いのですか。
這禮拜為什麼這麼冷？

0747 □□□
こんど
【今度】
名

譯 這次；下次；以後

今度、すてきな服を買ってあげましょう。
下次買漂亮的衣服給你！

0748 □□□
こんな
連體

譯 這樣的，這種的

だれも、こんなことはしませんよ。
沒有人會做這種事的。

0749 □□□
こんなん
【困難】
名・形動

譯 困難，困境；窮困

30年代から40年代にかけて、困難な日々
が続いた。
30年代到40年代這段時間，日子一直都很艱困。

丁寧形 困難です
ない形 困難ではない
た形 困難だった

0750 □□□
こんにちは
寒暄

譯 你好，日安

こんにちは、どこかへ行くのですか。
你好，要上哪兒去呢？

0751 □□□
こんばん
【今晩】
名

譯 今天晚上，今夜

今晩は、どこへも行きません。
今天晚上哪裡都不去。

0752 □□□
こんばんは
寒暄

譯 你好，晚上好

こんばんは、今日は暑くてたいへんでしたね。
晚安，今天真是熱得好難受哦！

0753 □□□
こんや
【今夜】
名

譯 今晚

今夜までに連絡します。
今晚以前會跟你聯絡。

動詞「た形」變化跟「て形」一樣。
如：買う→買った、買って

● T29- 03:25 分 秒

0754 □□□
こんらん
【混乱】
名・自サ

譯 混亂

この古代国家は、政治の混乱のすえに滅亡した。

這一古國，由於政治的混亂，結果滅亡了。

ます形 混乱します
ない形 混乱しない
た形 混乱した

動詞「た形」變化跟「て形」一樣。
如：買う→買った、買って

● T30

0755 □□□
さあ
感

譯（表示勸誘，催促）來；表躊躇、遲疑的聲音

さあ、ここで電車を降りましょう。

來，在這裡下電車吧。

0756 □□□
さい
【歳】
量詞

譯 …歲

これは、3歳の子どものための本です。

這是給三歲小孩看的書。

0757 □□□
さいきん
【最近】
名

譯 最近

彼女は最近、勉強もしないし、遊びにも行きません。

她最近既不唸書也不去玩。

0758 □□□
さいご
【最後】
名

譯 最後，最末

パーティーの最後に、お菓子をくださった。

派對的最後，送了糕點。

0759 □□□
ざいさん
【財産】
名

譯 財產；文化遺產

財産という点からいうと、彼は結婚相手として悪くない。

就財產這一點來看，把他當結婚對象其實也不錯。

0760 □□□
さいしょ
【最初】
名

譯 最初，開頭，第一個

最初は、道具がなくてもかまいませんよ。

剛開始沒有道具也沒關係喔！

0761 □□□

さいそく
【催促】
名・他サ

> 譯 催促，催討

食事がなかなか来ないから、催促するしかない。

因為餐點遲遲不來，所以只好催它快來。

ます形 催促します
ない形 催促しない
た形 催促した

0762 □□□

さいちゅう
【最中】
名

> 譯 動作進行中，最頂點，活動中

仕事の最中に、邪魔をするべきではない。

他人在工作，不該去打擾。

0763 □□□

さいのう
【才能】
名

> 譯 才能，才幹

才能があれば成功するというものではない。

並非有才能就能成功。

0764 □□□

さいばん
【裁判】
名・他サ

> 譯 裁判，評斷，判斷；（法）審判，審理

彼は、長い裁判のすえに無罪になった。

他經過長期的訴訟，最後被判無罪。

ます形 裁判します
ない形 裁判しない
た形 裁判した

0765 □□□

さいふ
【財布】
名

> 譯 錢包

彼女の財布は重そうです。

她的錢包好像很重的樣子。

0766 □□□

ざいりょう
【材料】
名

> 譯 材料，原料；數據

簡単ではないが、材料が手に入らないわけではない。

雖說不是很容易，但也不是拿不到材料。

0767 □□□

さか
【坂】
名

> 譯 斜面，坡道；（比喻人生或工作的關鍵時刻）大關，陡坡

坂を上ったところに、教会があります。

上坡之後的地方有座教會。

0768 □□□

さかい
【境】
名

> 譯 界線，疆界，交界；境界，境地；分界線，分水嶺

隣町との境に、川が流れています。

有條河流過我們和鄰鎮的交界。

 動詞「た形」變化跟「て形」一樣。
如：買う→買った、買って

分 秒
● T30- 01:51

0769 ☐☐☐
さがす
【探す】
(他五)

譯 尋找，找尋

彼が財布をなくしたので、一緒に探してやりました。
他的錢包不見了，所以一起幫忙尋找。

ます形 探します
ない形 探さない
た形 探した

0770 ☐☐☐
さかな
【魚】
(名)

譯 魚

魚は食べますが、肉は食べません。
吃魚但不吃肉。

0771 ☐☐☐
さがる
【下がる】
(自五)

譯 後退；下降

危ないから、後ろに下がっていただけますか。
很危險，可以請您往後退嗎？

ます形 下がります
ない形 下がらない
た形 下がった

0772 ☐☐☐
さかん
【盛ん】
(形動)

譯 繁盛，興盛；熱烈

この町は、工業も盛んだし商業も盛んだ。
這小鎮工業跟商業都很興盛。

丁寧形 盛んです
ない形 盛んではない
た形 盛んだった

0773 ☐☐☐
さき
【先】
(名)

譯 先，早；頂端，尖端；前頭，最前端

誰が先に行きましたか。
誰先去了？

0774 ☐☐☐
さぎょう
【作業】
(名・自サ)

譯 工作，操作，作業

作業をやりかけたところなので、今は手が離せません。
因為現在工作正做到一半，所以沒有辦法離開。

ます形 作業します
ない形 作業しない
た形 作業した

0775 ☐☐☐
さく
【咲く】
(自五)

譯 開（花）

花がきれいに咲きました。
花開得很漂亮。

ます形 咲きます
ない形 咲かない
た形 咲いた

0776 □□□
さくしゃ
【作者】
名

譯 作者，作家

この小説の<u>作者</u>は、60年代から70年代にわたってパリに住んでいた。

這小説的作者，60到70年代之間，都住在巴黎。

0777 □□□
さくひん
【作品】
名

譯 製成品；（藝術）作品，（特指文藝方面）創作

これは私にとって忘れがたい<u>作品</u>です。

這對我而言，是件難以忘懷的作品。

0778 □□□
さくぶん
【作文】
名

譯 作文

<u>作文</u>を上手に書きました。

寫了一篇很棒的作文。

0779 □□□
さけぶ
【叫ぶ】
自五

譯 喊叫，呼叫，大聲叫；呼喊，呼籲

少年は、急に思い出したかのように<u>叫</u>んだ。

少年好像突然想起了什麼事一般地大叫了一聲。

ます形 叫びます
ない形 叫ばない
た形 叫んだ

0780 □□□
さける
【避ける】
他下一

譯 避開，逃避；避免

問題を指摘しつつも、自分から行動することは<u>避け</u>ている。

儘管他指出了問題點，但還是盡量避免自己去做。

ます形 避けます
ない形 避けない
た形 避けた

0781 □□□
さげる
【下げる】
他下一

譯 向下；掛；收走

飲み終わったら、コップを<u>下げ</u>ます。

喝完了，杯子就會收走。

ます形 下げます
ない形 下げない
た形 下げた

0782 □□□
さじ
【匙】
名

譯 匙子，小杓子

子どもが勉強しないので、もう<u>さじ</u>を投げました。

我小孩不想讀書，所以我已經死心了。

さ し す せ そ 動詞「た形」變化跟「て形」一樣。
如：買う→買った、買って

分 秒
● T30- 03:35

0783 □□□
さしあげる
【差し上げる】
（他下一）

譯 給（「あげる」謙讓語）

<u>差し上げた</u>薬を、毎日お飲みになってください。

開給您的藥，請每天服用。

ます形 差し上げます
ない形 差し上げない
た形 差し上げた

0784 □□□
さす
（他五）

譯 撐（傘等）

● T31

傘を<u>ささ</u>ないで、雨の中を歩きました。

不撐傘在雨中行走。

ます形 さします
ない形 ささない
た形 さした

0785 □□□
さす
【刺す】
（他五）

譯 刺，穿，扎；螫，咬，釘；縫綴，衲；捉住，黏捕

蜂に<u>刺</u>されてしまった。

我被蜜蜂給螫到了。

ます形 刺します
ない形 刺さない
た形 刺した

0786 □□□
さす
【指す】
（他五）

譯 指，指示；叫，令，命令做…

甲と乙というのは、契約者を<u>指し</u>ています。

這甲乙指的是簽約的雙方。

ます形 指します
ない形 指さない
た形 指した

0787 □□□
さそう
【誘う】
（他五）

譯 約，邀請；勸誘，會同；誘惑，勾引；引誘，引起

女性を<u>誘う</u>と、誤解されかねないですよ。

去邀約女性有可能會招來誤解喔！

ます形 誘います
ない形 誘わない
た形 誘った

0788 □□□
さつ
【冊】
（接尾）

譯 …本，…冊

辞書を一<u>冊</u>、貸してくださいませんか。

能不能借我一本字典？

0789 □□□
さつ
【札】
（名・漢造）

譯 紙幣，鈔票；（寫有字的）木牌，紙片；信件；門票，車票

財布にお<u>札</u>が一枚も入っていません。

錢包裡，連一張紙鈔也沒有。

0790 □□□
さっか
【作家】
（名）

譯 作家，作者，文藝工作者；藝術家，藝術工作者

さすが、<u>作家</u>だけあって、文章がうまい。

不愧是作家，文章寫得真好。

0791 □□□
さっき
（副）

譯 剛剛，剛才

<u>さっき</u>ここにいたのは、誰だい。
剛才在這裡的是誰？

0792 □□□
ざっし
【雑誌】
（名）

譯 雜誌，期刊

この<u>雑誌</u>はおもしろいですが、高いです。
這本雜誌雖很好看但很貴。

0793 □□□
さっそく
【早速】
（副）

譯 立刻，馬上，火速，趕緊

手紙をもらったので、<u>早速</u>返事を書きました。
我收到了信，所以馬上就回信了。

0794 □□□
さとう
【砂糖】
（名）

譯 砂糖

コーヒーに<u>砂糖</u>を入れます。
在咖啡裡加砂糖。

0795 □□□
さびしい
【寂しい】
（形）

譯 孤單；寂寞

<u>寂しい</u>ので、遊びに来てください。
因為我很寂寞，過來坐坐吧！

丁寧形 寂しいです
ない形 寂しくない
た形 寂しかった

0796 □□□
さま
【様】
（接尾）

譯 先生，小姐

山田<u>様</u>、どうぞお入りください。
山田先生，請進。

0797 □□□
さむい
【寒い】
（形）

譯 （天氣）寒冷；膽怯，心虛；寒愴，簡陋

中は暖かいが、外は<u>寒い</u>。
裡面很暖和，但外頭很冷。

丁寧形 寒いです
ない形 寒くない
た形 寒かった

0798 □□□
さめる
【覚める】
（自下一）

譯 （從睡夢中）醒，醒過來；（從迷惑、錯誤、沉醉中）醒悟，清醒

びっくりして、目が<u>覚めた</u>。
嚇了一跳，都醒過來了。

ます形 覚めます
ない形 覚めない
た形 覚めた

0799 □□□
さようなら
（感）

譯 再見，再會；告別

さようなら。明日か明後日、また会いましょう。
再見。明天或後天到時見。

0800 □□□
さよなら
（寒暄）

譯 （＝さようなら）再見

さよなら、また会いましょう。
再見，後會有期！

0801 □□□
さら
【皿】
（名）

譯 盤子

お皿は、どれを使いましょうか。
要用哪一個盤子？

0802 □□□
さらいげつ
【再来月】
（名）

譯 下下個月

再来月国に帰るので、準備をしています。
下下個月要回國，所以正在準備行李。

0803 □□□
さらいしゅう
【再来週】
（名）

譯 下下星期

再来週遊びに来るのは、伯父です。
下下星期要來玩的是伯父。

0804 □□□
さらいねん
【再来年】
（名）

譯 後年

再来年は留学します。
後年要去留學。

留学

0805 □□□
さる
【猿】
（名）

譯 猴子，猿猴

猿を見に、動物園へ行った。
為了看猴子，去了一趟動物園。

0806 □□□
さわぐ
【騒ぐ】
（自五）

譯 吵鬧，喧囂；歡樂

教室で騒いでいるのは、誰なの。
是誰在教室吵鬧的？

ます形 騒ぎます
ない形 騒がない
た形 騒いだ

0807 □□□
さわる
【触る】
自五

譯 碰觸，觸摸；傷害

このボタンには、ぜったい触ってはいけない。
絕對不可觸摸這個按紐。

ます形 触ります
ない形 触らない
た形 触った

0808 □□□
さん
接尾

譯（接在人名、職稱後表敬意或親切）…先生，…小姐

吉田さんは、いくつになりましたか。
吉田先生幾歲了？

0809 □□□
さん
【三】
名

譯（數）三，三個，第三，三次

三週間ぐらい、旅行をしました。
旅行了約三個星期左右。

0810 □□□
さんか
【参加】
名・自サ

譯 参加，加入

私たちが参加してみたかぎりでは、その
パーティーはとてもよかった。
就我們參加過的感想，那個派對辦得很成功。

ます形 参加します
ない形 参加しない
た形 参加した

0811 □□□
さんぎょう
【産業】
名

譯 生産事業；生業

産業が発達している反面、公害が深刻です。
産業雖然發達，但另一方面公害問題卻相當嚴重。

0812 □□□
さんこう
【参考】
名・他サ

譯 参考，借鑑

合格した人の意見を参考にすることですね。
要参考及格的人的意見。

ます形 参考します
ない形 参考しない
た形 参考した

0813 □□□
さんせい
【賛成】
名・自サ

譯 賛成，同意

みなが賛成するかどうかにかかわらず、
私は反対します。
無論大家賛成與否，我都反對。

ます形 賛成します
ない形 賛成しない
た形 賛成した

0814 □□□
サンダル
【sandal】
名

譯 涼鞋

涼しいので、靴ではなくてサンダルにします。
為了涼快，所以不穿鞋子改穿涼鞋。

動詞「た形」變化跟「て形」一樣。
如：買う→買った、買って

分 秒
● T31- 03:30

0815 □□□
サンドイッチ
【sandwich】
名

譯 三明治

サンドイッチを作ってさしあげましょうか。
幫您做份三明治吧？

0816 □□□
ざんねん
【残念】
形動

譯 遺憾，可惜

あなたが来ないので、みんな残念がってい
ます。
因為你沒來，大家都感到很遺憾。

丁寧形 残念です
ない形 残念ではない
た形 残念だった

0817 □□□
さんぽ
【散歩】
名・自サ

譯 散步，隨便走走

公園を散歩します。
在公園散步。

ます形 散歩します
ない形 散歩しない
た形 散歩した

動詞「た形」變化跟「て形」一樣。
如：買う→買った、買って

● T32

0818 □□□
し
【市】
名・漢造

譯（行政單位）市；鬧市，城市；市，交易

私は、静岡市内に住んでいます。
我住在靜岡市區裡。

0819 □□□
し
【詩】
名・漢造

譯 詩，漢詩，詩歌

私の趣味は、詩を書くことです。
我的興趣是作詩。

0820 □□□
し・よん
【四】
名

譯 四；四個；四次；四方

四月に子どもが生まれました。
小孩在四月出生。

0821 □□□
じ
【時】
接尾

譯 …點，…時

1時に帰りました。
一點回來的。

0822 ☐☐☐
じ
【字】
名

譯 字

田中さんは、字が上手です。
田中小姐的字寫得很漂亮。

0823 ☐☐☐
しあい
【試合】
名

譯 比賽

試合はきっとおもしろいだろう。
比賽一定很有趣吧！

0824 ☐☐☐
しあわせ
【幸せ】
名・形動

譯 運氣；幸福，幸運

結婚すれば幸せというものではないでしょう。
並不能說結婚就會幸福的吧！

丁寧形 幸せです
ない形 幸せではない
た形 幸せだった

0825 ☐☐☐
しお
【塩】
名

譯 鹽，食鹽；鹹度

あまり塩を入れないでください。
請別放太多鹽。

0826 ☐☐☐
しかくい
【四角い】
形

譯 四角的，四方的

四角いスイカを作るのに成功しました。
我成功地培育出四角形的西瓜了。

丁寧形 四角いです
ない形 四角くない
た形 四角かった

0827 ☐☐☐
しかし
接續

譯 然而，但是，可是

しかし、どこへも行かないのはつまらない。
但是，哪裡都不去也太無聊了。

0828 ☐☐☐
しかた
【仕方】
名

譯 方法，做法

誰か、上手な洗濯の仕方を教えてください。
有誰可以教我洗衣的訣竅。

0829 ☐☐☐
しかも
接

譯 而且，並且；而，但，卻；反而，竟然，儘管如此還…

私が聞いたかぎりでは、彼は頭がよくて、しかもハンサムだそうです。
就我所聽到的，據說他不但頭腦好，而且還很英俊。

さ し す せ そ

動詞「た形」變化跟「て形」一樣。
如：買う→買った、買って

分 秒
T32- 01:29

0830 □□□
しかる
（他五）

譯 責備，責罵

子どもをああ**しかって**は、かわいそうですよ。
把小孩罵成那樣，就太可憐了。

ます形 しかります
ない形 しからない
た形 しかった

0831 □□□
じかん
【時間】
（接尾）

譯 …小時，…點鐘

東京から京都まで2時間かかります。
從東京到京都要花上兩小時。

0832 □□□
じかん
【時間】
（名）

譯 時間，功夫；時刻，鐘點

時間が遅いから、帰りませんか。
時間很晚了，要不要回家了？

0833 □□□
しき
【式】
（接尾）

譯 …典禮

入学式の会場はどこだい。
開學典禮的禮堂在哪裡？

0834 □□□
しき
【式】
（名・漢造）

譯 儀式，典禮，（特指）婚禮；方式；做法；公式

式の途中で、帰るわけにもいかない。
典禮進行中，不能就這樣跑回去。

0835 □□□
しく
【敷く】
（自五・他五）

譯 撲上一層，（作接尾詞用）舖滿，落滿舖墊，舖設

どうぞ座布団を敷いてください。
煩請鋪一下坐墊。

ます形 敷きます
ない形 敷かない
た形 敷いた

0836 □□□
しげき
【刺激】
（名・他サ）

譯 （物理的、生理的）刺激；（心理的）刺激，使興奮

刺激が欲しくて、怖い映画を見た。
為了追求刺激，去看了恐怖片。

ます形 刺激します
ない形 刺激しない
た形 刺激した

0837 □□□
しげる
【茂る】
（自五）

譯 （草木）繁茂，茂密

桜の葉が茂る。
櫻花樹的葉子開得很茂盛。

ます形 茂ります
ない形 茂らない
た形 茂った

0838 □□□
しけん
【試験】
名

> 譯 考試

試験があるので、勉強します。
因為有考試，所以我要唸書。

0839 □□□
じけん
【事件】
名

> 譯 事件，案件

連続して殺人事件が起きた。
殺人事件接二連三地發生了。

0840 □□□
じこ
【事故】
名

> 譯 意外，事故

事故に遭っても、ぜんぜんけがをしなかった。
遇到事故，卻毫髮無傷。

0841 □□□
しごと
【仕事】
名

> 譯 工作；職業

仕事の前か後に電話をします。
上班前後會打電話給你。

0842 □□□
しじ
【指示】
名・他サ

> 譯 指示，指點

隊長の指示を聞かないで、勝手に行動してはいけない。
不可以不聽從隊長的指示，隨意行動。

ます形 指示します
ない形 指示しない
た形 指示した

0843 □□□
ししゅつ
【支出】
名・他サ

> 譯 開支，支出

支出が増えたせいで、貯金が減った。
都是支出變多，儲蓄才變少了。

ます形 支出します
ない形 支出しない
た形 支出した

0844 □□□
じしょ
【辞書】
名

> 譯 字典，辭典

鞄に、辞書を入れました。
在書包裡放了字典。

0845 □□□
じじょう
【事情】
名

> 譯 狀況，內情，情形；（局外人所不知的）原因，緣故，理由

私の事情を、先生に説明している最中です。
我正在向老師說明我的情況。

さ し す せ そ
動詞「た形」變化跟「て形」一樣。
如：買う→買った、買って

分 秒
● T32-03:11

0846 □□□
じしん
【地震】
名

譯 地震

地震の時はエレベーターに乗るな。
地震的時候不要搭電梯。

0847 □□□
じしん
【自信】
名

譯 自信，自信心

● T33

自信を持つことこそ、あなたに最も必要なことです。
要對自己有自信，對你來講才是最需要的。

0848 □□□
しずか
【静か】
形動

譯 靜止，不動；平靜，沈穩；慢慢，輕輕

ちょっと静かにしてくださいませんか。
能不能請稍微安靜一點？

丁寧形 静かです
ない形 静かではない
た形 静かだった

0849 □□□
しずむ
【沈む】
自五

譯 沉沒，沈入；西沈，下山；消沈，落魄；沈淪

夕日が沈むのを、ずっと見ていた。
我一直看著夕陽西沈。

ます形 沈みます
ない形 沈まない
た形 沈んだ

0850 □□□
しぜん
【自然】
名・形動・副

譯 天然；大自然

この国は、経済が遅れている半面、自然が
豊かだ。
這個國家經濟雖落後，但另一方面卻擁有豐富的自
然資源。

丁寧形 自然です
ない形 自然ではない
た形 自然だった

0851 □□□
しそう
【思想】
名

譯 思想

彼は、文学思想において業績を上げた。
他在文學思想上，取得了成就。

0852 □□□
した
【下】
名

譯 （位置的）下，下面，底下；（身份、地位的）低下；年紀小

本の下にノートがあります。
書本下有筆記本。

0853 □□□
した
【舌】
名

譯 舌頭；説話；舌狀物

熱いものを食べて、舌を火傷した。
我吃了熱食，燙到舌頭了。

0854 □□□
じだい
【時代】
名

> 譯 時代；潮流；歷史

新しい時代が来たということを感じます。
感覺到新時代已經來臨了。

0855 □□□
したがう
【従う】
自五

> 譯 跟隨；服從，遵從；按照；順著，沿著；隨著

先生が言えば、みんな従うにきまっています。
只要老師一說話，大家就肯定會服從的。

ます形 従います
ない形 従わない
た形 従った

0856 □□□
したがって
【従って】
接續

> 譯 因此，從而，所以

この学校の進学率は高い。したがって志望者が多い。
這所學校的升學率高，所以有很多人想進來唸。

0857 □□□
したぎ
【下着】
名

> 譯 內衣，貼身衣服

木綿の下着は洗いやすい。
棉質內衣好清洗。

0858 □□□
したく
【支度】
名・自サ

> 譯 準備，預備

旅行の支度をしなければなりません。
我得準備旅行事宜。

ます形 支度します
ない形 支度しない
た形 支度した

0859 □□□
したしい
【親しい】
形

> 譯 （血緣）近；親近，親密；熟悉，習慣；不稀奇

その人は、知っているどころかとても親しい友人です。
那個人豈止是認識，她可是我的摯友呢。

丁寧形 親しいです
ない形 親しくない
た形 親しかった

0860 □□□
しち・なな
【七】
名

> 譯 七

一日七時間ぐらい働きます。
一天工作七小時左右。

動詞「た形」變化跟「て形」一樣。
如：買う→買った、買って

0861 □□□
しっかり
副・自サ

譯 紮實，落實；可靠

ビジネスのやりかたを、<u>しっかり</u>勉強（べんきょう）
してきます。
我要紮紮實實去學如何做生意。

ます形 しっかりします
ない形 しっかりしない
た形 しっかりした

0862 □□□
じっけん
【実験】
名・他サ

譯 實驗，實地試驗；經驗

どんな<u>実験</u>（じっけん）をするにせよ、安全（あんぜん）に気（き）をつけ
てください。
不管做哪種實驗，都請注意安全！

ます形 実験します
ない形 実験しない
た形 実験した

0863 □□□
じつげん
【実現】
名・自他サ

譯 實現

あなたのことだから、きっと夢（ゆめ）を<u>実現</u>（じつげん）させ
るでしょう。
要是你的話，一定可以讓夢想成真吧！

ます形 実現します
ない形 実現しない
た形 実現した

0864 □□□
じっこう
【実行】
名・他サ

譯 實行，落實，施行

資金（しきん）が足（た）りなくて、計画（けいかく）を<u>実行する</u>（じっこう）どころ
じゃない。
資金不足，哪能實行計畫呀！

ます形 実行します
ない形 実行しない
た形 実行した

0865 □□□
じっさい
【実際】
名・副

譯 實際；事實，真面目；確實，真的，實際上

やり方（かた）がわかったら、<u>実際</u>（じっさい）にやってみましょう。
既然知道了作法，就來實際操作看看吧！

0866 □□□
しっぱい
【失敗】
名・自サ

譯 失敗

方法（ほうほう）がわからず、<u>失敗</u>（しっぱい）しました。
不知道方法以致失敗。

ます形 失敗します
ない形 失敗しない
た形 失敗した

0867 □□□
しつもん
【質問】
名・自サ

譯 提問，問題，疑問

先生（せんせい）の<u>質問</u>（しつもん）がわかりました。
我了解老師的問題了。

ます形 質問します
ない形 質問しない
た形 質問した

0868 ☐☐☐

しつれい
【失礼】
名・自サ

譯 失禮，沒禮貌；失陪

黙^{だま}って帰^{かえ}るのは、失礼^{しつれい}です。
連個招呼也沒打就回去，很沒禮貌。

ます形 失礼します
ない形 失礼しない
た形 失礼した

0869 ☐☐☐

**しつれいし
ました**
【失礼しました】
寒暄

譯 失禮，不好意思

失礼^{しつれい}しました。この道^{みち}は違^{ちが}いました。
真不好意思，這條路是錯的。

0870 ☐☐☐

じてん
【辞典】
名

譯 字典

辞典^{じてん}をもらったので、英語^{えいご}を勉強^{べんきょう}しようと思^{おも}う。
別人送我辭典，所以我想認真學英文。

0871 ☐☐☐

じてんしゃ
【自転車】
名

譯 腳踏車

新^{あたら}しい自転車^{じてんしゃ}がほしいです。
我想要新腳踏車。

0872 ☐☐☐

しどう
【指導】
名・他サ

譯 指導；領導，教導

彼^{かれ}の指導^{しどう}を受^うければ上手^{じょうず}になるというも
のではないと思^{おも}います。
我認為，並非接受他的指導就會變厲害。

ます形 指導します
ない形 指導しない
た形 指導した

0873 ☐☐☐

じどうしゃ
【自動車】
名

譯 車，汽車

自動車^{じどうしゃ}で行^いきます。
坐車子前往。

0874 ☐☐☐

しなもの
【品物】
名

譯 物品，東西；貨品

あのお店^{みせ}の品物^{しなもの}は、とてもいい。
那家店的貨品非常好。

0875 ☐☐☐

しぬ
【死ぬ】
自五

譯 死亡；停止活動；休止，無生氣

死^しなないでください。
請不要死。

ます形 死にます
ない形 死なない
た形 死んだ

さ
行

さ
し しっかり〜しぬ
す せ そ

動詞「た形」變化跟「て形」一樣。
如：買う→買った、買って

● T33- 02:49

0876 □□□
しはい
【支配】
名・他サ

譯 指使，支配；統治，控制，管轄；決定，左右

こうして、王による支配が終わった。

就這樣，國王統治時期結束了。

ます形 支配します
ない形 支配しない
た形 支配した

0877 □□□
しばい
【芝居】
名

譯 戲劇；假裝，花招；劇場

その芝居は、面白くてたまらなかったよ。

那場演出實在是有趣極了。

0878 □□□
しばらく
副

譯 好久；暫時

しばらく会社を休むつもりです。

我打算暫時向公司請假。

0879 □□□
しばる
【縛る】
他五

譯 綁，捆；拘束，限制；逮捕

● T34

ひもをきつく縛ってあったものだから、靴がすぐ脱げない。

因為鞋帶綁太緊了，所以沒辦法馬上脫掉鞋子。

ます形 縛ります
ない形 縛らない
た形 縛った

0880 □□□
じびき
【字引】
名

譯 字典，辭典

字引を引いて、調べました。

翻字典查詢。

0881 □□□
じぶん
【自分】
名

譯 自己，本人，自身

あの子は、たぶん自分でできるでしょう。

那孩子應該可以靠自己做到吧！

0882 □□□
しま
【島】
名

譯 島嶼

島に行くためには、船に乗らなければなりません。

要去小島，就得搭船。

0883 □□□
しまう
【仕舞う】
自五・他五・補動

譯 結束，完了，收拾；收拾起來

通帳は金庫にしまっている。

存摺收在金庫裡。

ます形 仕舞います
ない形 仕舞わない
た形 仕舞った

0884 □□□
しまる
【閉まる】
（自五）

譯 關閉；關店

店はもう閉まりました。
商店已經關門了。

ます形 閉まります
ない形 閉まらない
た形 閉まった

0885 □□□
じみ
【地味】
（形動）

譯 素氣，樸素；保守

この服は地味ながら、とてもセンスがいい。
儘管這件衣服樸素了點，但很有品味。

丁寧形 地味です
ない形 地味ではない
た形 地味だった

0886 □□□
しみん
【市民】
（名）

譯 市民

市民として、義務を果たします。
作為國民，要盡義務。

0887 □□□
じむ
【事務】
（名）

譯 事務（多為處理文件、行政等庶務工作）

会社で、事務の仕事をしています。
我在公司做行政的工作。

0888 □□□
じむしょ
【事務所】
（名）

譯 辦公室

こちらが、会社の事務所でございます。
這裡是公司的辦公室。

0889 □□□
しめす
【示す】
（他五）

譯 出示，拿出來給對方看；表示；指示，開導；呈現

実例によって、やりかたを示す。
以實際的例子來示範做法。

ます形 示します
ない形 示さない
た形 示した

0890 □□□
しめる
【閉める】
（他下一）

譯 關閉，合上；繫緊，束緊；嚴加管束

戸を閉めたのは誰ですか。
是誰把門關上的？

ます形 閉めます
ない形 閉めない
た形 閉めた

0891 □□□
しめる
【締める】
（他下一）

譯 勒緊；繫著

色の美しいネクタイを締めました。
繫著漂亮顏色的領帶。

ます形 締めます
ない形 締めない
た形 締めた

動詞「た形」變化跟「て形」一樣。
如：買う→買った、買って

分 秒
● T34-01:12

0892 □□□
じゃ・じゃあ
（感）

譯 那麼（就）

あなたは 25 歳ですか。じゃあ、お姉さんはいくつですか。

你 25 歲嗎？那麼，令姊是幾歲？

0893 □□□
しゃかい
【社会】
（名）

譯 社會

社会が厳しくても、私はがんばります。

即使社會嚴峻，我也會努力的。

0894 □□□
しゃしん
【写真】
（名）

譯 照片，相片，攝影

旅行に行った時、写真を撮りました。

去旅行時拍了照。

0895 □□□
しゃちょう
【社長】
（名）

譯 社長

社長に、難しい仕事をさせられた。

社長讓我做很難的工作。

0896 □□□
シャツ
【shirt】
（名）

譯 襯衫

このシャツは、いかがですか。

這件襯衫您覺得怎麼樣？

0897 □□□
じゃま
（名・他サ）

譯 妨礙，阻擾

ここにこう坐っていたら、じゃまですか。

像這樣坐在這裡，會妨礙到你嗎？

ます形 じゃまします
ない形 じゃましない
た形 じゃました

0898 □□□
ジャム
【jam】
（名）

譯 果醬

あなたに、いちごのジャムを作ってあげる。

我做草莓果醬給你。

0899 □□□
じゆう
【自由】
（名・形動）

譯 自由，隨便

そうするかどうかは、あなたの自由です。

要不要那樣做，隨你便！

丁寧形 自由です
ない形 自由ではない
た形 自由だった

0900 ☐☐☐
じゅう
【十】
名

譯 十

100 メートルを<ruby>十<rt>じゅう</rt></ruby><ruby>秒<rt>びょう</rt></ruby>ぐらいで<ruby>走<rt>はし</rt></ruby>りました。
100 公尺大約跑 10 秒鐘。

0901 ☐☐☐
しゅうかん
【週間】
名・接尾

譯 …週，…星期

<ruby>一<rt>いっ</rt></ruby><ruby>週間<rt>しゅうかん</rt></ruby>、どこへも<ruby>出<rt>で</rt></ruby>かけていません。
一整個星期哪裡都沒去。

0902 ☐☐☐
しゅうかん
【習慣】
名

譯 習慣

<ruby>一<rt>いち</rt></ruby><ruby>度<rt>ど</rt></ruby>ついた<ruby>習慣<rt>しゅうかん</rt></ruby>は、<ruby>変<rt>か</rt></ruby>えにくいですね。
一旦養成習慣，就很難改變。

0903 ☐☐☐
しゅうきょう
【宗教】
名

譯 宗教

この<ruby>国<rt>くに</rt></ruby>の<ruby>人々<rt>ひとびと</rt></ruby>は、どんな<ruby>宗教<rt>しゅうきょう</rt></ruby>を<ruby>信仰<rt>しんこう</rt></ruby>していますか。
這個國家的人，信仰的是什麼宗教？

0904 ☐☐☐
じゅうしょ
【住所】
名

譯 地址

<ruby>私<rt>わたし</rt></ruby>の<ruby>住所<rt>じゅうしょ</rt></ruby>をあげますから、<ruby>手紙<rt>てがみ</rt></ruby>をください。
給你我的地址，請寫信給我。

0905 ☐☐☐
しゅうしょく
【就職】
名・自サ

譯 就業，找到工作

<ruby>就職<rt>しゅうしょく</rt></ruby>したからには、<ruby>一生懸命働<rt>いっしょうけんめいはたら</rt></ruby>きたい。
既然找到了工作，我就想要努力去做。

ます形 就職します
ない形 就職しない
た形 就職した

0906 ☐☐☐
じゅうどう
【柔道】
名

譯 柔道

<ruby>柔道<rt>じゅうどう</rt></ruby>を<ruby>習<rt>なら</rt></ruby>おうと<ruby>思<rt>おも</rt></ruby>っている。
我想學柔道。

0907 ☐☐☐
しゅうにゅう
【収入】
名

譯 收入，所得

<ruby>彼<rt>かれ</rt></ruby>は<ruby>収入<rt>しゅうにゅう</rt></ruby>がないにもかかわらず、ぜいたくな<ruby>生活<rt>せいかつ</rt></ruby>をしている。
儘管他沒收入，還是過著奢侈的生活。

さ し す せ そ 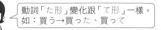 動詞「た形」變化跟「て形」一樣。如：買う→買った、買って

分 秒
● T34- 02:50

0908 □□□

じゅうぶん
【十分】
（副・形動）

> 譯 充分，足夠

昨日は、十分お休みになりましたか。

昨晚有好好休息嗎？

丁寧形 十分です
ない形 十分ではない
た形 十分だった

0909 □□□

じゅうよう
【重要】
（名・形動）

> 譯 重要，要緊

彼は若いながら、なかなか重要な仕事をしています。

雖説他很年輕，卻從事相當重要的工作。

丁寧形 重要です
ない形 重要ではない
た形 重要だった

0910 □□□

しゅうり
【修理】
（名・他サ）

> 譯 修理，修繕

この家は修理が必要だ。

這個房子需要進行修繕。

ます形 修理します
ない形 修理しない
た形 修理した

0911 □□□

しゅぎ
【主義】
（名）

> 譯 主義，信條；作風，行動方針

● T35

自分の主義を変えるわけにはいかない。

我不可能改變自己的主張。

0912 □□□

じゅぎょう
【授業】
（名）

> 譯 上課，教課，授課

あの授業は、あまり面白くない。

那堂課不怎麼有趣。

0913 □□□

しゅくだい
【宿題】
（名）

> 譯 作業，家庭作業；有待將來解決的問題

どこで宿題をしますか。

在哪裡做功課？

0914 □□□

じゅけん
【受験】
（名・他サ）

> 譯 參加考試，應試，投考

試験が難しいかどうかにかかわらず、私は受験します。

無論考試困難與否，我都要去考。

ます形 受験します
ない形 受験しない
た形 受験した

0915 □□□
しゅじゅつ
【手術】
名・他サ

譯 手術

病気がわかった上は、きちんと手術して治します。

既然知道生病了，就要好好進行手術治療。

ます形 手術します
ない形 手術しない
た形 手術した

0916 □□□
しゅだん
【手段】
名

譯 手段，方法，辦法

よく考えれば、手段がないというものでもありません。

仔細想想的話，也不是説沒有方法的。

0917 □□□
しゅっせき
【出席】
名・自サ

譯 出席

そのパーティーに出席することは難しい。

要出席那個派對是很困難的。

ます形 出席します
ない形 出席しない
た形 出席した

0918 □□□
しゅっちょう
【出張】
名・自サ

譯 因公前往，出差

私のかわりに、出張に行ってもらえませんか。

你可不可以代我去出公差？

ます形 出張します
ない形 出張しない
た形 出張した

0919 □□□
しゅっぱつ
【出発】
名・自サ

譯 出發；起步

なにがあっても、明日は出発します。

無論如何，明天都要出發。

ます形 出発します
ない形 出発しない
た形 出発した

0920 □□□
しゅっぱん
【出版】
名・他サ

譯 出版

本を出版するかわりに、インターネットで発表した。

取代出版書籍，我在網路上發表文章。

ます形 出版します
ない形 出版しない
た形 出版した

0921 □□□
しゅみ
【趣味】
名

譯 嗜好；情趣

君の趣味は何だい。

你的嗜好是什麼？

動詞「た形」變化跟「て形」一様。
如：買う→買った、買って

分 秒
● T35-01:11

0922 □□□
しゅるい
【種類】
名

譯 種類

病気の種類に応じて、飲む薬が違うのは当然だ。
依不同的疾病類型，服用的藥物當然也有所不同。

0923 □□□
じゅん
【順】
名・漢造

譯 順序，次序；輪班，輪到；正當，理所當然；順利

順に呼びますから、そこに並んでください。
我會依序叫名，所以請到那邊排隊。

0924 □□□
じゅんじょ
【順序】
名

譯 順序，次序，先後；手續，過程，經過

順序を守らないわけにはいかない。
不能不遵守順序。

0925 □□□
じゅんび
【準備】
名・他サ

譯 準備；預備

早く明日の準備をしなさい。
明天的事趕快準備！

ます形 準備します
ない形 準備しない
た形 準備した

0926 □□□
しよう
【使用】
名・他サ

譯 使用，利用，用（人）

トイレが使用中だと思ったら、なんと誰
も入っていなかった。
我本以為廁所有人，想不到裡面沒有人。

ます形 使用します
ない形 使用しない
た形 使用した

0927 □□□
じょう
【上】
名・漢造

譯 上等；（書籍的）上卷；上部，上面；上等的

私の成績は、中の上です。
我的成績，是在中上程度。

0928 □□□
しょうかい
【紹介】
名・他サ

譯 介紹

鈴木さんをご紹介しましょう。
我來介紹鈴木小姐給您認識。

ます形 紹介します
ない形 紹介しない
た形 紹介した

0929 □□□
しょうがつ
【正月】
名

譯 正月，新年

もうすぐお正月ですね。
馬上就快新年了。

0930 □□□
しょうがっこう
【小学校】
名

譯 小學

来年から、<u>小学校</u>の先生になることになりました。

明年起將成為小學老師。

0931 □□□
しょうぎょう
【商業】
名

譯 商業

このへんは、<u>商業</u>地域だけあって、とてもにぎやかだ。

這附近不愧是商業區，非常的熱鬧。

0932 □□□
じょうけん
【条件】
名

譯 條件；條文，條款

相談の上で、<u>条件</u>を決めましょう。

協商之後，再來決定條件吧。

0933 □□□
しょうじき
【正直】
名・形動

譯 正直，老實，率直

<u>正直</u>でありさえすればいいというものでもない。

並不是説只要為人正直就可以。

丁寧形 正直です
ない形 正直ではない
た形 正直だった

0934 □□□
じょうしゃ
【乗車】
名・自サ

譯 上車；乘坐的車

<u>乗車</u>するときに、料金を払ってください。

上車時請付費。

ます形 乗車します
ない形 乗車しない
た形 乗車した

0935 □□□
しょうじょ
【少女】
名

譯 少女，小姑娘

<u>少女</u>は走りかけて、ちょっと<u>立ち止</u>まりました。

少女跑到一半時停了一下。

0936 □□□
じょうず
【上手】
形動

譯 （某種技術的）擅長，高明，厲害；善於奉承，會説話

私は英語があまり<u>上手</u>ではない。

我的英語不是很好。

丁寧形 上手です
ない形 上手ではない
た形 上手だった

0937 □□□
しょうせつ
【小説】
名

譯 小説

先生がお書きになった<u>小説</u>を読みたいです。

我想看老師所寫的小説。

動詞「た形」變化跟「て形」一樣。
如：買う→買った、買って

分 秒
● T35- 02:54

0938 □□□
しょうたい
【招待】
名・他サ

譯 邀請，請客

みんなをうちに<u>招待する</u>つもりです。
我打算邀請大家來家裡作客。

ます形 招待します
ない形 招待しない
た形 招待した

0939 □□□
じょうたい
【状態】
名

譯 狀態，情況

彼は、そのことを知り得る<u>状態</u>にありました。
他有可能會得知那件事。

0940 □□□
しょうち
【承知】
名・他サ

譯 知道，了解，同意

彼がこんな<u>条件</u>で<u>承知する</u>はずがありません。
他不可能接受這樣的條件。

ます形 承知します
ない形 承知しない
た形 承知した

0941 □□□
しょうねん
【少年】
名

譯 少年

もう一度<u>少年</u>の頃に戻りたい。
我想再次回到年少時期。

0942 □□□
しょうばい
【商売】
名・自サ

譯 經商；職業

<u>商売</u>がうまくいかないからといって、酒ばかり飲んでいてはだめですよ。
不能說因為經商不順，就老酗酒呀！

ます形 商売します
ない形 商売しない
た形 商売した

0943 □□□
じょうひん
【上品】
名・形動

譯 高級品，上等貨；莊重，高雅，優雅

あの人は、とても<u>上品</u>な人ですね。
那個人真是個端莊高雅的人呀！

丁寧形 上品です
ない形 上品ではない
た形 上品だった

0944 □□□
じょうぶ
【丈夫】
形動

譯 （身體）健壯，健康；堅固，結實

● T36

<u>丈夫</u>なのがほしいです。
我想要堅固的。

丁寧形 丈夫です
ない形 丈夫ではない
た形 丈夫だった

0945 □□□
しょうめい
【証明】
名・他サ

譯 證明

身の<u>潔白</u>を<u>証明する</u>。
證明是清白之身。

ます形 証明します
ない形 証明しない
た形 証明した

0946 □□□

しょうゆ
【醤油】
名

譯 醤油

これは醤油で、それは塩です。
這是醤油，那是鹽。

0947 □□□

しょうらい
【将来】
名

譯 將來

将来は、立派な人におなりになるだろう。
將來您會成為了不起的人吧！

0948 □□□

しょくぎょう
【職業】
名

譯 職業

用紙に名前と職業を書いた上で、持ってきてください。
請在紙上寫下姓名和職業，然後再拿到這裡來。

0949 □□□

しょくじ
【食事】
名・自サ

譯 用餐，吃飯

食事をするために、レストランへ行った。
為了吃飯，去了餐廳。

ます形 食事します
ない形 食事しない
た形 食事した

0950 □□□

しょくどう
【食堂】
名

譯 食堂，餐廳，飯館

そこは食堂です。
那邊是餐廳。

0951 □□□

しょくぶつ
【植物】
名

譯 植物

壁にそって植物を植えた。
我沿著牆壁種了些植物。

0952 □□□

**しょくりょう
ひん**
【食料品】
名

譯 食品

パーティーのための食料品を買わなけれ
ばなりません。
得去買派對用的食品。

0953 □□□

じょせい
【女性】
名

譯 女性

私は、あんな女性と結婚したいです。
我想和那樣的女性結婚。

さ し す せ そ

動詞「た形」變化跟「て形」一樣。
如：買う→買った、買って

分 秒
● T36- 01:01

0954 □□□
しらせる
【知らせる】
（他下一）

譯 通知，讓對方知道

このニュースを彼に知らせてはいけない。
這個消息不可以讓他知道。

ます形 知らせます
ない形 知らせない
た形 知らせた

0955 □□□
しらべる
【調べる】
（他下一）

譯 查閱，調查

秘書に調べさせます。
我讓秘書去調查。

ます形 調べます
ない形 調べない
た形 調べた

0956 □□□
しりあい
【知り合い】
（名）

譯 熟人，朋友

鈴木さんは、佐藤さんと知り合いだということです。
據說鈴木先生和佐藤先生似乎是熟人。

0957 □□□
しる
【知る】
（他五）

譯 知道，得知；理解，識別；認識，熟識；懂得，學會

そのことを、本を読んで知りました。
我透過書本知道了那件事。

ます形 知ります
ない形 知らない
た形 知った

0958 □□□
しるし
【印】
（名）

譯 記號，符號；象徵（物），標記；徽章；（心意的）表示；商標

間違えないように、印をつけた。
為了避免搞錯而貼上了標籤。

0959 □□□
しろい
【白い】
（形）

譯 白色；空白；乾淨，潔白

雪が降って、山が白くなりました。
下了雪，山上變成雪白一片。

丁寧形 白いです
ない形 白くない
た形 白かった

0960 □□□
じん
【人】
（接尾）

譯 …人

あの人は、日本人です。
那個人是日本人。

0961 □□□
しんけい
【神経】
（名）

譯 神經；察覺力，感覺，神經作用

彼は神経が太くて、いつも堂々としている。
他的神經大條，總是擺出一付大無畏的姿態。

0962 □□□
じんこう
【人口】
名

譯 人口

<ruby>私<rt>わたし</rt></ruby>の<ruby>町<rt>まち</rt></ruby>は<ruby>人口<rt>じんこう</rt></ruby>が<ruby>多<rt>おお</rt></ruby>すぎます。
我住的城市人口過多。

0963 □□□
じんじゃ
【神社】
名

譯 神社

この<ruby>神社<rt>じんじゃ</rt></ruby>は、<ruby>祭<rt>まつ</rt></ruby>りのときはにぎやからしい。
這個神社每逢慶典好像都很熱鬧。

0964 □□□
しんじる・
しんずる
【信じる・信ずる】
他上一

譯 信，相信；確信，深信；信賴，可靠；信仰

これだけ<ruby>説明<rt>せつめい</rt></ruby>されたら、<ruby>信<rt>しん</rt></ruby>じざるをえない。
聽你這一番解說，我不得不相信你了。

ます形 信じます
ない形 信じない
た形 信じた

0965 □□□
じんせい
【人生】
名

譯 人的一生；生涯，人的生活

<ruby>病気<rt>びょうき</rt></ruby>になったのをきっかけに、<ruby>人生<rt>じんせい</rt></ruby>を<ruby>振<rt>ふ</rt></ruby>り<ruby>返<rt>かえ</rt></ruby>った。
以生了一場大病為契機，回顧了自己過去的人生。

0966 □□□
しんせき
【親戚】
名

譯 親戚，親屬

<ruby>親戚<rt>しんせき</rt></ruby>に<ruby>挨拶<rt>あいさつ</rt></ruby>に<ruby>行<rt>い</rt></ruby>かないわけにもいかない。
不能不去向親戚寒暄問好。

0967 □□□
しんせつ
【親切】
名・形動

譯 親切，好心

みんなに<ruby>親切<rt>しんせつ</rt></ruby>にするように<ruby>言<rt>い</rt></ruby>われた。
說要我對大家親切一點。

丁寧形 親切です
ない形 親切ではない
た形 親切だった

0968 □□□
しんぞう
【心臓】
名

譯 心臟；厚臉皮，勇氣

びっくりして、<ruby>心臓<rt>しんぞう</rt></ruby>が<ruby>止<rt>と</rt></ruby>まりそうだった。
我嚇到心臟差點停了下來。

0969 □□□
しんちょう
【身長】
名

譯 身高

あなたの<ruby>身長<rt>しんちょう</rt></ruby>は、バスケットボール<ruby>向<rt>む</rt></ruby>きですね。
你的身高還真是適合打籃球呀！

動詞「た形」變化跟「て形」一樣。
如：買う→買った、買って

分 秒
T36- 02:42

0970 □□□
しんぱい
【心配】
名・自サ

譯 擔心；照顧

息子が帰ってこないので、父親は心配しは
じめた。

由於兒子沒回來，父親開始擔心起來了

ます形 心配します
ない形 心配しない
た形 心配した

0971 □□□
しんぶん
【新聞】
名

譯 報紙

新聞は、どこにありますか。

報紙在什麼地方？

0972 □□□
**しんぶん
しゃ**
【新聞社】
名

譯 報社

右の建物は、新聞社でございます。

右邊的建築物是報社。

0973 □□□
しんぽ
【進歩】
名・自サ

譯 進步

科学の進歩のおかげで、生活が便利になった。

因為科學進步的關係，生活變方便多了。

ます形 進歩します
ない形 進歩しない
た形 進歩した

0974 □□□
しんよう
【信用】
名・他サ

譯 堅信；相信；信用

信用するかどうかはともかくとして、話
だけは聞いてみよう。

不管你相不相信，至少先聽他怎麼說吧！

ます形 信用します
ない形 信用しない
た形 信用した

動詞「た形」變化跟「て形」一樣。
如：買う→買った、買って

T37

0975 □□□
ず
【図】
名

譯 圖，圖表；地圖；設計圖；圖畫

図を見ながら説明します。

邊看圖，邊解説。

0976 ☐☐☐
すいえい
【水泳】
名

> 譯 游泳

テニスより、水泳の方が好きです。
喜歡游泳勝過打網球。

0977 ☐☐☐
すいせん
【推薦】
名・他サ

> 譯 推薦，舉薦，介紹

あなたの推薦があったからこそ、採用されたのです。
因為有你的推薦，我才能被錄用。

ます形 推薦します
ない形 推薦しない
た形 推薦した

0978 ☐☐☐
すいどう
【水道】
名

> 譯 自來水管

水道の水が飲めるかどうか知りません。
不知道自來水管的水是否可以飲用？

0979 ☐☐☐
ずいぶん
副

> 譯 相當地，很，非常

彼は、「ずいぶん立派な家ですね。」と言った。
他説：「真是豪華的房子」。

0980 ☐☐☐
すいようび
【水曜日】
名

> 譯 星期三

水曜日にも授業があります。
星期三也有課。

0981 ☐☐☐
すう
【吸う】
他五

> 譯 吸，抽；啜；吸收

父は煙草を吸っています。
爸爸正在抽煙。

ます形 吸います
ない形 吸わない
た形 吸った

0982 ☐☐☐
すう
【数】
名・接頭

> 譯 數，數目，數量；天命；（數學中的）數；數量

展覧会の来場者数は、少なかった。
展覽會的到場人數很少。

0983 ☐☐☐
すうがく
【数学】
名

> 譯 數學

友だちに、数学の問題の答えを教えてやりました。
我告訴朋友數學問題的答案了。

さ し す せ そ

動詞「た形」變化跟「て形」一樣。
如：買う→買った、買って

分 秒
T37- 01:06

0984 □□□

スーツケース
【suitcase】
名

譯 手提旅行箱

親切な男性に、スーツケースを持っていただきました。

有位親切的男士，幫我拿了旅行箱。

0985 □□□

スカート
【skirt】
名

譯 裙子

そのきれいなスカートは、いくらでしたか。

那件漂亮的裙子是多少錢？

0986 □□□

すがた
【姿】
名・接尾

譯 身姿，身段；裝束，風采；形跡，身影；面貌

寝間着姿では、外に出られない。

我實在沒辦法穿睡衣出門。

0987 □□□

すき
【好き】
形動

譯 喜好；好色；愛，產生感情

どれが一番好きですか。

最喜歡哪一個？

丁寧形 好きです
ない形 好きではない
た形 好きだった

0988 □□□

すぎ
【過ぎ】
接尾

譯 超過…，過了…

夜 10 時過ぎに、電話をかけないでください。

過了晚上 10 點，請別打電話過來。

0989 □□□

すぎる
接尾

譯 過於…

こんなすばらしい部屋は、私には立派すぎます。

這麼棒的房間，對我來說太過豪華了。

0990 □□□

すぎる
【過ぎる】
自上一

譯 超過；過於；經過

5 時を過ぎたので、もううちに帰ります。

已經 5 點多了，我要回家了。

ます形 過ぎます
ない形 過ぎない
た形 過ぎた

0991 □□□

すく
自五

譯 空閒，空蕩

あのレストランはおいしくないので、いつもすいている。

那家餐廳不好吃，所以人都很少。

ます形 すきます
ない形 すかない
た形 すいた

0992 □□□
すく
（自五）

> **譯** 飢餓

おなかも<u>すいた</u>し、のどもかわきました。
肚子也餓了，口也渴了。

ます形 すきます
ない形 すかない
た形 すいた

0993 □□□
すくない
【少ない】
（形）

> **譯** 少，不多

本当に面白い映画は、<u>少ない</u>のだ。
有趣的電影真的很少！

丁寧形 少ないです
ない形 少なくない
た形 少なかった

0994 □□□
すぐに
（副）

> **譯** 馬上，立刻；容易，輕易；（距離）很近

<u>すぐに</u>そこに行きます。
我立刻到那邊去。

0995 □□□
すごい
（形）

> **譯** 可怕，很棒；非常

上手に英語が話せるようになったら、<u>すごい</u>なあ。
如果英文能講得好，應該很棒吧！

丁寧形 すごいです
ない形 すごくない
た形 すごかった

0996 □□□
すこし
【少し】
（副）

> **譯** 一下子；少量，稍微，一點

リンゴだけ<u>少し</u>食べました。
只吃了一些蘋果。

0997 □□□
すじ
【筋】
（名・接尾）

> **譯** 筋；血管；線，條；條紋；素質，血統；條理

読んだ人の話によると、その小説の<u>筋</u>は複雑らしい。
據看過的人說，那本小說的情節好像很複雜。

0998 □□□
すずしい
【涼しい】
（形）

> **譯** 涼爽，涼爽；明亮，清澈，清爽

家の中で、どこが一番<u>涼しい</u>ですか。
家中哪裡最涼爽？

丁寧形 涼しいです
ない形 涼しくない
た形 涼しかった

0999 □□□
すすめる
【薦める】
（他下一）

> **譯** 勸告，勸告，勸誘；勸，敬（煙、酒、茶、座等）

彼はＡ大学の出身だから、Ａ大学を<u>薦める</u>わけだ。
他是從Ａ大學畢業的，難怪會推薦Ａ大學。

ます形 薦めます
ない形 薦めない
た形 薦めた

さ行 さしスーツケース〜すすめる せそ

133

さ し す せ そ 動詞「た形」變化跟「て形」一樣。
如：買う→買った、買って

● T38

1000 ☐☐☐
ずつ
（副助）

> 譯 （表示均攤）每…，各…；表示反覆多次，每次數量相同

このお菓子とあのお菓子を二つずつください。
這個點心和那個點心請各給我兩個。

1001 ☐☐☐
すっかり
（副）

> 譯 完全；全部

部屋はすっかり片付けてしまいました。
房間全部整理好了。

1002 ☐☐☐
ずっと
（副）

> 譯 更；一直

ずっとほしかったギターをもらった。
收到夢寐以求的吉他。

1003 ☐☐☐
すっぱい
【酸っぱい】
（形）

> 譯 酸

梅干しは酸っぱい。
酸梅很酸。

丁寧形 酸っぱいです
ない形 酸っぱくない
た形 酸っぱかった

1004 ☐☐☐
ステージ
【stage】
（名）

> 譯 舞台，講台；階段，等級，步驟

歌手がステージに出てきたとたんに、みんな拍手を始めた。
歌手才剛走出舞台，大家就拍起手來了。

1005 ☐☐☐
すてる
【捨てる】
（他下一）

> 譯 丟掉，拋棄；放棄

いらないものは、捨ててしまってください。
不要的東西，請全部丟掉！

ます形 捨てます
ない形 捨てない
た形 捨てた

1006 ☐☐☐
ステレオ
【stereo】
（名）

> 譯 音響

彼にステレオをあげたら、とても喜んだ。
送他音響，他就非常高興。

1007 ☐☐☐
ストーブ
【stove】
（名）

> 譯 火爐，暖爐

もうストーブを点けました。
已經開暖爐了。

1008 □□□
すな
【砂】
名

譯 沙

雪がさらさらして、砂のようだ。
沙沙的雪，像沙子一般。

1009 □□□
すなわち
【即ち】
接

譯 即，換言之；即是，正是；則，彼時；乃，於是

1ポンド、すなわち100ペンス。
1鎊也就是100便士。

1010 □□□
すばらしい
形

譯 出色，很好

すばらしい映画ですから、見てみてください。
因為是很棒的電影，不妨看看。

丁寧形 すばらしいです
ない形 すばらしくない
た形 すばらしかった

1011 □□□
スプーン
【spoon】
名

譯 湯匙

スプーンを10本ぐらい持ってきてください。
請拿十根左右的湯匙來。

1012 □□□
すべて
【全て】
名・副

譯 全部，一切，通通；總計，共計

すべての仕事を今日中には、やりきれません。
我無法在今天內做完所有工作。

1013 □□□
すべる
自下一

譯 滑（倒）；滑動

この道は、雨の日はすべるらしい。
這條路，下雨天好像很滑。

ます形 すべます
ない形 すべない
た形 すべた

1014 □□□
スポーツ
【sports】
名

譯 運動；運動比賽；遊戲

私が下手なのは、スポーツです。
我不擅長的就是運動。

1015 □□□
ズボン
【（法）jupon】
名

譯 西裝褲

ズボンを短くしました。
將褲子裁短了。

動詞「た形」變化跟「て形」一樣。
如：買う→買った、買って

1016 □□□
すまい
【住まい】
名

譯 居住；住處，寓所；地址

電話番号どころか、住まいもまだ決まっていません。

別説是電話號碼，就連住的地方都還沒決定。

1017 □□□
すみ
【隅】
名

譯 角落

部屋の隅まで掃除してさしあげた。

連房間的角落都幫你打掃好了。

1018 □□□
すみません
寒暄

譯 (道歉用語) 對不起，抱歉；謝謝

すみません。100 円だけ貸してください。

對不起，只要借我 100 日圓就好。

1019 □□□
すむ
【住む】
自五

譯 住，居住；(動物) 棲息，生存

留学生たちは、ここに住んでいます。

留學生們住在這裡。

ます形 住みます
ない形 住まない
た形 住んだ

1020 □□□
すむ
【済む】
自五

譯 結束；了結；湊合

仕事が済むと、彼はいつも飲みに行く。

工作一結束，他總會去喝一杯。

ます形 済みます
ない形 済まない
た形 済んだ

1021 □□□
すり
名

譯 扒手

すりに財布を盗まれたようです。

錢包好像被扒手扒走了。

1022 □□□
スリッパ
【slipper】
名

譯 拖鞋

家の中では、スリッパをはきます。

在家裡穿拖鞋。

1023 □□□
する
他サ

譯 做，進行；充當 (某職)

仕事をしているから、忙しいです。

在工作所以很忙。

ます形 します
ない形 しない
た形 した

1024 □□□
ずるい
形

> 譯 狡猾，奸詐，耍滑頭，花言巧語

勝負^{しょうぶ}するときには、絶対^{ぜったい}ずるいことをしないことだ。
決勝負時，千萬不可以耍詐。

丁寧形 ずるいです
ない形 ずるくない
た形 ずるかった

1025 □□□
すると
接

> 譯 於是；這樣一來

すると、あなたは明日学校^{あしたがっこう}に行^いかなければならないのですか。
這樣一來，你明天不就得去學校了嗎？

1026 □□□
するどい
【鋭い】
形

> 譯 尖的；（刀子）鋒利的；（視線）尖銳的；激烈，強烈；（頭腦）敏銳，聰明

彼^{かれ}の見方^{みかた}はとても鋭^{するど}い。
他的見解真是一針見血。

丁寧形 鋭いです
ない形 鋭くない
た形 鋭かった

1027 □□□
すわる
【座る】
自五

> 譯 坐，跪坐；居於某地

どの椅子^{いす}に座^{すわ}りますか。
你要坐哪張椅子？

ます形 座ります
ない形 座らない
た形 座った

さ し す せ そ

動詞「た形」變化跟「て形」一樣。
如：買う→買った、買って

🔊 T39

1028 □□□
せ
【背】
名

> 譯 身高，身材；背後，背脊；後方・背標

先生^{せんせい}は、背^せが低^{ひく}いです。
老師的個子很矮。

1029 □□□
せい
【製】
接尾

> 譯 …製

先生^{せんせい}がくださった時計^{とけい}は、スイス製^{せい}だった。
老師送我的手錶是瑞士製的。

1030 □□□
せい
【性】
名・漢造

> 譯 性別；性慾；性格，本性；（事物的）性質

近頃^{ちかごろ}は、女性^{じょせい}の社会進出^{しゃかいしんしゅつ}が著^{いちじる}しい。
最近，女性就業的現象很顯著。

動詞「た形」變化跟「て形」一樣。
如：買う→買った、買って

分 秒
T39- 00:28

| 1031 □□□ **せいかく**【性格】（名） | 譯（人的）性格，性情；（事物的）性質，特性 |
| | それぞれの性格に応じて、適した職場を与える。
依各人的個性，給予適合的工作環境。 |

| 1032 □□□ **せいかく**【正確】（名・形動） | 譯 正確，準確 |
| | 事実を正確に記録する。
事實正確記録下來。
丁寧形 正確です
ない形 正確ではない
た形 正確だった |

| 1033 □□□ **せいかつ**【生活】（名・自サ） | 譯 生活；生計 |
| | どんなところでも生活できます。
我不管在哪裡都可以生活。
ます形 生活します
ない形 生活しない
た形 生活した |

| 1034 □□□ **ぜいきん**【税金】（名） | 譯 税金，税款 |
| | 税金の負担が重過ぎる。
税金的負擔，實在是太重了。 |

| 1035 □□□ **せいこう**【成功】（名・自サ） | 譯 成功，成就，勝利；功成名就，成功立業 |
| | まるで成功したかのような大騒ぎだった。
簡直像是成功了一般狂歡大鬧。
ます形 成功します
ない形 成功しない
た形 成功した |

| 1036 □□□ **せいじ**【政治】（名） | 譯 政治 |
| | 政治のむずかしさについて話しました。
談及了政治的難處。 |

| 1037 □□□ **せいしつ**【性質】（名） | 譯 性格，性情；（事物）性質，特性 |
| | 磁石のプラスとマイナスは引っ張り合う性質があります。
磁鐵的正極和負極，具有相吸的特性。 |

| 1038 □□□ **せいしょうねん**【青少年】（名） | 譯 青少年 |
| | 青少年向きの映画を作るつもりだ。
我打算拍一部適合青少年觀賞的電影。 |

1039 □□□

せいせき
【成績】
名

譯 成績，效果，成果

私はともかく、他の学生はみんな成績がいいです。

先不提我，其他的學生大家成績都很好。

1040 □□□

せいぞう
【製造】
名・他サ

譯 製造，加工

わが社では、一般向けの製品も製造しています。

我們公司，也有製造給一般大眾用的商品。

ます形 製造します
ない形 製造しない
た形 製造した

1041 □□□

ぜいたく
【贅沢】
名・形動

譯 奢侈，奢華，浪費，鋪張；過份要求

生活が豊かなせいか、最近の子どもは贅沢です。

也許是因為生活富裕的關係，最近的小孩都很浪費。

丁寧形 贅沢です
ない形 贅沢ではない
た形 贅沢だった

1042 □□□

せいちょう
【成長】
名・自サ

譯 (經濟、生產)成長，增長，發展；(人、動物)生長，發育

子どもの成長が、楽しみでなりません。

孩子們的成長，真叫人期待。

ます形 成長します
ない形 成長しない
た形 成長した

1043 □□□

せいと
【生徒】
名

譯 (中小學)學生

教室に、先生と生徒がいます。

教室裡有老師和學生。

1044 □□□

せいど
【制度】
名

譯 制度；規定

制度は作ったものの、まだ問題点が多い。

雖說訂出了制度，但還是存留著許多問題點。

1045 □□□

せいとう
【政党】
名

譯 政黨

この政党は、支持するまいと決めた。

我決定不支持這個政黨了。

1046 □□□

せいねん
【青年】
名

譯 青年，年輕人

彼は、なかなか感じのよい青年だ。

他是個令人覺得相當年輕有為的青年。

さしすせそ

動詞「た形」變化跟「て形」一樣。
如：買う→買った、買って

分　秒
● T39-02:09

1047 □□□
せいふ
【政府】
名

譯 政府；內閣，中央政府

<u>政府</u>も<u>政府</u>なら、<u>国民</u>も<u>国民</u>だ。

政府有政府的問題，國民也有國民的不對。

1048 □□□
せいよう
【西洋】
名

譯 西洋，歐美

<u>彼</u>は、<u>西洋文化</u>を<u>研究</u>しているらしいです。

他好像在研究西洋文化。

1049 □□□
せいり
【整理】
名・他サ

譯 整理

<u>今</u>、<u>整理</u>をしかけたところなので、まだ<u>片</u>付いていません。

現在才整理到一半，還沒開始收拾。

ます形 整理します
ない形 整理しない
た形 整理した

1050 □□□
セーター
【sweater】
名

譯 毛衣

どんな<u>セーター</u>が、<u>好</u>きですか。

你喜歡什麼樣的毛衣？

1051 □□□
せかい
【世界】
名

譯 世界；天地

<u>世界</u>を<u>知</u>るために、たくさん<u>旅行</u>をした。

為了認識世界，常去旅行。

1052 □□□
せき
【席】
名

譯 座位；職位

<u>席</u>につけ。

回位子坐好！

1053 □□□
せきにん
【責任】
名

譯 責任，職責

<u>責任者</u>のくせに、<u>逃</u>げるつもりですか。

明明你就是負責人，還想要逃跑嗎？

1054 □□□
せきゆ
【石油】
名

譯 石油

<u>石油</u>が<u>値上</u>がりしそうだ。

油價好像要上漲了。

1055 ☐☐☐

せっかく
【折角】
名・副

> 譯 特意地；好不容易；盡力，努力，拼命的　　● T40
>
> <u>せっかく</u>来たのに、先生に会えなくてどんなに残念だった
> ことか。
> 特地來卻沒見到老師，真是可惜呀！

1056 ☐☐☐

せっけん
【石鹸】
名

> 譯 香皂，肥皂
>
> <u>石鹸</u>をつけて、体を洗いました。
> 抹香皂洗身體。

1057 ☐☐☐

ぜったい
【絶対】
名・副

> 譯 絕對，無與倫比；堅絕，斷然，一定
>
> この本、読んでごらん、<u>絶対</u>に面白いよ。
> 建議你看這本書，一定會有趣的。

1058 ☐☐☐

せつび
【設備】
名・他サ

> 譯 設備，裝設，裝設
>
> 古い<u>設備</u>だらけだから、機械を買い替えな
> ければなりません。
> 淨是些老舊的設備，所以得買新的機器來替換了。

ます形 設備します
ない形 設備しない
た形 設備した

1059 ☐☐☐

せつめい
【説明】
名・自他サ

> 譯 説明，解釋
>
> 後で<u>説明</u>をするつもりです。
> 我打算稍後再説明。

ます形 説明します
ない形 説明しない
た形 説明した

1060 ☐☐☐

せなか
【背中】
名

> 譯 背部，背面
>
> <u>背中</u>も痛いし、足も疲れました。
> 背也痛，腳也酸了。

1061 ☐☐☐

ぜひ
副・名

> 譯 務必；好與壞
>
> あなたの<u>作品</u>を<u>ぜひ</u>読ませてください。
> 請務必讓我拜讀您的作品。

1062 ☐☐☐

せびろ
【背広】
名

> 譯（男子穿的）西裝
>
> この<u>背広</u>は、どうですか。
> 這件西裝如何？

動詞「た形」變化跟「て形」一樣。
如：買う→買った、買って

分 秒
● T40- 00:53

1063 □□□
せまい
【狭い】
形

> 譯 狹窄，狹小，狹隘

そちらの道は狭いです。
那邊的路很窄。

丁寧形 狭いです
ない形 狭くない
た形 狭かった

1064 □□□
せめる
【攻める】
他下一

> 譯 攻，攻打

城を攻める。
攻打城堡。

ます形 攻めます
ない形 攻めない
た形 攻めた

1065 □□□
せめる
【責める】
他下一

> 譯 責備，責問；苛責，折磨，摧殘；嚴加催討；馴服馬匹

そんなに自分を責めるべきではない。
你不應該那麼的自責。

ます形 責めます
ない形 責めない
た形 責めた

1066 □□□
ゼロ
【(法) zero】
名

> 譯 (數)零；沒有

ゼロから始めて、ここまでがんばった。
從零開始努力到現在。

1067 □□□
せわ
【世話】
名・他サ

> 譯 照顧，照料

子どもの世話をするために、仕事をやめた。
為了照顧小孩，辭去了工作。

ます形 世話します
ない形 世話しない
た形 世話した

1068 □□□
せん
【千】
名

> 譯 (一)千；形容數量之多

五つで千円です。
五個共一千日圓。

1069 □□□
せん
【線】
名

> 譯 線

先生は、間違っている言葉を線で消すように言いました。
老師説錯誤的字彙要劃線去掉。

1070 □□□
せんげつ
【先月】
名

> 譯 上個月

先月の旅行は、いかがでしたか。
上個月的旅行好玩嗎？

1071 □□□
ぜんこく
【全国】
名

譯 全國

このラーメン屋は、全国でいちばんおいしいと言われている。
這家拉麵店，號稱全國第一美味。

1072 □□□
せんしゅ
【選手】
名

譯 選拔出來的人；選手，運動員

有名な野球選手。
有名的棒球選手。

1073 □□□
せんしゅう
【先週】
名

譯 上個星期，上週

先週は、どこへ行きましたか。
上個星期你去了哪裡？

1074 □□□
せんせい
【先生】
名

譯 老師，師傅；醫生，大夫；（對高職位者的敬稱）；關愛

先生の家に行った時、皆で歌を歌いました。
去老師家時，大家一同唱了歌。

1075 □□□
ぜんぜん
副

譯 完全不…，一點也不…（接否定）

ぜんぜん勉強したくないのです。
我一點也不想唸書。

1076 □□□
せんそう
【戦争】
名・自サ

譯 戰爭

いつの時代でも、戦争はなくならない。
不管是哪個時代，戰爭都不會消失的。

ます形 戦争します
ない形 戦争しない
た形 戦争した

1077 □□□
ぜんたい
【全体】
名・副

譯 全身，整個身體；全體，總體；根本，本來；究竟，到底

工場全体で、何平方メートルありますか。
工廠全部共有多少平方公尺？

1078 □□□
ぜんたく
【洗濯】
名・他サ

譯 洗衣服，清洗，洗滌

洗濯から掃除まで、全部やりました。
從清洗到打掃全部包辦。

ます形 洗濯します
ない形 洗濯しない
た形 洗濯した

動詞「た形」變化跟「て形」一樣。
如：買う→買った、買って

分 秒
● T40-02:26

1079 □□□
せんたく
【選択】
名・他サ

譯 選擇，挑選

この中から一つ選択するとすれば、私は
赤いのを選びます。
如果要我從中選一，我會選紅色的。

ます形 選択します
ない形 選択しない
た形 選択した

1080 □□□
せんぱい
【先輩】
名

譯 學姐，學長；老前輩

先輩は、フランスに留学に行かれた。
學長去法國留學了。

1081 □□□
ぜんぶ
【全部】
名

譯 全部，總共

全部で、いくつですか。
全部一共有幾個？

1082 □□□
せんもん
【専門】
名

譯 攻讀科系

来週までに、専門を決めろよ。
下星期前，要決定攻讀的科系唷。

動詞「た形」變化跟「て形」一樣。
如：買う→買った、買って

● T41

1083 □□□
そう
感・副

譯（回答）是；那樣地，那麼

そうです。これが私ので、それがあなたのです。
是的。這是我的，那是你的。

1084 □□□
そうじ
【掃除】
名・他サ

譯 打掃，清掃；清除（毒害）

私は、部屋を掃除します。
我打掃房間。

ます形 掃除します
ない形 掃除しない
た形 掃除した

1085 □□□
**そうして・
そして**
接續

譯 然後，而且；於是；以及

ハワイに行きたいです。そして、泳ぎたいです。
我想去夏威夷，然後我想游泳。

1086 ☐☐☐ **そうぞう** 【想像】 名・他サ	**譯** 想像 そんなひどい状況は、想像し得ない。 那種慘狀，真叫人無法想像。 ます形 想像します ない形 想像しない た形 想像した
1087 ☐☐☐ **そうだん** 【相談】 名・自他サ	**譯** 商量，商談 なんでも相談してください。 什麼都可以找我商量。 ます形 相談します ない形 相談しない た形 相談した
1088 ☐☐☐ **そこ** 代	**譯** 那裡，那邊；那時；那一點 そこはどんな所ですか。 那是個什麼樣的地方？
1089 ☐☐☐ **そこ** 【底】 名	**譯** 底，底子；最低處，限度；底層，深處；邊際，極限 海の底までもぐったら、きれいな魚がいた。 我潛到海底，看見了美麗的魚兒。
1090 ☐☐☐ **そこで** 接續	**譯** 因此，所以；（轉換話題時）那麼，下面，於是 そこで、私は思い切って意見を言いました。 於是，我就直接了當地說出了我的看法。
1091 ☐☐☐ **そしき** 【組織】 名・他サ	**譯** 組織，組成；構造，構成；（生）組織；系統，體系 一つの組織に入る上は、真面目に努力をするべきです。 既然加入組織，就得認真努力才行。 ます形 組織します ない形 組織しない た形 組織した
1092 ☐☐☐ **そだつ** 【育つ】 自五	**譯** 成長，長大，發育 子どもたちは、元気に育っています。 孩子們健康地成長著。 ます形 育ちます ない形 育たない た形 育った
1093 ☐☐☐ **そだてる** 【育てる】 他下一	**譯** 撫育，培植；培養 蘭は育てにくいです。 蘭花很難培植。 ます形 育てます ない形 育てない た形 育てた

さ行

さ し す せんたく～そだてる

動詞「た形」變化跟「て形」一樣。
如：買う→買った、買って

● T41- 01:16

1094 □□□
そちら
（代）

譯 那兒，那裡；那位，那個；府上，貴處

そちらは、どなたですか。
那位是什麼人物？

1095 □□□
そつぎょう
【卒業】
（名・他サ）

譯 畢業

いつか卒業できるでしょう。
總有一天會畢業的。

ます形 卒業します
ない形 卒業しない
た形 卒業した

1096 □□□
そと
【外】
（名）

譯 外面，外邊；自家以外；戶外

窓から外を見ながら、考えた。
望著窗外想事情。

1097 □□□
その
（連語）

譯 那…，那個…

その家には、だれか住んでいます。
好像有人住在那棟房子裡。

1098 □□□
そば
（名）

譯 旁邊，側邊；附近

私のそばにいてください。
請留在我身邊。

1099 □□□
そふ
【祖父】
（名）

譯 爺爺，外公

祖父はずっとその会社で働いてきました。
祖父一直在那家公司工作到現在。

1100 □□□
そぼ
【祖母】
（名）

譯 奶奶，外婆

祖母は、いつもお菓子をくれる。
奶奶常給我糖果。

1101 □□□
そら
【空】
（名）

譯 天空，空中；天氣；（遠離的）地方，（旅行的）途中

空はまだ明るいです。
天色還很亮。

1102 ☐☐☐
そる
【剃る】
他五

> 譯 剃（頭），刮（臉）

ひげを剃ってからでかけます。

我刮了鬍子之後便出門。

ます形 剃ります
ない形 剃らない
た形 剃った

1103 ☐☐☐
それ
代

> 譯 那，那個；那時，那裡；那樣

これが終わったあとで、それをやります。

做完這個之後再做那個。

1104 ☐☐☐
それから
接續

> 譯 之後，然後；其次，還有；（催促對方談話時）後來怎樣

雑誌を買いました。それから、辞書も買いました。

買了雜誌，然後也買了字典。

1105 ☐☐☐
それぞれ
副

> 譯 每個（人），分別，各自

同じテーマをもとに、それぞれの作家が小説を書いた。

各個不同的作家都在同一個主題下寫了小說。

1106 ☐☐☐
それで
接

> 譯 因此；後來

それで、いつまでに終わりますか。

那麼，什麼時候結束呢？

1107 ☐☐☐
それでは
接續

> 譯 如果那樣，要是這樣的話；那麼，那麼説

それでは、もっと大きいのはいかがですか。

那麼，再大一點的如何？

1108 ☐☐☐
それとも
接

> 譯 或者，還是

女か、それとも男か。

是女的還是男的。

1109 ☐☐☐
それに
接

> 譯 而且，再者

その映画は面白いし、それに歴史の勉強にもなる。

這電影不僅有趣，又能從中學到歷史。

動詞「た形」變化跟「て形」一樣。
如：買う→買った、買って

1110 □□□

**それはいけ
ませんね**
寒暄

譯 那可不行

それはいけませんね。薬を飲んでみたらどうですか。

那可不行啊！是不是吃個藥比較好？

1111 □□□

それほど
副

譯 那麼地

映画が、それほど面白くなくてもかまいません。

電影不怎麼有趣也沒關係。

1112 □□□

そろう
【揃う】
自五

譯 （成套的東西）備齊；成套；一致，（全部）一樣，整齊；（人）
到齊，齊聚

クラス全員が揃いっこありませんよ。

不可能全班都到齊的啦！

ます形 揃います
ない形 揃わない
た形 揃った

1113 □□□

そろえる
【揃える】
他下一

譯 使…備齊；使…一致

必要なものを揃えてからでなければ、出
発できません。

如果沒有準備齊必需品，就沒有辦法出發。

ます形 揃えます
ない形 揃えない
た形 揃えた

1114 □□□

そろそろ
副

譯 快要；緩慢

そろそろ2時でございます。

快要兩點了。

1115 □□□

そん
【損】
名・自サ・形動・漢造

譯 虧損，賠錢；吃虧，不划算

その株を買っても、損はするまい。

即使買那個股票，也不會有什麼損失吧！

ます形 損します
ない形 損しない
た形 損した

1116 □□□

そんざい
【存在】
名・自サ

譯 存在，有；人物，存在的事物

宇宙人は、存在し得ると思いますか。

你認為外星人有存在的可能嗎？

ます形 存在します
ない形 存在しない
た形 存在した

1117 □□□

そんなに
連體

譯 那麼

そんなに見たいなら、見せてさしあげますよ。

那麼想看的話，就給你看吧！

た ち つ て と

動詞「た形」變化跟「て形」一樣。
如：買う→買った、買って

● T42

1118 □□□
た
【田】
(名)

譯 田地；水稻，水田

家族みんなで田に出て働いている。

家裡所有人都到田中工作去了。

1119 □□□
だい
【台】
(接尾)

譯 …台，…輛，…架

ドイツの自動車を2台買いました。

買了兩台德國車。

1120 □□□
だい
【代】
(接尾)

譯（年齡範圍）…多歲

この服は、30代とか40代とかの人のために作られました。

這件衣服是為三、四十多歲的人做的。

1121 □□□
たいいん
【退院】
(名・自サ)

譯 出院

彼が退院するのはいつだい。

他什麼時候出院的？

ます形	退院します
ない形	退院しない
た形	退院した

1122 □□□
だいがく
【大学】
(名)

譯 大學

大学の先生という仕事は、大変です。

大學老師的工作相當辛苦。

1123 □□□
だいがくせい
【大学生】
(名)

譯 大學生

鈴木さんの息子は、大学生だと思う。

我想鈴木先生的兒子，應該是大學生了。

1124 □□□
たいし
【大使】
(名)

譯 大使

彼は在フランス大使に任命された。

他被任命為駐法的大使。

1125 □□□
だいじ
【大事】
(形動)

譯 保重；重要

健康の大事さを知りました。

領悟到健康的重要性。

丁寧形	大事です
ない形	大事ではない
た形	大事だった

さ行

た行

それはいけませんね〜だいじ ちってと

149

1126 □□□
たいしかん
【大使館】
名

譯 大使館

らいしゅう たい し かん い
来週大使館へ行きます。
下週到大使館去。

1127 □□□
たいして
【大して】
副

譯（一般下接否定語）並不太…，並不怎麼

ほん たい おもしろ
この本は大して面白くない。
這本書不怎麼有趣。

1128 □□□
だいじょうぶ
【大丈夫】
形動

譯 牢固，可靠；安全，放心；沒問題，沒關係

ねつ だいじょう ぶ
ちょっと熱がありますが、大丈夫です。
有點發燒，但沒關係。

丁寧形 大丈夫です
ない形 大丈夫ではない
た形 大丈夫だった

1129 □□□
だいじん
【大臣】
名

譯（政府）部長，大臣

だいじん まじ め しごと
大臣のくせに、真面目に仕事をしていない。
明明是大臣卻沒有認真在工作。

1130 □□□
だいすき
【大好き】
形動

譯 非常喜歡，最喜好

わたし さけ だい す
私は、お酒も大好きです。
我也很喜歡酒。

丁寧形 大好きです
ない形 大好きではない
た形 大好きだった

1131 □□□
たいする
【対する】
自サ

譯 面對，面向；關於；對立，對比；對待，招待

じ ぶん ぶ か たい きび
自分の部下に対しては、厳しくなりがちだ。
對自己的部下，總是比較嚴格。

ます形 対します
ない形 対さない
た形 対した

1132 □□□
たいせつ
【大切】
形動

譯 重要，重視；心愛，珍惜

わたし たいせつ
私の大切なものは、あれではありません。
我所珍惜的不是那個。

丁寧形 大切です
ない形 大切ではない
た形 大切だった

1133 □□□
たいそう
【体操】
名

譯 體操；體育課

まいあさこうえん たいそう
毎朝公園で体操をしている。
每天早上在公園裡做體操。

150

1134 □□□

だいたい
（副）

> 譯 大部分；大致；大概

練習して、この曲はだいたい弾けるようになった。
練習以後，大致會彈這首曲子了。

1135 □□□

たいてい
【大抵】
（副）

> 譯 大體，差不多；（下接推量）大概，多半；（接否定）一般，普通

夜はたいてい、テレビを見ながらご飯を食べます。
晚上大致上都邊看電視邊吃飯。

1136 □□□

たいど
【態度】
（名）

> 譯 態度，表現；舉止，神情，作風

君の態度には、先生でさえ怒っていたよ。
對於你的態度，就連老師也生氣了喔。

1137 □□□

だいどころ
【台所】
（名）

> 譯 廚房；家庭的經濟狀況

台所で料理を作ります。
在廚房做料理。

1138 □□□

だいひょう
【代表】
（名・他サ）

> 譯 代表

パーティーを始めるにあたって、皆を代
表して乾杯の音頭をとった。
派對要開始時，我帶頭向大家乾杯。

ます形 代表します
ない形 代表しない
た形 代表した

1139 □□□

タイプ
【type】
（名）

> 譯 款式；類型；打字

私はこのタイプのパソコンにします。
我要這種款式的電腦。

1140 □□□

だいぶ
（副）

> 譯 相當地，非常

だいぶ元気になりましたから、もう薬を飲まなくてもいい
です。
已經好很多了，所以不吃藥也沒關係的。

1141 □□□

たいふう
【台風】
（名）

> 譯 颱風

台風が来て、風が吹きはじめた。
颱風來了，開始刮起風了。

動詞「た形」變化跟「て形」一様。
如：買う→買った、買って

分 秒
● T42- 02:41

1142 □□□

たいへん
【大変】
形動・副

譯 重大，不得了；非常

病気になって、たいへんだった。
生了病很難受。

丁寧形 大変です
ない形 大変ではない
た形 大変だった

1143 □□□

たいよう
【太陽】
名

譯 太陽

太陽が高くなるにつれて、暑くなった。
隨著太陽升起，天氣變得更熱了。

1144 □□□

たおす
【倒す】
他五

譯 倒，放倒，推倒，翻倒；推翻；毀壞；擊敗；殺死；不還債

木を倒す。
砍倒樹木。

ます形 倒します
ない形 倒さない
た形 倒した

1145 □□□

たおれる
【倒れる】
自下一

譯 倒下；垮台；死亡

倒れにくい建物を作りました。
蓋了一棟不容易倒塌的建築物。

ます形 倒れます
ない形 倒れない
た形 倒れた

1146 □□□

たかい
【高い】
形

譯 高的；高；高尚；（價錢）貴

肉は、高い方がおいしいです。
肉類的話，貴一點的比較好吃。

丁寧形 高いです
ない形 高くない
た形 高かった

1147 □□□

たがい
【互い】
名

譯 互相，彼此；雙方；彼此相同

● T43

けんかばかりしていても、互いに嫌っているわけでもない。
就算老是吵架，也不代表互相討厭。

1148 □□□

だから
接續

譯 所以；因此

明日はテストです。だから、今準備しているところです。
明天要考試，所以現在正在準備。

1149 □□□

たく
【炊く】
他五

譯 點火，燒著；燃燒；煮飯，燒菜

ご飯は炊いてあったっけ。
我煮飯了嗎？

ます形 炊きます
ない形 炊かない
た形 炊いた

1150 ☐☐☐
だく
【抱く】
他五

> 譯 抱；孵卵；心懷，懷抱

赤ちゃんを抱いている人は誰ですか。
那位抱著小嬰兒的是誰？

ます形 抱きます
ない形 抱かない
た形 抱いた

1151 ☐☐☐
たくさん
副・形動

> 譯 很多，大量；足夠，不再需要

雪がたくさん降ります。
下了很多雪。

丁寧形 たくさんです
ない形 たくさんではない
た形 たくさんだった

1152 ☐☐☐
タクシー
【taxi】
名

> 譯 計程車

渋谷で、タクシーに乗ってください。
請在澀谷搭計程車。

1153 ☐☐☐
たしか
【確か】
副

> 譯 確實，可靠；大概；（過去的事不太記得）大概，也許

確か、彼もそんな話をしていました。
他確實也説了那樣的話。

1154 ☐☐☐
たしかめる
【確かめる】
他下一

> 譯 查明，確認

彼に説明してもらって、事実を確かめる
ことができました。
因為有他的説明，所以真相才能大白。

ます形 確かめます
ない形 確かめない
た形 確かめた

1155 ☐☐☐
たす
【足す】
他五

> 譯 補足；增加

数字を足していくと、全部で 100 になる。
數字加起來，總共是一百。

ます形 足します
ない形 足さない
た形 足した

1156 ☐☐☐
だす
【出す】
他五

> 譯 拿出，取出；伸出，探出；寄

夏の服が出してあります。
夏季的衣服已經拿出來了。

ます形 出します
ない形 出さない
た形 出した

1157 ☐☐☐
だす
接尾

> 譯 開始…

うちに着くと、雨が降りだした。
一回到家，便開始下起雨來了。

た
行

たいへん〜だす ちってと

た ち つ て と

動詞「た形」變化跟「て形」一樣。
如：買う→買った、買って

分 秒
● T43- 01:02

1158 ☐☐☐
たすける
【助ける】
(他下一)

譯 幫助，援助；救，救助；輔佐；救濟，資助

おぼれかかった人を助ける。
救起了差點溺水的人。

ます形 助けます
ない形 助けない
た形 助けた

1159 ☐☐☐
たずねる
【訪ねる】
(他下一)

譯 拜訪，訪問

最近は、先生を訪ねることが少なくなりました。
最近比較少去拜訪老師。

ます形 訪ねます
ない形 訪ねない
た形 訪ねた

1160 ☐☐☐
たずねる
【尋ねる】
(他下一)

譯 問，打聽；尋問

彼に尋ねたけれど、わからなかったのです。
去請教過他了，但他不知道。

ます形 尋ねます
ない形 尋ねない
た形 尋ねた

1161 ☐☐☐
ただ
(名・副・接)

譯 免費；普通，平凡；只是，僅僅；(對前面的話做出否定)但是，不過

ただでもらっていいんですか。
可以免費索取嗎？

1162 ☐☐☐
ただいま
(副)

譯 馬上，剛才；我回來了

ただいまお茶をお出しいたします。
我馬上就端茶過來。

1163 ☐☐☐
たたかう
【戦う】
(自五)

譯 (進行)作戰，戰爭；鬥爭；競賽

勝敗はともかく、私は最後まで戦います。
姑且不論勝敗，我會奮戰到底。

ます形 戦います
ない形 戦わない
た形 戦った

1164 ☐☐☐
ただしい
【正しい】
(形)

譯 正確；端正

私の意見が正しいかどうか、教えてください。
請告訴我，我的意見是否正確。

丁寧形 正しいです
ない形 正しくない
た形 正しかった

1165 ☐☐☐
たたみ
【畳】
(名)

譯 榻榻米

このうちは、畳の匂いがします。
這屋子散發著榻榻米的味道。

1166 □□□

たたむ
【畳む】
他五

譯 疊，折；關，闔上；關閉，結束；藏在心裡

布団を畳む。
折棉被。

ます形 畳みます
ない形 畳まない
た形 畳んだ

1167 □□□

たち
【達】
接尾

譯（表示人的複數）…們，…等

子どもたちは、いつ帰ってきますか。
孩子們什麼時候會回來？

1168 □□□

たちば
【立場】
名

譯 立腳點，站立的場所；處境；立場，觀點

お互い立場は違うにしても、助け合うことはできます。
即使彼此立場不同，也還是可以互相幫忙。

1169 □□□

たつ
【立つ】
自五

譯 站立；冒，升；出發

父は、立ったり座ったりしている。
爸爸時而站著時而坐著。

ます形 立ちます
ない形 立たない
た形 立った

1170 □□□

たつ
【建つ】
自五

譯 蓋，建

新居が建つ。
蓋新屋。

ます形 建ちます
ない形 建たない
た形 建った

1171 □□□

たて
【縦】
名

譯 豎，縱；長

縦3センチ、横2センチの写真を用意してください。
請準備高3公分，寬2公分的照片。

1172 □□□

たてもの
【建物】
名

譯 建築物，房屋

どれが、大学の建物ですか。
哪一棟是大學的建築物？

1173 □□□

たてる
【立てる】
他下一

譯 立起；訂立

自分で勉強の計画を立てることになっています。
要我自己訂定讀書計畫。

ます形 立てます
ない形 立てない
た形 立てた

た
行

たすける～たてる　ち　つ　て　と

155

動詞「た形」變化跟「て形」一樣。
如：買う→買った、買って

分 秒
● T43- 02:26

1174 □□□
たてる
【建てる】
(他下一)

譯 建造，蓋

こんな家を建てたいと思います。
我想蓋這樣的房子。

ます形 建てます
ない形 建てない
た形 建てた

1175 □□□
たとえば
【例えば】
(副)

譯 例如

例えば、こんなふうにしたらどうですか。
例如像這樣擺可以嗎？

1176 □□□
たな
【棚】
(名)

譯 架子，棚架

棚を作って、本を置けるようにした。
作了架子，以便放書。

1177 □□□
たに
【谷】
(名)

譯 山谷，山澗，山洞

深い谷が続いている。
深谷綿延不斷。

1178 □□□
たにん
【他人】
(名)

譯 別人，他人；（無血緣的）陌生人，外人；局外人

他人のことなど、考えている暇はない。
我沒那閒暇時間去管別人的事。

1179 □□□
たね
【種】
(名)

譯 （植物的）種子，果核；（動物的）品種；起因

庭に花の種をまきました。
我在庭院裡灑下了花的種子。

1180 □□□
たのしい
【楽しい】
(形)

譯 快樂，愉快，高興

● T44

みんなで楽しく遊びました。
大家一起玩得很愉快。

丁寧形 楽しいです
ない形 楽しくない
た形 楽しかった

1181 □□□
たのしみ
【楽しみ】
(名)

譯 期待，快樂

みんなに会えることを楽しみにしています。
我很期待與大家見面！

1182 □□□
たのむ
【頼む】
（他五）

譯 請求，要求；委託，託付；依靠；點（菜等）

コーヒーを頼んだあとで、紅茶が飲みたくなった。

點了咖啡後卻想喝紅茶。

ます形 頼みます
ない形 頼まない
た形 頼んだ

1183 □□□
たば
【束】
（名）

譯 把，捆

花束をたくさんもらいました。

我收到了很多花束。

1184 □□□
たばこ
【煙草】
（名）

譯 香煙；煙草

彼女がきらいなのは、煙草を吸う人です。

她討厭的是抽煙的人。

1185 □□□
たび
【旅】
（名・他サ）

譯 旅行，遠行

旅が趣味だと言うだけあって、あの人は外国に詳しい。

不愧是以旅遊為興趣，那個人對外國真清楚。

ます形 旅します
ない形 旅しない
た形 旅した

1186 □□□
たびたび
【度々】
（副）

譯 屢次，常常，再三

彼には、電車の中で度々会います。

我常常在電車裡碰到他。

1187 □□□
たぶん
【多分】
（副）

譯 大概，或許；恐怕

たぶん、どこへも遊びに行かないでしょう。

大概不會去任何地方玩了吧！

1188 □□□
たべもの
【食べ物】
（名）

譯 食物，吃的東西

私の好きな食べ物は、バナナです。

我喜歡的食物是香蕉。

1189 □□□
たべる
【食べる】
（他下一）

譯 吃，喝；生活

ご飯をあまり食べたくないです。

不太想吃飯。

ます形 食べます
ない形 食べない
た形 食べた

た行

たてる～たべる ちってと

動詞「た形」變化跟「て形」一樣。
如：買う→買った、買って

分 秒
● T44-01:06

1190 □□□
たまご
【卵】
名

譯 蛋，卵；鴨蛋，雞蛋；未成熟者，幼雛

<ruby>卵<rt>たまご</rt></ruby>をあまり<ruby>食<rt>た</rt></ruby>べないでください。
蛋請不要吃太多。

1191 □□□
たまに
副

譯 偶爾

たまに<ruby>祖父<rt>そ ふ</rt></ruby>の<ruby>家<rt>いえ</rt></ruby>に<ruby>行<rt>い</rt></ruby>かなければならない。
偶爾得去祖父家才行。

1192 □□□
たまる
【溜まる】
自五

譯 事情積壓；積存，停滯

<ruby>最近<rt>さいきん</rt></ruby>、ストレスが<ruby>溜<rt>た</rt></ruby>まっている。
最近累積了不少壓力。

ます形 溜まります
ない形 溜まらない
た形 溜まった

1193 □□□
ため
名

譯 （表目的）為了；（表原因）因為

あなたの<ruby>ため<rt></rt></ruby>に<ruby>買<rt>か</rt></ruby>ってきたのに、<ruby>食<rt>た</rt></ruby>べないの。
這是特地為你買的，你不吃嗎？

1194 □□□
だめ
形動

譯 不行；沒用；無用

そんなことをしたらだめです。
不可以做那樣的事。

丁寧形 だめです
ない形 だめではない
た形 だめだった

1195 □□□
ためす
【試す】
他五

譯 試，試驗，試試

<ruby>体力<rt>たいりょく</rt></ruby>の<ruby>限界<rt>げんかい</rt></ruby>を<ruby>試<rt>ため</rt></ruby>す。
考驗體能的極限。

ます形 試します
ない形 試さない
た形 試した

1196 □□□
ためる
【溜める】
他下一

譯 積，存，蓄；積壓，停滯

<ruby>記念切手<rt>き ねんきって</rt></ruby>を<ruby>溜<rt>た</rt></ruby>めています。
我在收集紀念郵票。

ます形 溜めます
ない形 溜めない
た形 溜めた

1197 □□□
たよる
【頼る】
自他五

譯 依靠，依賴；投靠

あなたなら、<ruby>誰<rt>だれ</rt></ruby>にも<ruby>頼<rt>たよ</rt></ruby>ることなく<ruby>仕事<rt>し ごと</rt></ruby>をやっていくでしょう。
如果是你的話，工作不靠任何人也能進行吧！

ます形 頼ります
ない形 頼らない
た形 頼った

た
行

たまご～だんたい
ち
つ
て
と

1198 ☐☐☐
たりる
【足りる】
自上一

譯 足夠；可湊合

１万円あれば、足りるはずだ。
如果有一萬日圓，應該是夠的。

ます形 足ります
ない形 足りない
た形 足りた

1199 ☐☐☐
だれ
【誰】
代

譯 誰，哪位

誰が来ましたか。
是誰來了呢？

1200 ☐☐☐
たんご
【単語】
名

譯 單詞，單字

英語を勉強するにつれて、単語が増えてきた。
隨著學英文愈久，單字的量也愈多了。

1201 ☐☐☐
たんじょう
【誕生】
名・自サ

譯 誕生，出生；成立，創立，創辦

子どもが誕生したのを契機に、煙草をやめた。
以孩子出生為契機戒了煙。

ます形 誕生します
ない形 誕生しない
た形 誕生した

1202 ☐☐☐
たんじょうび
【誕生日】
名

譯 生日

今日は、どなたの誕生日ですか。
今天是哪位生日？

1203 ☐☐☐
たんす
名

譯 衣櫥，衣櫃，五斗櫃

服をたたんで、たんすにしまった。
折完衣服後收入衣櫃裡。

1204 ☐☐☐
だんせい
【男性】
名

譯 男性

そこにいる男性が、私たちの先生です。
那裡的那位男性，是我們的老師。

1205 ☐☐☐
だんたい
【団体】
名

譯 團體，集體

レストランに団体で予約を入れた。
我用團體的名義預約了餐廳。

159

動詞「た形」變化跟「て形」一樣。
如：買う→買った、買って

分 秒
● T44- 02:43

1206 ☐☐☐
だんだん
【段々】
副

譯 漸漸地

<ruby>音<rt>おと</rt></ruby>が<u>だんだん</u><ruby>大<rt>おお</rt></ruby>きくなりました。
聲音逐漸變大了。

1207 ☐☐☐
だんぼう
【暖房】
名

譯 暖氣

<ruby>暖<rt>あたた</rt></ruby>かいから、<u><ruby>暖房<rt>だんぼう</rt></ruby></u>をつけなくてもいいです。
很溫暖的，所以不開冷氣也無所謂。

動詞「た形」變化跟「て形」一樣。
如：買う→買った、買って

● T45

1208 ☐☐☐
ち
【血】
名

譯 血；血緣

<ruby>傷口<rt>きずぐち</rt></ruby>から<u><ruby>血<rt>ち</rt></ruby></u>が<ruby>流<rt>なが</rt></ruby>れつづけている。
血一直從傷口流出來。

1209 ☐☐☐
ちいさい
【小さい】
形

譯 小的；微少，輕微；幼小的；瑣碎，繁雜

<u><ruby>小<rt>ちい</rt></ruby>さい</u>のがほしいです。
我想要小的。

丁寧形 小さいです
ない形 小さくない
た形 小さかった

1210 ☐☐☐
ちいさな
【小さな】
連體

譯 小的；年齡幼小

あの<ruby>人<rt>ひと</rt></ruby>は、いつも<u><ruby>小<rt>ちい</rt></ruby>さな</u>プレゼントをくださる。
那個人常送我小禮物。

1211 ☐☐☐
ちかい
【近い】
形

譯 (距離、時間)近，接近；(血統、關係)親密；相似

<ruby>学校<rt>がっこう</rt></ruby>は、<ruby>遠<rt>とお</rt></ruby>いですか？<u><ruby>近<rt>ちか</rt></ruby>い</u>ですか。
學校是遠？還是近？

丁寧形 近いです
ない形 近くない
た形 近かった

1212 ☐☐☐
ちがい
【違い】
名

譯 不同，差別，區別；差錯，錯誤

<ruby>値段<rt>ねだん</rt></ruby>に<u><ruby>違<rt>ちが</rt></ruby>い</u>があるにしても、<ruby>価値<rt>かち</rt></ruby>は<ruby>同<rt>おな</rt></ruby>じです。
就算價錢有差，它們倆的價值還是一樣的。

1213 □□□

ちがう
【違う】
（自五）

> 譯 不同；錯誤；違反，不符

東京の言葉と大阪の言葉は、少し違います。

東京和大阪的用語有點不同。

ます形 違います
ない形 違わない
た形 違った

1214 □□□

ちかく
【近く】
（名）

> 譯 附近，近旁；（時間上）近期，靠近；將近

家の近くで、自転車を降りる。

在家附近停下腳踏車。

1215 □□□

ちかづく
【近づく】
（自五）

> 譯 臨近，靠近；接近，交往；幾乎，近似

彼は、政界の大物に近づきたくてたまらないのだ。

他非常想接近政界的大人物。

ます形 近づきます
ない形 近づかない
た形 近づいた

1216 □□□

ちかてつ
【地下鉄】
（名）

> 譯 地下鐵

それは、地下鉄の駅です。

那是地下鐵的車站。

1217 □□□

ちかよる
【近寄る】
（自五）

> 譯 走進，靠近，接近

あんなに危ない場所には、近寄れっこない。

那麼危險的地方不可能靠近的。

ます形 近寄ります
ない形 近寄らない
た形 近寄った

1218 □□□

ちから
【力】
（名）

> 譯 力氣；能力

この会社では、力を出しにくい。

在這公司難以發揮實力。

1219 □□□

ちしき
【知識】
（名）

> 譯 知識

知識が増えるに伴って、いろいろなことが理解できるようになりました。

隨著知識的增長，能夠理解的事情也愈來愈多。

1220 □□□

ちず
【地図】
（名）

> 譯 地圖

地図を見ながら、散歩をしました。

邊看地圖邊散步。

た
行

だんだん～ちず

つ
て
と

たちつてと

動詞「た形」變化跟「て形」一樣。
如：買う→買った、買って

分 秒
● T45-01:35

1221 □□□

ちち
【父】
名

譯 家父，爸爸，父親

それは父のです。
那是爸爸的。

1222 □□□

ちっとも
副

譯 一點也不…

お菓子ばかり食べて、ちっとも野菜を食べない。
光吃甜點，青菜一點也不吃。

1223 □□□

ちほう
【地方】
名

譯 地方，地區；（相對首都與大城市而言的）地方，外地

私は東北地方の出身です。
我的籍貫是東北地區。

1224 □□□

ちゃいろ
【茶色】
名

譯 茶色

茶色のセーターを着ている人は、どなたですか。
穿著茶色毛衣的人是哪位？

1225 □□□

ちゃわん
【茶碗】
名

譯 茶杯，飯碗

どれがあなたの茶碗ですか。
哪一個是你的茶杯？

1226 □□□

ちゃん
接尾

譯 （表親暱稱謂）小…

まいちゃんは、何にする。
小舞，你要什麼？

1227 □□□

ちゃんと
副

譯 端正地，規矩地；按期，如期；整潔，整齊；的確 ● T46

目上の人には、ちゃんと挨拶するものだ。
對長輩應當要確實問好。

1228 □□□

ちゅう
【中】
名・接尾・漢造

譯 中央，當中；中間；中等；…之中；正在…當中

仕事中にしろ、電話ぐらい取りなさいよ。
即使在工作，至少也接一下電話呀！

1229 □□□

ちゅうい
【注意】
名・自サ

> **譯** 注意，小心

車にご注意ください。
請注意車輛！

ます形 注意します
ない形 注意しない
た形 注意した

1230 □□□

ちゅうおう
【中央】
名

> **譯** 中心，正中；中心，中樞；中央，首都

部屋の中央に花を飾った。
我在房間的中間擺飾了花。

1231 □□□

ちゅうがっ
こう
【中学校】
名

> **譯** 中學

私は、中学校でテニスの試合に出たことがあります。
我在中學曾參加過網球比賽。

1232 □□□

ちゅうし
【中止】
名・他サ

> **譯** 中止，停止，中斷

パーティーは中止したきりで、その後
やっていない。
自從派對中止後，就沒有再舉辦過了。

ます形 中止します
ない形 中止しない
た形 中止した

1233 □□□

ちゅうしゃ
【注射】
名・他サ

> **譯** 打針

お医者さんに、注射していただきました。
醫生幫我打了針。

ます形 注射します
ない形 注射しない
た形 注射した

1234 □□□

ちゅうしゃ
じょう
【駐車場】
名

> **譯** 停車場

駐車場に行くと、車がなかった。
一到停車場，就發現車子不見了。

1235 □□□

ちゅうしん
【中心】
名

> **譯** 中心，當中；中心，重點，焦點；中心地，中心人物

Ａを中心とする円を描きなさい。
請以 A 為中心畫一個圓圈。

た
行

た
ち ち～ちゅうしん
って と

動詞「た形」變化跟「て形」一樣。
如：買う→買った、買って

分 秒
● T46-00:59

1236 □□□
ちゅうもん
【注文】
名・他サ

譯 點餐，訂購；希望

さんざん迷ったあげく、カレーライスを
注文しました。

再三地猶豫之後，最後竟點了個咖哩飯。

ます形 注文します
ない形 注文しない
た形 注文した

1237 □□□
ちょうし
【調子】
名

譯 (音樂)調子，音調；聲調，口氣；格調；情況，狀況

年のせいか、からだの調子が悪い。

不知道是不是上了年紀的關係，身體健康亮起紅燈了。

1238 □□□
ちょうしょ
【長所】
名

譯 長處，優點

だれにでも、長所があるものだ。

不論是誰，都會有優點的。

1239 □□□
ちょうど
【丁度】
副

譯 剛好，正好；正，整；剛剛

ちょうどテレビを見ていたとき、誰かが来た。

正在看電視時，剛好有人來了。

1240 □□□
ちょうめ
【丁目】
結尾

譯 (街巷區劃單位)段，巷

銀座4丁目に住んでいる。

我住在銀座四段。

1241 □□□
ちょきん
【貯金】
名・自他サ

譯 存款，儲蓄

毎月決まった額を貯金する。

每個月都定額存錢。

ます形 貯金します
ない形 貯金しない
た形 貯金した

1242 □□□
ちょくせつ
【直接】
名・副・形動

譯 直接

関係者が直接話し合ったことから、事件
の真相がはっきりした。

我直接問過相關的人後，案件真相大白了。

丁寧形 直接です
ない形 直接ではない
た形 直接だった

1243 □□□
ちょっと
副

譯 稍微，一點；一下子，暫且；（下接否定）不太…

ちょっとしかありませんよ。
只有一點點而已。

1244 □□□
ちり
【地理】
名

譯 地理

私は、日本の地理とか歴史とかについてあまり知りません。
我對日本地理或歷史不甚了解。

1245 □□□
ちる
【散る】
自五

譯 凋謝，散漫，落；離散，分散；遍佈

桜が散って、このへんは花びらだらけです。
櫻花飄落，這一帶便落滿了花瓣。

ます形 散ります
ない形 散らない
た形 散った

た行
た
ちゅうもん～つうか
て
と

た ち つ て と

動詞「た形」變化跟「て形」一樣。
如：買う→買った、買って

● T47

1246 □□□
ついたち
【一日】
名

譯 初一，（每月）一日，朔日

一日から三日まで、旅行に行きます。
一號到三號要去旅行。

1247 □□□
ついで
名

譯 順便，就便；順序，次序

出かけるなら、ついでに卵を買ってきて。
你如果要出門，就順便幫我買蛋回來吧。

1248 □□□
ついに
【遂に】
副

譯 前終於；直到最後

橋の建設はついに完成した。
造橋終於完成了。

1249 □□□
つうか
【通過】
名・自サ

譯 通過，經過；（電車等）駛過；（議案、考試等）通過

特急電車が通過します。
特快車即將過站。

ます形 通過します
ない形 通過しない
た形 通過した

た ち つ て と

動詞「た形」變化跟「て形」一樣。
如：買う→買った、買って

● T47- 00:33
分 秒

1250 □□□

つうがく
【通学】
名・自サ

譯 上學

通学のたびに、この道を通ります。
每次上學，都會走這條路。

ます形 通学します
ない形 通学しない
た形 通学した

1251 □□□

つかう
【使う】
他五

譯 使用；雇傭；花費，消費

どうぞ、その辞書を使ってください。
請用那本辭典。

ます形 使います
ない形 使わない
た形 使った

1252 □□□

つかまえる
【捕まえる】
他下一

譯 逮捕，抓；握住

彼が泥棒ならば、捕まえなければならない。
如果他是小偷，就非逮捕不可。

ます形 捕まえます
ない形 捕まえない
た形 捕まえた

1253 □□□

つかむ
【掴む】
他五

譯 抓，抓住，揪住，握住；掌握到，瞭解到

誰にも頼らないで、自分で成功を掴むほかない。
只能不依賴任何人，靠自己去掌握成功。

ます形 掴みます
ない形 掴まない
た形 掴んだ

1254 □□□

つかれる
【疲れる】
自下一

譯 疲倦，疲勞；（變）陳舊，（性能）減低

練習で疲れました。
因為練習而感到疲勞。

ます形 疲れます
ない形 疲れない
た形 疲れた

1255 □□□

つき
【月】
名

譯 月亮；一個月

今日は、月がきれいです。
今天的月亮很漂亮。

1256 □□□

つぎ
【次】
名

譯 下次，下回，接下來；（席位、等級等）第二

次のテストは、大丈夫でしょう。
下次的考試應該沒問題吧！

1257 □□□

つく
自五

譯 點上，（火）點著

あの家は、夜も電気がついたままだ。
那戶人家，夜裡燈也照樣點著。

ます形 つきます
ない形 つかない
た形 ついた

1258 □□□

つく
【着く】
自五

譯 到，到達，抵達；寄到；達到

<ruby>駅<rt>えき</rt></ruby>に<ruby>着<rt>つ</rt></ruby>きました。
抵達車站了。

ます形 着きます
ない形 着かない
た形 着いた

1259 □□□

つく
【付く】
自五

譯 附著，沾上；長，添增；跟隨；隨從，聽隨

<ruby>飯粒<rt>めしつぶ</rt></ruby>が<ruby>付<rt>つ</rt></ruby>く。
沾到飯粒。

ます形 付きます
ない形 付かない
た形 付いた

1260 □□□

つく
【就く】
自五

譯 就位；登上；就職；跟…學習；起程

<ruby>王座<rt>おうざ</rt></ruby>に<ruby>就<rt>つ</rt></ruby>く。
登上王位。

ます形 就きます
ない形 就かない
た形 就いた

1261 □□□

つく
【突く】
他五

譯 扎，刺，戳；撞，頂；支撐；冒著；攻擊，打中

<ruby>試合<rt>しあい</rt></ruby>で、<ruby>相手<rt>あいて</rt></ruby>は<ruby>私<rt>わたし</rt></ruby>の<ruby>弱点<rt>じゃくてん</rt></ruby>を<ruby>突<rt>つ</rt></ruby>いてきた。
對方在比賽中攻擊了我的弱點。

ます形 突きます
ない形 突かない
た形 突いた

1262 □□□

つくえ
【机】
名

譯 桌子，書桌

<ruby>机<rt>つくえ</rt></ruby>の<ruby>大<rt>おお</rt></ruby>きさは、どのぐらいですか。
桌子大約有多大？

1263 □□□

つくる
【作る】
他五

譯 做，製造；創造；寫，創作

<ruby>晩<rt>ばん</rt></ruby>ご<ruby>飯<rt>はん</rt></ruby>は、<ruby>作<rt>つく</rt></ruby>ってあります。
晚餐已做好了。

ます形 作ります
ない形 作らない
た形 作った

1264 □□□

つける
他下一

譯 打開（家電類）；點燃

クーラーを<u>つける</u>より、<ruby>窓<rt>まど</rt></ruby>を<ruby>開<rt>あ</rt></ruby>けるほうがいいでしょう。
與其開冷氣，不如打開窗戶來得好吧！

ます形 つけます
ない形 つけない
た形 つけた

1265 □□□

つける
【点ける】
他下一

譯 點（火），點燃；扭開（開關），打開

<ruby>暗<rt>くら</rt></ruby>いから、<ruby>電気<rt>でんき</rt></ruby>を<u>つけました</u>。
因為很暗，所以打開了電燈。

ます形 点けます
ない形 点けない
た形 点けた

た
行

た
ち
つうがく～つける
て
と

167

動詞「た形」變化跟「て形」一樣。
如：買う→買った、買って

● T47- 02:01

分 秒

1266 □□□

つける
【漬ける】
他下一

譯 浸泡；醃

母は、果物を酒に漬けるように言った。

媽媽說要把水果醃在酒裡。

ます形 漬けます
ない形 漬けない
た形 漬けた

1267 □□□

つごう
【都合】
名

譯 情況，方便度

都合がいいときに、来ていただきたいです。

時間方便的時候，希望能來一下。

1268 □□□

つたえる
【伝える】
他下一

譯 傳達，轉告；傳導

● T48

私が忙しいということを、彼に伝えてく
ださい。

請轉告他我很忙。

ます形 伝えます
ない形 伝えない
た形 伝えた

1269 □□□

つち
【土】
名

譯 土地，大地；土壤，土質；地面，地表；地面土，泥土

子どもたちが土を掘って遊んでいる。

小朋友們在挖土玩。

1270 □□□

つづく
【続く】
自五

譯 繼續；接連；跟著

雨は来週も続くらしい。

雨好像會持續到下週。

ます形 続きます
ない形 続かない
た形 続いた

1271 □□□

つづける
【続ける】
他下一

譯 持續，繼續；接著

一度始めたら、最後まで続けろよ。

既然開始了，就要堅持到底喔。

ます形 続けます
ない形 続けない
た形 続けた

1272 □□□

つつむ
【包む】
他五

譯 包起來；包圍；隱藏

必要なものを全部包んでおく。

把要用的東西全包起來。

ます形 包みます
ない形 包まない
た形 包んだ

1273 □□□

つとめる
【勤める】
自下一

譯 工作，任職；擔任（某職務），扮演（某角色）；努力，下功夫

会社に勤めています。

在公司上班。

ます形 勤めます
ない形 勤めない
た形 勤めた

1274 □□□
つとめる
【努める】
(他下一)

譯 努力，為…奮鬥，盡力；勉強忍住

看護に<u>努める</u>。
盡心看護病患。

ます形 努めます
ない形 努めない
た形 努めた

1275 □□□
つなぐ
【繋ぐ】
(他五)

譯 拴結，繫；連起，接上；延續（生命等）

テレビとビデオを<u>繋いで</u>録画した。
我將電視和錄影機接起來錄影。

ます形 繋ぎます
ない形 繋がない
た形 繋いだ

1276 □□□
つねに
【常に】
(副)

譯 時常，經常，總是

社長が<u>常に</u>オフィスにいるとは、言いきれない。
無法斷定社長平時都會在辦公室裡。

1277 □□□
つぶ
【粒】
(名・接尾)

譯（穀物的）穀粒；粒，丸，珠；（小而圓的東西）粒，滴，丸

大<u>粒</u>の雨が降ってきた。
下起了大滴的雨。

1278 □□□
つぶれる
【潰れる】
(自下一)

譯 壓壞，壓碎；坍塌，倒塌；破產；磨損

あの会社が、<u>潰れる</u>わけがない。
那間公司，不可能會倒閉的。

ます形 潰れます
ない形 潰れない
た形 潰れた

1279 □□□
つま
【妻】
(名)

譯 妻子，太太（自稱）

私が会社をやめたいということを、<u>妻</u>は知りません。
妻子不知道我想離職的事。

1280 □□□
つまらない
(形)

譯 無趣，沒意思；不值錢；無用，無意義

その映画は、どうですか？<u>つまらない</u>でしょうか。
那部電影怎麼樣？無趣嗎？

丁寧形 つまらないです
ない形 つまらなくない
た形 つまらなかった

1281 □□□
つまり
(名・副)

譯 阻塞，困窘；到頭，盡頭；總之，說到底；也就是說，即…

彼は私の父の兄の息子、<u>つまり</u>いとこに当たります。
他是我爸爸的哥哥的兒子，也就是我的堂哥。

 動詞「た形」變化跟「て形」一樣。
如：買う→買った、買って

分 秒
● T48- 01:29

1282 □□□

つむ
【積む】
自五・他五

譯 累積，堆積；裝載；積蓄，積累

荷物をトラックに積んだ。
我將貨物裝到卡車上。

ます形 積みます
ない形 積まない
た形 積んだ

1283 □□□

つめ
【爪】
名

譯（人的）指甲，腳指甲；（動物的）爪；指尖

爪切りで爪を切った。
用指甲刀剪了指甲。

1284 □□□

つめたい
【冷たい】
形

譯 冷，涼；冷淡，不熱情

冷蔵庫で、水を冷たくします。
將水放進冰箱冷卻。

丁寧形 冷たいです
ない形 冷たくない
た形 冷たかった

1285 □□□

つめる
【詰める】
他下一・自下一

譯 守候，值勤；不停的工作，緊張；塞進，裝入；緊挨著，緊靠著

スーツケースに服や本を詰めた。
我將衣服和書塞進行李箱。

ます形 詰めます
ない形 詰めない
た形 詰めた

1286 □□□

つもり
名

譯 打算；當作

父には、そう説明するつもりです。
打算跟父親那樣説明。

1287 □□□

つよい
【強い】
形

譯 強悍，有力；強壯，結實；堅強，堅決

彼女は、強い人です。
她是個堅強的人。

丁寧形 強いです
ない形 強くない
た形 強かった

1288 □□□

つらい
【辛い】
形・接尾

譯 痛苦的，難受的，吃不消；殘酷的

勉強が辛くてたまらない。
書唸得痛苦不堪。

丁寧形 辛いです
ない形 辛くない
た形 辛かった

1289 □□□

つる
【釣る】
他五

譯 釣魚；引誘

ここで魚を釣るな。
不要在這裡釣魚。

ます形 釣ります
ない形 釣らない
た形 釣った

1290 □□□

つれる
【連れる】
他下一

> 譯 帶領，帶著
>
> 子どもを幼稚園に連れて行ってもらいました。
> 請他幫我帶小孩去幼稚園了。

ます形 連れます
ない形 連れない
た形 連れた

た ち つ て と

動詞「た形」變化跟「て形」一樣。
如：買う→買った、買って

● T49

た行

た
ち つむ～てがみ
と

1291 □□□

て
【手】
名

> 譯 手，手掌；胳膊；人手
>
> お母さんの手は、温かくて優しいです。
> 媽媽的手又溫暖又溫柔。

1292 □□□

ていねい
【丁寧】
名・形動

> 譯 客氣；仔細
>
> 先生の説明は、彼の説明より丁寧です。
> 老師比他說明得更仔細。

丁寧形 丁寧です
ない形 丁寧ではない
た形 丁寧だった

1293 □□□

テープ
【tape】
名

> 譯 膠布；錄音帶，卡帶
>
> きれいにテープを貼りました。
> 整齊地貼上膠布。

1294 □□□

テーブル
【table】
名

> 譯 桌子；餐桌，飯桌，表格，目錄
>
> 隣のテーブルが静かになった。
> 隔壁桌變安靜了。

1295 □□□

でかける
【出かける】
自下一

> 譯 出去，出門；要出去，剛要走；到…去
>
> 出かけますか？家にいますか。
> 要出門？還是要待在家裡？

ます形 出かけます
ない形 出かけない
た形 出かけた

1296 □□□

てがみ
【手紙】
名

> 譯 信，書信，函
>
> どこから来た手紙ですか。
> 誰寄來的信？

動詞「た形」變化跟「て形」一樣。
如：買う→買った、買って

分 秒
● T49- 00:47

1297 □□□
てき
【敵】
名・漢造

譯 敵人，仇敵；（競爭的）對手；障礙，大敵；敵對，敵方

彼女は私を、<u>敵</u>でもあるかのような目で見た。
她用像是注視敵人般的眼神看著我。

1298 □□□
テキスト
【text】
名

譯 教科書

読みにくい<u>テキスト</u>ですね。
真是一本難以閱讀的教科書呢！

1299 □□□
てきとう
【適当】
名・形動・自サ

譯 適當；適度；隨便

<u>適当</u>にやっておくから、大丈夫。
我會妥當處理的，沒關係！

丁寧形 適当です
ない形 適当ではない
た形 適当だった

1300 □□□
できる
自上一

譯 能，可以，辦得到；做好，做完；做出，形成

ここでも、どこでも<u>できます</u>。
無論這裡或任何地方，都可以做到。

ます形 できます
ない形 できない
た形 できた

1301 □□□
できるだけ
副

譯 盡可能地

<u>できるだけ</u>お手伝いしたいです。
我會盡力幫忙的。

1302 □□□
でぐち
【出口】
名

譯 出口，流水的出口

もう<u>出口</u>まで来ました。
已經來到出口了。

1303 □□□
でございます
自・特殊型

譯「です」鄭重説法

店員は、「こちらはたいへん高級なワイン<u>でございます</u>。」
と言いました。
店員説：「這是非常高級的葡萄酒」。

1304 □□□
てしまう
連

譯 強調某一狀態或動作；懊悔

先生に会わずに帰っ<u>てしまった</u>の。
沒見到老師就回來了嗎？

172

1305 □□□
ですから
接續

譯 所以

9時に出社いたします。ですから9時以降なら何時でも結構です。

我9點進公司。所以9點以後任何時間都可以。

1306 □□□
テスト
【test】
名

譯 考試，試驗，檢查

テストは、いつからですか。

考試什麼時候開始？

1307 □□□
てつ
【鉄】
名

譯 鐵

「鉄は熱いうちに打て」とよく言います。

常言道：「打鐵要趁熱。」

1308 □□□
てつだう
【手伝う】
他五

譯 幫忙，幫助

いつでも、手伝ってあげます。

我隨時都樂於幫你的忙。

ます形 手伝います
ない形 手伝わない
た形 手伝った

1309 □□□
てつどう
【鉄道】
名

譯 鐵道，鐵路

この村には、鉄道の駅はありますか。

這村子裡，有火車的車站嗎？

1310 □□□
テニスコート
【tennis court】
名

譯 網球場　　　　　　　　　　　　　● T50

みんな、テニスコートまで走れ。

大家一起跑到網球場吧！

1311 □□□
では
感

譯 那麼，這麼説，要是那樣

では、どこかへ一緒に出かけましょう。

那麼，我們一起上哪兒去吧？

1312 □□□
デパート
【department】
名

譯 百貨公司

デパートに行きます。

去百貨公司。

た
行

た ち つ てき〜デパート と

た ち つ て と 動詞「た形」變化跟「て形」一樣。
如：買う→買った、買って

分 秒
● T50- 00:20

1313 □□□
てぶくろ
【手袋】
名

譯 手套

彼女は、新しい<u>手袋</u>を買ったそうだ。
聽説她買了新手套。

1314 □□□
でも
接續

譯 可是，但是，不過

<u>でも</u>、もう食べたくありません。
可是我已經不想吃了。

1315 □□□
てら
【寺】
名

譯 寺廟

京都は、<u>寺</u>がたくさんあります。
京都有很多的寺廟。

1316 □□□
てらす
【照らす】
他五

譯 照耀，曬，晴天

足元を<u>照らす</u>ライトを取り付けましょう。
安裝照亮腳邊的照明用燈吧！

ます形 照らします
ない形 照らさない
た形 照らした

1317 □□□
でる
【出る】
自下一

譯 出來，出去，離開；露出，突出；出沒，顯現

７時に家を<u>出る</u>。
７點離開家。

ます形 出ます
ない形 出ない
た形 出た

1318 □□□
テレビ
【television】
名

譯 電視

夜は、<u>テレビ</u>を見ます。
晚上看電視。

1319 □□□
てん
【点】
名

譯 點；方面；（得）分

その<u>点</u>について、説明してあげよう。
關於那一點，我來為你説明吧！

1320 □□□
てんいん
【店員】
名

譯 店員

<u>店員</u>がだれもいないはずがない。
不可能沒有店員在。

174

1321 □□□
てんき
【天気】
名

譯 天氣；晴天，好天氣；（人的）心情

今日は、天気がいいです。
今天天氣真好。

1322 □□□
でんき
【電気】
名

譯 電力；電燈；電器

電気をつけないでください。
請不要開燈。

1323 □□□
てんきよほう
【天気予報】
名

譯 天氣預報

天気予報ではああ言っているが、信用できない。
雖然天氣預報那樣說，但不能相信。

1324 □□□
でんしゃ
【電車】
名

譯 電車

新宿から上野まで、電車に乗りました。
從新宿搭電車到上野。

1325 □□□
でんとう
【電灯】
名

譯 電燈

明るいから、電灯をつけなくてもかまわない。
天還很亮，不開電燈也沒關係。

1326 □□□
てんのう
【天皇】
名

譯 日本天皇

天皇ご夫妻は今ヨーロッパご訪問中です。
天皇夫婦現在正在造訪歐洲。

1327 □□□
てんらんかい
【展覧会】
名

譯 展覽會

展覧会とか音楽会とかに、よく行きます。
展覽會啦、音樂會啦，我都常去參加。

1328 □□□
でんわ
【電話】
名・自サ

譯 電話

だれか、電話で話しています。
不知道是誰在講電話。

ます形 電話します
ない形 電話しない
た形 電話した

たちつてと

動詞「た形」變化跟「て形」一樣。
如：買う→買った、買って

● T51

1329 □□□
ど
【度】
名・接尾

譯 次；度（溫度、眼睛近、遠視的度數等單位）

一年に一度、旅行をします。
一年旅行一次。

1330 □□□
ドア
【door】
名

譯（西式的）門；（任何出入口的）門

ドアを開けて、外に出ます。
打開門到外頭去。

1331 □□□
とい
【問い】
名

譯 問，詢問，提問；問題

先生の問いに、答えないわけにはいかない。
不能不回答老師的問題。

1332 □□□
トイレ
【toilet】
名

譯 廁所，洗手間，盥洗室

トイレに行ってから、テレビを見ます。
先上完洗手間後再去看電視。

1333 □□□
どう
副

譯 怎麼，如何

まだ、どうするか決めていません。
還沒有決定要怎麼做。

1334 □□□
どう
【銅】
名

譯 銅

この像は銅でできていると思ったら、なんと木でできていた。
本以為這座雕像是銅製的，誰知竟然是木製的！

1335 □□□
**どういたし
まして**
寒暄

譯 沒關係，不用客氣，不敢當，算不了什麼

どういたしまして。私はなにもしていませんよ。
不用客氣。我什麼也沒做。

1336 □□□
どうか
副

譯（請求他人時）請；設法，想辦法；（情況）和平時不一樣，不正常

頼むからどうか見逃してくれ。
拜託啦！請放我一馬。

1337 □□□
どうぐ
【道具】
名

譯 工具；手段

道具を集めて、いつでも使えるようにした。
收集了道具，以便隨時可以使用。

1338 □□□
とうじ
【当時】
名・副

譯 現在，目前；當時，那時

当時はまだ新幹線がなかったとか。
聽説當時好像還沒有新幹線。

1339 □□□
どうして
副

譯 為什麼，何故；如何，怎麼樣

どうしてお兄さんとけんかしますか。
為什麼跟哥哥吵架？

1340 □□□
どうぞ
副

譯（表勸誘、請求、委託）請；（表承認、同意）可以，請

どうぞ、そこに座ってください。
請坐在那邊。

1341 □□□
**どうぞよろ
しく**
寒暄

譯 請多指教

私が山田で、こちらが鈴木さんです。どうぞよろしく。
我是山田，這位是鈴木先生。請多指教。

1342 □□□
とうちゃく
【到着】
名・自サ

譯 到達，抵達

スターが到着するかしないかのうちに、
ファンが大騒ぎを始めた。
明星才一到場，粉絲們便喧嘩了起來。

ます形 到着します
ない形 到着しない
た形 到着した

1343 □□□
とうとう
副

譯 終於，最後

とうとう、国に帰ることになりました。
終於決定要回國了。

1344 □□□
どうぶつ
【動物】
名

譯（生物兩大類之一的）動物；（人類以外的）動物

動物はあまり好きじゃありません。
不是很喜歡動物。

た
行

たちつて ど〜どうぶつ

1345 □□□ **どうぶつえん** 【動物園】 名	譯 動物園 動物園の動物に食べ物をやってはいけません。 不可以餵食動物園裡的動物。
1346 □□□ **どうも** 副	譯（後接否定詞）怎麼也…；總覺得，似乎；實在是，真是 先日は、どうもありがとうございました。 前日真是多謝關照。
1347 □□□ **どうも（あり がとう）** 副	譯 實在（謝謝），非常（謝謝） どうもありがとう。これが、ほしかったんです。 非常謝謝您，我一直想要這個。
1348 □□□ **とうよう** 【東洋】 名	譯（地）亞洲；東洋，東方（亞洲東部和東南部的總稱） 東洋文化には、西洋文化とは違う良さがある。 東洋文化有著和西洋文化不一樣的優點。
1349 □□□ **とお** 【十】 名	譯（數）十；十個；十歲 その子どもは、十になりました。 那個孩子十歲了。
1350 □□□ **とおい** 【遠い】 形	譯（距離）遠，遙遠；（關係）疏遠；（時間間隔）久遠 遠い国へ行く前に、先生にあいさつをします。 在前往遙遠的國度之前，先去向老師打聲招呼。 丁寧形 遠いです ない形 遠くない た形 遠かった
1351 □□□ **とおか** 【十日】 名	譯 十天；十號，十日 十日に一回、母に電話をかけます。 每十天打一通電話給媽媽。
1352 □□□ **とおく** 【遠く】 名	譯 遠處；很遠 あまり遠くまで行ってはいけません。 不可以走到太遠的地方。

178

1353 ☐☐☐
とおす
【通す】
他五・接尾

譯 穿通，貫穿；滲透，透過；連續，貫徹；（把客人）讓到裡邊；一直

彼は、自分の意見を最後まで通す人だ。

他是個貫徹自己的主張的人。

ます形 通します
ない形 通さない
た形 通した

1354 ☐☐☐
とおり
【通り】
名

譯 道路，街道

どの通りも、車でいっぱいだ。

不管哪條路，車都很多。

1355 ☐☐☐
とおる
【通る】
自五

譯 經過；穿過；合格

🔊 T52

私は、あなたの家の前を通ることがあります。

我有時會經過你家前面。

ます形 通ります
ない形 通らない
た形 通った

1356 ☐☐☐
とかい
【都会】
名

譯 都會，城市，都市

都会に出てきた頃は、寂しくて泣きたいくらいだった。

剛開始來到大都市時，寂寞得想哭。

1357 ☐☐☐
とがる
【尖る】
自五

譯 尖；發怒；神經過敏，神經緊張

教会の塔の先が尖っている。

教堂的塔頂是尖的。

ます形 尖ります
ない形 尖らない
た形 尖った

1358 ☐☐☐
とき
名

譯 …時，時候

そんなときは、この薬を飲んでください。

那時請吃這個藥。

1359 ☐☐☐
ときどき
副

譯 有時，偶而；每個季節，一時一時

日本には、ときどき行きます。

我偶而會去日本。

1360 ☐☐☐
とく
【解く】
他五

譯 解開；拆開（衣服）；解除（禁令、條約等）；解答

緊張して、問題を解くどころではなかった。

緊張得要命，哪裡還能答題啊！

ます形 解きます
ない形 解かない
た形 解いた

 動詞「た形」變化跟「て形」一樣。
如：買う→買った、買って

分 秒
● T52-00:41

1361 □□□

どくしょ
【読書】
名・自サ

譯 讀書

読書が好きだからといって、一日中読んでいたら体に悪いよ。

即使說是喜歡閱讀，但整天看書對身體是不好的呀！

ます形 読書します
ない形 読書しない
た形 読書した

1362 □□□

とくちょう
【特徴】
名

譯 特徵，特點

彼女は、特徴のある髪型をしている。

她留著一個很有特色的髮型。

1363 □□□

とくに
【特に】
副

譯 特地，特別

特に、手伝ってくれなくてもかまわない。

不用特地來幫忙也沒關係。

1364 □□□

とくべつ
【特別】
名・形動

譯 特別，特殊

彼には、特別の練習をやらせています。

讓他進行特殊的練習。

丁寧形 特別です
ない形 特別ではない
た形 特別だった

1365 □□□

どくりつ
【独立】
名・自サ

譯 孤立；自立，獨立

両親から独立した以上は、仕事を探さなければならない。

既然離開父母自力更生了，就得要找個工作才行。

ます形 独立します
ない形 独立しない
た形 独立した

1366 □□□

とけい
【時計】
名

譯 鐘錶，手錶

どの時計が、あなたのですか。

哪支手錶是你的？

1367 □□□

とける
【溶ける】
自下一

譯 溶解，融化

この物質は、水に溶けません。

這個物體不溶於水。

ます形 溶けます
ない形 溶けない
た形 溶けた

1368 □□□

とける
【解ける】
自下一

譯 解開，鬆開（綁著的東西）；解消（怒氣等）；解開（疑問等）

靴ひもが解ける。

鞋帶鬆開。

ます形 解けます
ない形 解けない
た形 解けた

1369 □□□
どこ
（代）

訳 何處，哪兒，哪裡

英語の上手な学生は、どこですか。
英語呱呱叫的學生在哪裡？

1370 □□□
とこや
【床屋】
（名）

訳 理髮店；理髮師

床屋で髪を切ってもらいました。
在理髮店剪了頭髮。

1371 □□□
ところ
（名）

訳 （所在的）地方；（大致的）位置，部位；當地，鄉土

どこか、おもしろいところへ行きませんか。
要不要去好玩的地方？

1372 □□□
ところが
（接・接助）

訳 然而，可是，不過；一…，剛要

新聞はかるく扱っていたようだ。ところが、これは大事件なんだ。
新聞似乎只是輕描淡寫帶過而已，不過，這可是一個大事件。

1373 □□□
ところで
（接續・接助）

訳 （用於轉變話題）可是，不過；即使

ところで、あなたは誰でしたっけ。
對了，你是哪位來著？

1374 □□□
とし
【年】
（名）

訳 年齡；一年

年も書かなければなりませんか。
非得要寫年齡不可嗎？

1375 □□□
としょかん
【図書館】
（名）

訳 圖書館

昨日行った図書館は、大きかったです。
昨天去的圖書館很大。

1376 □□□
とじる
【閉じる】
（自他上一）

訳 閉，關閉；結束

ドアが自動的に閉じた。
門自動關上了。

ます形 閉じます
ない形 閉じない
た形 閉じた

た行
たちつって どくしょ～とじる

た ち つ て と

動詞「た形」變化跟「て形」一樣。
如：買う→買った、買って

分 秒
● T52- 02:20

1377 □□□
とだな
【戸棚】
名

譯 壁櫥，櫃櫥

戸棚からコップを出しました。
我從壁櫥裡拿出了玻璃杯。

1378 □□□
とち
【土地】
名

譯 土地，耕地；土壤，土質；當地；地面；地區

土地を買った上で、建てる家を設計しましょう。
等買了土地，再來設計房子吧。

1379 □□□
とちゅう
【途中】
名

譯 半路上，中途；半途

● T53

途中で事故があったために、遅くなりました。
因路上發生事故，所以遲到了。

1380 □□□
どちら
代

譯 （不定稱，表示方向、地點、事物、人等）哪裡，哪個，哪位

どちらでもいいです。
哪一個都行。

1381 □□□
とっきゅう
【特急】
名

譯 火速；特急列車

特急で行こうと思う。
我想搭特急列車前往。

1382 □□□
とつぜん
【突然】
副

譯 突然，忽然

突然頼まれても、引き受けかねます。
你這樣突然找我幫忙，我很難答應。

1383 □□□
どっち
代

譯 哪一個

どっちをさしあげましょうか。
要送您哪一個呢？

1384 □□□
とても
副

譯 很，非常；（下接否定）無論如何也…

そのドレス、とてもすてきですよ。
那件禮服非常好看。

1385 □□□
とどく
【届く】
（自五）

譯 及，達到；（送東西）到達；周到；達到（希望）

お手紙が昨日届きました。
信昨天收到了。

ます形 届きます
ない形 届かない
た形 届いた

1386 □□□
とどける
【届ける】
（他下一）

譯 送達；送交；報告

忘れ物を届けてくださって、ありがとう。
謝謝您幫我把遺失物送回來。

ます形 届けます
ない形 届けない
た形 届けた

1387 □□□
どなた
（代）

譯 哪位，誰

どなたが走っていますか。
誰在跑啊？

1388 □□□
となり
【隣】
（名）

譯 鄰居，鄰家；隔壁，旁邊；鄰近，附近

隣に住んでいるのはどなたですか。
誰住在隔壁？

1389 □□□
とにかく
（副）

譯 總之，無論如何，反正

とにかく、彼などと会いたくないんです。
總而言之，就是不想跟他見面。

1390 □□□
どの
（連體）

譯 哪個，哪…

どの本がほしいですか。
想要哪本書？

1391 □□□
とぶ
【飛ぶ】
（自五）

譯 飛，飛行，飛翔

飛行機が空を飛びます。
飛機在天上飛。

ます形 飛びます
ない形 飛ばない
た形 飛んだ

1392 □□□
とまる
【止まる】
（自五）

譯 停止；中斷；落在；堵塞

バスが停留所に止まりました。
巴士停靠在公車站。

ます形 止まります
ない形 止まらない
た形 止まった

た行

た
ち
つ
て
と

とな～とまる

183

た ち つ て と

動詞「た形」變化跟「て形」一樣。
如：買う→買った、買って

分 秒
● T53-01:16

1393 □□□
とめる
【止める】
(他下一)

譯 關掉，使停止；釘住

その動きつづけている機械を止めてください。

請關掉那台不停運轉的機械。

ます形 止めます
ない形 止めない
た形 止めた

1394 □□□
とめる
【泊める】
(他下一)

譯（讓…）住，過夜；（讓旅客）投宿；（讓船隻）停泊

ひと晩泊めてもらう。

讓我投宿一晚。

ます形 泊めます
ない形 泊めない
た形 泊めた

1395 □□□
ともだち
【友達】
(名)

譯 朋友，友人

明日、友達が来ます。

明天朋友會來。

1396 □□□
どようび
【土曜日】
(名)

譯 星期六

土曜日はあまり忙しくないです。

星期六不是很忙。

1397 □□□
とり
【鳥】
(名)

譯 鳥，禽類的總稱；雞

鳥には、大きいのも小さいのもあります。

鳥兒有大也有小。

1398 □□□
とりかえる
【取り替える】
(他下一)

譯 交換；更換

新しい商品と取り替えられます。

可以更換新產品。

ます形 取り替えます
ない形 取り替えない
た形 取り替えた

1399 □□□
とりにく
【鳥肉】
(名)

譯 雞肉；鳥肉

主人は、鳥肉が好きです。

我先生喜歡吃雞肉。

1400 □□□
どりょく
【努力】
(名・自サ)

譯 努力

努力が実った。

努力開花結果了。

ます形 努力します
ない形 努力しない
た形 努力した

1401 ☐☐☐
とる
【取る】
他五

譯 拿取，執，握；採取，摘；（用手）操控，把持

あれを<u>取って</u>きてください。
請幫我拿那個來。

ます形 取ります
ない形 取らない
た形 取った

1402 ☐☐☐
とる
【撮る】
他五

譯 拍照，拍攝

皆様がたと一緒に、写真を<u>とり</u>たいと思います。
我想跟大家一起拍照。

ます形 撮ります
ない形 撮らない
た形 撮った

1403 ☐☐☐
とる
【採る】
他五

譯 採取，採用，錄取；採集；採光

この企画を<u>採る</u>ことにした。
已決定採用這個企畫案。

ます形 採ります
ない形 採らない
た形 採った

1404 ☐☐☐
どれ
代

譯 哪個

<u>どれ</u>か、好きなものを取ってください。
喜歡哪個請拿走。

1405 ☐☐☐
どろぼう
【泥棒】
名

譯 偷竊；小偷，竊賊

<u>泥棒</u>を怖がって、鍵をたくさんつけた。
因害怕遭小偷，所以上了許多道鎖。

1406 ☐☐☐
どんな
連語

譯 什麼樣的；不拘什麼樣的

家で使う石鹸は、<u>どんな</u>店で買いますか。
家用的香皂要到什麼店買？

た 行

たちつて とめる〜どんな

な に ぬ ね の

動詞「た形」變化跟「て形」一樣。
如：買う→買った、買って

● T54

1407 ☐☐☐
ナイフ
【knife】
名

譯 刀子，小刀，餐刀

その中に、ナイフが入っています。
那裡面放了刀子。

1408 ☐☐☐
ないよう
【内容】
名

譯 内容

その本の内容は、子どもっぽすぎる。
那本書的內容，感覺實在是太幼稚了。

1409 ☐☐☐
ナイロン
【nylon】
名

譯 尼龍

ナイロンの丈夫さが、女性のファッションを変えた。
尼龍的耐用性，改變了女性的時尚。

1410 ☐☐☐
なお
【尚】
副・接

譯 仍然，還，尚；更，還，再；猶如，如；而且

なお、会議の後で食事会がありますので、残ってください。
還有，會議之後有餐會，請留下來參加。

1411 ☐☐☐
なおす
【直す】
他五

譯 修理；改正；治療

自転車を直してやるから、持ってきなさい。
我幫你修理腳踏車，去把它騎過來。

ます形 直します
ない形 直さない
た形 直した

1412 ☐☐☐
なおる
【治る】
自五

譯 變好；改正；治癒

風邪が治ったのに、今度はけがをしました。
感冒才治好，這次卻換受傷了。

ます形 治ります
ない形 治らない
た形 治った

1413 ☐☐☐
なおる
【直る】
自五

譯 修好；改正；治好

この車は、土曜日までに直りますか。
這輛車星期六以前能修好嗎？

ます形 直ります
ない形 直らない
た形 直った

1414 ☐☐☐
なか
【中】
名

譯 裡面，內部；（事物）進行之中，當中；（許多事情之）中，其中

この中で、どれが一番きらいですか。
這裡面最不喜歡哪一個？

1415 ☐☐☐
ながい
【長い】
形

> 譯（時間）長，長久，長遠

> 道は、どれぐらい長いですか。
> 路約有多長？

丁寧形 長いです
ない形 長くない
た形 長かった

1416 ☐☐☐
なかなか
副

> 譯（後接否定）總是無法

> なかなかさしあげる機会がありません。
> 始終沒有送他的機會。

1417 ☐☐☐
なかま
【仲間】
名

> 譯 伙伴，同事，朋友；同類

> 仲間になるにあたって、みんなで酒を飲んだ。
> 大家結交為同伴之際，一同喝了酒。

1418 ☐☐☐
ながめる
【眺める】
他下一

> 譯 眺望；凝視，注意看；（商）觀望

> 窓から、美しい景色を眺めていた。
> 我從窗戶眺望美麗的景色。

ます形 眺めます
ない形 眺めない
た形 眺めた

1419 ☐☐☐
ながら
接助

> 譯 一邊…，同時…

> 子どもが、泣きながら走ってきた。
> 小孩邊哭邊跑過來。

1420 ☐☐☐
ながれる
【流れる】
自下一

> 譯 流，流動；漂流；傳布；流逝；流浪；（壞的）傾向

> 川が市中を流れる。
> 河川流經市內。

ます形 流れます
ない形 流れない
た形 流れた

1421 ☐☐☐
なく
【鳴く】
自五

> 譯（鳥、獸、虫等）叫，鳴

> 猫が、おなかをすかせて鳴いています。
> 貓因為肚子餓而不停喵喵地叫。

ます形 鳴きます
ない形 鳴かない
た形 鳴いた

1422 ☐☐☐
なく
【泣く】
自五

> 譯 哭泣

> 彼女は、「とても悲しいです。」と言って泣いた。
> 她説：「真是難過啊」，便哭了起來。

ます形 泣きます
ない形 泣かない
た形 泣いた

な 行
ナイフ〜なく
に
ぬ
ね
の

187

な に ぬ ね の 動詞「た形」變化跟「て形」一樣。
如：買う→買った、買って

分 秒
● T54- 01:46

1423 □□□
なくす
【無くす】
他五

> 譯 弄丟，搞丟

財布を<u>なくした</u>ので、本が買えません。
錢包弄丟了，所以無法買書。

ます形 無くします
ない形 無くさない
た形 無くした

1424 □□□
なくなる
【亡くなる】
自五

> 譯 去世，死亡

おじいちゃんが<u>なくなって</u>、みんな悲しがっている。
爺爺過世了，大家都很哀傷。

ます形 亡くなります
ない形 亡くならない
た形 亡くなった

1425 □□□
なくなる
【無くなる】
自五

> 譯 不見，遺失；用光了

きのうもらった本が、<u>なくなって</u>しまった。
昨天拿到的書不見了。

ます形 無くなります
ない形 無くならない
た形 無くなった

1426 □□□
なげる
【投げる】
自下一

> 譯 丟，拋；放棄

そのボールを<u>投げて</u>もらえますか。
可以請你把那個球丟過來嗎？

ます形 投げます
ない形 投げない
た形 投げた

1427 □□□
なさる
他五

> 譯 做（「なす」、「する」的敬語）

どうして、あんなことを<u>なさった</u>のですか。
您為什麼會做那樣的事呢？

ます形 なさいます
ない形 なさらない
た形 なさった

1428 □□□
なぜ
【何故】
副

> 譯 為什麼
> ● T55

<u>なぜ</u>留学することにしたのですか。
為什麼決定去留學呢？

1429 □□□
なつ
【夏】
名

> 譯 夏天，夏季

この森は、<u>夏</u>でも涼しい。
這座森林即使是夏天也很涼快。

1430 □□□
なつかしい
【懐かしい】
形

> 譯 懷念的，思慕的，令人懷念的；眷戀，親近的

ふるさとは、涙が出るほど<u>なつかしい</u>。
家鄉令我懷念到想哭。

丁寧形 懐かしいです
ない形 懐かしくない
た形 懐かしかった

1431 ☐☐☐
なつやすみ
【夏休み】
名

譯 暑假

夏休みに、旅行ができます。
暑假可以去旅行。

1432 ☐☐☐
など
副助

譯（表示概括、列舉）等

テレビや冷蔵庫などがほしいです。
我想要電視和冰箱之類的東西。

1433 ☐☐☐
なな・しち
【七】
名

譯（數）七，七個

七個で 500 円です。
七個共五百日圓。

1434 ☐☐☐
ななつ
【七つ】
名

譯（數）七個，七歲

チョコレートを七つぐらい食べました。
大約吃了七個巧克力。

1435 ☐☐☐
なに・なん
【何】
代

譯 什麼；任何；表示驚訝

君たちは、何を勉強しているの。
你們在學什麼？

1436 ☐☐☐
なのか
【七日】
名

譯 七日，七天，七號

木村さんは、七日にでかけます。
木村先生七號出發。

1437 ☐☐☐
なま
【生】
名・形動

譯（食物沒有煮過、烤過）生的；不加修飾的；不熟練

この肉、生っぽいから、もう一度焼いて。
這塊肉看起來還有點生，幫我再烤一次吧。

丁寧形 生です
ない形 生ではない
た形 生だった

1438 ☐☐☐
なまえ
【名前】
名

譯（事物與人的）名字，名稱

それには、名前は書いてありません。
上面沒有寫名字。

な行 なくす〜なまえ に ぬ ね の

189

な に ぬ ね の

動詞「た形」變化跟「て形」一樣。
如：買う→買った、買って

分 秒
● T55- 01:07

1439 ☐☐☐
なみ
【波】
(名)

> 譯 波浪，波濤；波瀾，風波；電波；潮流；起伏，波動

サーフィンのときは、波は高ければ高いほどいい。

衝浪時，浪越高越好。

1440 ☐☐☐
なやむ
【悩む】
(自五)

> 譯 煩惱，苦惱，憂愁；感到痛苦

あんなひどい女のことで、悩むことはないですよ。

用不著為了那種壞女人煩惱啊！

ます形 悩みます
ない形 悩まない
た形 悩んだ

1441 ☐☐☐
ならう
【習う】
(他五)

> 譯 學習，練習

英語を習いに行く。

去學英語。

ます形 習います
ない形 習わない
た形 習った

1442 ☐☐☐
ならぶ
【並ぶ】
(自五)

> 譯 並排，並列；同時存在

本が並んでいます。

書本並排著。

ます形 並びます
ない形 並ばない
た形 並んだ

1443 ☐☐☐
ならべる
【並べる】
(他下一)

> 譯 排列，陳列；擺，擺放，擺設；列舉

机や椅子を並べました。

排了桌椅。

ます形 並べます
ない形 並べない
た形 並べた

1444 ☐☐☐
なる
(自五)

> 譯 成為，變成；當（上）

いつか、花屋になりたいです。

希望有一天能開花店。

ます形 なります
ない形 ならない
た形 なった

1445 ☐☐☐
なる
【鳴る】
(自五)

> 譯 響，叫；聞名

ベルが鳴りはじめたら、書くのをやめてください。

鈴聲一響起，就請停筆。

ます形 鳴ります
ない形 鳴らない
た形 鳴った

1446 ☐☐☐
なるべく
(副)

> 譯 儘量，儘可能

なるべく明日までにやってください。

請儘量在明天以前完成。

190

1447 □□□
なるほど
（副）

譯 原來如此，果然

なるほど、この料理は塩を入れなくてもいいんですね。
原來如此，這道菜不加鹽也行呢！

1448 □□□
なれる
【慣れる】
（自下一）

譯 習慣；熟練

朝5時に起きるということに、もう慣れました。
已經習慣每天早上五點起床了。

ます形 慣れます
ない形 慣れない
た形 慣れた

な に ぬ ね の

動詞「た形」變化跟「て形」一樣。
如：買う→買った、買って

● T56

な
行
なみ〜にぎやか
ぬ
ね
の

1449 □□□
に
【二】
（名）

譯 （數）二，兩個

二分ぐらい待ってください。
請約等兩分鐘。

1450 □□□
におい
【匂い】
（名）

譯 味道；風貌，氣息

この花は、その花ほどいい匂いではない。
這朵花不像那朵花那麼香。

1451 □□□
におう
【匂う】
（自五）

譯 散發香味，有香味；隱約發出

何か匂いますが、何の匂いでしょうか。
好像有什麼味道，到底是什麼味道呢？

ます形 匂います
ない形 匂わない
た形 匂った

1452 □□□
にがい
【苦い】
（形）

譯 苦；痛苦；不愉快的

食べてみましたが、ちょっと苦かったです。
試吃了一下，覺得有點苦。

丁寧形 苦いです
ない形 苦くない
た形 苦かった

1453 □□□
にぎやか
【賑やか】
（形動）

譯 熱鬧，繁華；有說有笑，鬧哄哄

町はなぜこんなに賑やかなのですか。
街上為什麼這麼熱鬧？

丁寧形 賑やかです
ない形 賑やかではない
た形 賑やかだった

191

な に ぬ ね の
動詞「た形」變化跟「て形」一樣。
如：買う→買った、買って

分 秒
● T56-00:41

1454 □□□
にぎる
【握る】
(他五)

譯 握，抓；握飯團或壽司；掌握，抓住

車のハンドルを握る。
握住車子的方向盤。

ます形 握ります
ない形 握らない
た形 握った

1455 □□□
にく
【肉】
(名)

譯 肉

今日は、肉が食べたいです。
今天想吃肉。

1456 □□□
にくい
(接尾)

譯 難以，不容易

食べにくければ、スプーンを使ってください。
如果不方便吃，請用湯匙。

1457 □□□
にくい
【憎い】
(形)

譯 可憎，可惡；(説反話)漂亮，令人佩服

冷酷な犯人が憎い。
憎恨冷酷無情的犯人。

丁寧形 憎いです
ない形 憎くない
た形 憎かった

1458 □□□
にくむ
【憎む】
(他五)

譯 憎恨，厭惡；嫉妒

今でも彼を憎んでいますか。
你現在還恨他嗎？

ます形 憎めます
ない形 憎めない
た形 憎んだ

1459 □□□
にげる
【逃げる】
(自下一)

譯 逃走，逃跑

警官が来たぞ。逃げろ。
警察來了，快逃！

ます形 逃げます
ない形 逃げない
た形 逃げた

1460 □□□
にこにこ
(副・自サ)

譯 笑嘻嘻，笑容滿面

嬉しくてにこにこした。
高興得笑容滿面。

ます形 にこにこします
ない形 にこにこしない
た形 にこにこした

1461 □□□
にし
【西】
(名)

譯 西，西邊，西方

ここから西に行くと、川があります。
從這邊往西走，就有一條河。

1462 □□□
にち
【日】
名

譯 號，日，天（計算日數）

12月31<ruby>日<rt>にち</rt></ruby>に、<ruby>日本<rt>にほん</rt></ruby>に<ruby>帰<rt>かえ</rt></ruby>ります。
十二月三十一日回日本。

1463 □□□
にちようび
【日曜日】
名

譯 星期日

<ruby>日曜日<rt>にちようび</rt></ruby>に、<ruby>掃除<rt>そうじ</rt></ruby>をします。
在星期日大掃除。

1464 □□□
について
連語

譯 關於

みんなは、あなたが<ruby>旅行<rt>りょこう</rt></ruby>について<ruby>話<rt>はな</rt></ruby>すことを<ruby>期待<rt>きたい</rt></ruby>しています。
大家很期待聽你說有關旅行的事。

1465 □□□
にっき
【日記】
名

譯 日記

<ruby>日記<rt>にっき</rt></ruby>は、もう<ruby>書<rt>か</rt></ruby>き<ruby>終<rt>お</rt></ruby>わった。
日記已經寫好了。

1466 □□□
にほん
【日本】
名

譯 日本

<ruby>学校<rt>がっこう</rt></ruby>を<ruby>通<rt>とお</rt></ruby>して、<ruby>日本<rt>にほん</rt></ruby>への<ruby>留学<rt>りゅうがく</rt></ruby>を<ruby>申請<rt>しんせい</rt></ruby>しました。
透過學校，申請到日本留學。

1467 □□□
にもつ
【荷物】
名

譯 行李，貨物

500グラムの<ruby>荷物<rt>にもつ</rt></ruby>から20キロの<ruby>荷物<rt>にもつ</rt></ruby>まで、<ruby>送<rt>おく</rt></ruby>ることができます。
500公克到20公斤的行李，皆可託運。

1468 □□□
にゅういん
【入院】
名

譯 住院

<ruby>入院<rt>にゅういん</rt></ruby>のとき、<ruby>手伝<rt>てつだ</rt></ruby>ってあげよう。
住院時我來幫你。

1469 □□□
にゅうがく
【入学】
名

譯 入學，上學

<ruby>入学<rt>にゅうがく</rt></ruby>のとき、なにをくれますか。
入學的時候，你要送我什麼？

な
行

な
にぎる〜にゅうがく
ぬ
ね
の

193

な に ぬ ね の

動詞「た形」變化跟「て形」一樣。
如：買う→買った、買って

分 秒
● T56-02:23

1470 □□□
ニュース
【news】
名

訳 新聞，消息；新聞影片

この<u>ニュース</u>をどう思いますか。
你對這則新聞有什麼看法？

1471 □□□
によると
連語

訳 根據，依據

天気予報<u>によると</u>、7時ごろから雪が降りだすそうです。
根據氣象報告說，7點左右將開始下雪。

1472 □□□
にる
【似る】
自上一

訳 相像，類似

私は、妹ほど母に<u>似て</u>いない。
我沒有妹妹那麼像媽媽。

ます形 似ます
ない形 似ない
た形 似た

1473 □□□
にる
【煮る】
他上一

訳 煮，燉，熬

醤油を入れて、もう少し<u>煮</u>ましょう。
加醬油再煮一下吧！

ます形 煮ます
ない形 煮ない
た形 煮た

1474 □□□
にわ
【庭】
名

訳 庭院，院子，院落

お父さんは、<u>庭</u>ですか？トイレですか。
爸爸在庭院？還是在洗手間？

1475 □□□
にん
【人】
接尾

訳 …人

学生は 50 <u>人</u>以上います。
學生有 50 人以上。

1476 □□□
にんき
【人気】
名

訳 聲望，受歡迎；（地方的）風俗，風氣

<u>人気</u>を失ったかわりに、静かな生活が戻ってきた。
雖失去了聲望，但卻換來以往平靜的生活。

1477 □□□
にんぎょう
【人形】
名

訳 洋娃娃，人偶

<u>人形</u>の髪が伸びるはずがない。
洋娃娃的頭髮不可能變長。

1478 □□□

にんげん
【人間】
名

譯 人，人類；人品，為人；(文)人間，社會，世上

<u>人間</u>の歴史はおもしろい。
人類的歴史很有趣。

> 動詞「た形」變化跟「て形」一樣。
> 如：買う→買った、買って

● T57

1479 □□□

ぬう
【縫う】
他五

譯 縫，縫補；刺繡；穿過，穿行；(醫)縫合(傷口)

<u>母親</u>は、<u>子</u>どものために<u>思</u>いをこめて<u>服</u>を
<u>縫</u>った。
母親滿懷愛心地為孩子縫衣服。

ます形 縫います
ない形 縫わない
た形 縫った

1480 □□□

ぬく
【抜く】
自他五・接尾

譯 抽出，拔去；選出，摘引；消除；超越

<u>浮</u>き<u>袋</u>から<u>空気</u>を<u>抜</u>いた。
我放掉救生圈裡的氣了。

ます形 抜きます
ない形 抜かない
た形 抜いた

1481 □□□

ぬぐ
【脱ぐ】
他五

譯 脫去，脫掉，摘掉

ここで<u>靴</u>を<u>脱</u>いでください。
請在這裡脫鞋。

ます形 脱ぎます
ない形 脱がない
た形 脱いだ

1482 □□□

ぬすむ
【盗む】
他五

譯 偷盜，盜竊

<u>お金</u>を<u>盗</u>まれました。
我的錢被偷了。

ます形 盗みます
ない形 盗まない
た形 盗んだ

1483 □□□

ぬる
【塗る】
他五

譯 塗抹，塗上

<u>赤</u>とか<u>青</u>とか、いろいろな<u>色</u>を<u>塗</u>りました。
紅的啦、藍的啦，塗上了各種顏色。

ます形 塗ります
ない形 塗らない
た形 塗った

1484 □□□

ぬるい
【温い】
形

譯 微溫，不冷不熱，不夠熱

<u>風呂</u>が<u>温</u>い。
洗澡水不夠熱。

丁寧形 温いです
ない形 温くない
た形 温かった

な に ぬ ね の 動詞「た形」變化跟「て形」一樣。
如：買う→買った、買って

分 秒
● T57-00:43

1485 □□□
ぬれる
【濡れる】
自下一

譯 淋濕，沾濕

雨のために、濡れてしまいました。
被雨淋濕了。

ます形 濡れます
ない形 濡れない
た形 濡れた

な に ぬ ね の 動詞「た形」變化跟「て形」一樣。
如：買う→買った、買って

● T58

1486 □□□
ね
【根】
名

譯 （植物的）根；底底；根源，根據；天性，根本

この問題は根が深い。
這個問題的根源很深遠。

1487 □□□
ねがい
【願い】
名

譯 願望，心願；請求，請願；申請書，請願書

みんなの願いにもかかわらず、先生は来てくれなかった。
不理會眾人的期望，老師還是沒來。

1488 □□□
ねがう
【願う】
他五

譯 請求，請願，懇求；願望，希望；祈禱，許願

二人の幸せを願わないではいられません。
不禁為兩人的幸福祈禱呀！

ます形 願います
ない形 願わない
た形 願った

1489 □□□
ネクタイ
【necktie】
名

譯 領帶

どれがお父さんのネクタイですか。
哪一條是爸爸的領帶？

1490 □□□
ねだん
【値段】
名

譯 價錢

こちらは値段が高いので、そちらにします。
這個價錢較高，我決定買那個。

1491 □□□
ねつ
【熱】
名

譯 高溫；熱；發燒

熱がある時は、休んだほうがいい。
發燒時最好休息一下。

1492 □□□
ねっしん
【熱心】
名・形動

譯 專注，熱衷，熱心

まいにち じ ねっしん べんきょう
毎日 10 時になると、熱心に勉強しはじめる。
每天一到 10 點，便開始專心唸書。

丁寧形 熱心です
ない形 熱心ではない
た形 熱心だった

1493 □□□
ねむい
【眠い】
形

譯 睏的，想睡的

さけ の ねむ
お酒を飲んだら、眠くなりはじめた。
喝了酒，便開始想睡覺了。

丁寧形 眠いです
ない形 眠くない
た形 眠かった

1494 □□□
ねむる
【眠る】
自五

譯 睡覺；埋藏

くすり つか ねむ
薬を使って、眠らせた。
用藥讓他入睡。

ます形 眠ります
ない形 眠らない
た形 眠った

1495 □□□
ねる
【寝る】
自下一

譯 睡覺，就寢；躺，臥；臥病

ご ご じゅう ね
午後中、寝ていました。
整個下午都在睡覺。

ます形 寝ます
ない形 寝ない
た形 寝た

1496 □□□
ねん
【年】
名

譯 年（也用於計算年數）

ねんべんきょう しごと
3年勉強したあとで、仕事をします。
學習了三年之後再開始工作。

な
行

な
に
ぬ
ね
の

れる～のうりょく

動詞「た形」變化跟「て形」一樣。
如：買う→買った、買って

● T59

1497 □□□
の
【野】
名・漢造

譯 原野；田地，田野；野生的

いえ の やま あそ い
家にばかりいないで、野や山に遊びに行こう。
不要一直窩在家裡，一起到原野或山裡玩耍吧！

1498 □□□
のうりょく
【能力】
名

譯 能力；（法）行為能力

のうりょく しけん つう はか
能力とは、試験を通じて測られるものだけではない。
能力這東西，並不是只有透過考試才能被檢驗出來。

動詞「た形」變化跟「て形」一樣。
如：買う→買った、買って

● T59-00:25

1499 □□□
ノート
【note】
名

譯 筆記本，備忘錄

ノートやペンや辞書などを買いました。
買了筆記本、筆和字典等等。

1500 □□□
のこす
【残す】
他五

譯 留下，剩下；存留；遺留

メモを残して帰る。
留下紙條後離開。

ます形 残します
ない形 残さない
た形 残した

1501 □□□
のこる
【残る】
自五

譯 剩餘，剩下；留下

みんなあまり食べなかったために、食べ物が残った。
因為大家都不怎麼吃，所以食物剩了下來。

ます形 残ります
ない形 残らない
た形 残った

1502 □□□
のせる
【乗せる】
他下一

譯 放在高處，放到…；裝載；使搭乘；使參加；記載，刊登

子供を電車に乗せる。
讓孩子坐上電車。

ます形 乗せます
ない形 乗せない
た形 乗せた

1503 □□□
のぞむ
【望む】
他五

譯 遠望，眺望；指望，希望；仰慕，景仰

あなたが望む結婚相手の条件は何ですか。
你希望的結婚對象，條件為何？

ます形 望みます
ない形 望まない
た形 望んだ

1504 □□□
のど
【喉】
名

譯 喉嚨；嗓音，歌聲；要害

風邪を引いてのどが痛い。
因感冒而喉嚨痛。

1505 □□□
のびる
【伸びる】
自上一

譯 （長度等）變長，伸長；擴展，到達；（勢力、才能等）擴大，增加

背が伸びる。
長高了。

ます形 伸びます
ない形 伸びない
た形 伸びた

1506 □□□
のべる
【述べる】
他下一

譯 敘述，陳述，說明，談論

この問題に対して、意見を述べてください。
請針對這個問題，發表一下意見。

ます形 述べます
ない形 述べない
た形 述べた

1507 ☐☐☐
のぼる
【登る】
自五

譯 登，上，攀登（山）

あなたが山に登るのは、なぜですか。
你為什麼要爬山？

ます形 登ります
ない形 登らない
た形 登った

1508 ☐☐☐
のみもの
【飲み物】
名

譯 飲料

なにか飲み物が飲みたいです。
想喝點什麼飲料。

1509 ☐☐☐
のむ
【飲む】
他五

譯 喝，吞，嚥，吃（藥）

友達と一緒に、お酒を飲んだ。
和朋友一起喝了酒。

ます形 飲みます
ない形 飲まない
た形 飲んだ

1510 ☐☐☐
のりかえる
【乗り換える】
他下一

譯 轉乘，換車

新宿でJRにお乗り換えください。
請在新宿轉搭JR線。

ます形 乗り換えます
ない形 乗り換えない
た形 乗り換えた

1511 ☐☐☐
のりもの
【乗り物】
名

譯 交通工具

乗り物に乗るより、歩くほうがいいです。
走路比搭交通工具好。

1512 ☐☐☐
のる
【乗る】
自五

譯 騎乘，坐；登上；參與

自転車に上手に乗ります。
熟練地騎腳踏車。

ます形 乗ります
ない形 乗らない
た形 乗った

な
行
なにぬねノート〜のる

動詞「た形」變化跟「て形」一樣。
如：買う→買った、買って

● T60

1513 □□□
は
【歯】
名

譯 牙齒

それを使って、歯を磨きます。
用那個刷牙。

1514 □□□
は
【葉】
名

譯 葉子，樹葉

この木の葉は、あの木の葉より黄色いです。
這樹葉，比那樹葉還要黃。

1515 □□□
ばあい
【場合】
名

譯 時候；狀況，情形

彼が来ない場合は、電話をくれるはずだ。
他不來的時候，應該會給我打電話的。

1516 □□□
パーティー
【party】
名

譯（社交性的）集會，晚會，宴會，舞會

パーティーへは行きません。
不去參加宴會。

1517 □□□
はい
感

譯（回答）有，到；（表示同意）是的；（提醒注意）喂

はい、だれかそこにいます。
是的，有人在那邊。

1518 □□□
はい
【杯】
接尾

譯 …杯

水が一杯ほしいです。
我想要一杯水。

1519 □□□
ばい
【倍】
接尾

譯 倍，加倍

今年から、倍の給料をもらえるようになりました。
今年起可以領到雙倍的薪資了。

1520 □□□
はいけん
【拝見】
名・他サ

譯 看，拜讀

写真を拝見したところです。
剛看完您的照片。

ます形 拝見します
ない形 拝見しない
た形 拝見した

1521 □□□
はいざら
【灰皿】
名

譯 煙灰缸

<u>灰皿</u>はあそこです。
煙灰缸在那裡。

1522 □□□
はいしゃ
【歯医者】
名

譯 牙醫

歯が痛いなら、<u>歯医者</u>に行けよ。
如果牙痛，就去看牙醫啊！

1523 □□□
はいる
【入る】
自五

譯 進，進入，裝入；闖入

鞄に何が<u>入って</u>いますか。
皮包裡裝了什麼？

ます形 入ります
ない形 入らない
た形 入った

1524 □□□
はえる
【生える】
自下一

譯（草，木）等生長

雑草が<u>生えて</u>きたので、全部抜いてもらえますか。
雜草長出來了，可以幫我全部拔掉嗎？

ます形 生えます
ない形 生えない
た形 生えた

1525 □□□
はか
【墓】
名

譯 墓地，墳墓

郊外に<u>墓</u>を買いました。
在郊外買了墳墓。

1526 □□□
はがき
名

譯 明信片；記事便條

<u>はがき</u>には、なにも書いてありません。
明信片上什麼都沒寫。

1527 □□□
ばかり
副助

譯 光，淨；左右；剛剛

そんなこと<u>ばかり</u>言わないで、元気を出して。
別淨說那樣的話，打起精神來。

1528 □□□
はかる
【計る】
他五

譯 計，秤，測量；計量；推測；徵詢

何分ぐらいかかるか、時間を<u>計った</u>。
我推估了大概要花多少時間。

ます形 計ります
ない形 計らない
た形 計った

は
行

は〜はかる

ひ ふ へ ほ

は ひ ふ へ ほ
動詞「た形」變化跟「て形」一樣。
如：買う→買った、買って

分 秒
● T60-01:44

1529 □□□
はく
【履く】
（他五）

> 譯 穿（鞋，襪等）
>
> 靴を履いたまま、入らないでください。
> 請勿穿鞋入內。

ます形 履きます
ない形 履かない
た形 履いた

1530 □□□
はく
【掃く】
（他五）

> 譯 掃，打掃；（拿刷子）輕塗
>
> 部屋を掃く。
> 打掃房屋。

ます形 掃きます
ない形 掃かない
た形 掃いた

1531 □□□
はくしゅ
【拍手】
（名・自サ）

> 譯 拍手，鼓掌
>
> 拍手して賛意を表す。
> 鼓掌表示贊成。

ます形 拍手します
ない形 拍手しない
た形 拍手した

1532 □□□
はげしい
【激しい】
（形）

> 譯 激烈，劇烈；（程度上）很高，厲害；熱烈
>
> 競争が激しい。
> 競爭激烈。

丁寧形 激しいです
ない形 激しくない
た形 激しかった

1533 □□□
はこ
【箱】
（名）

> 譯 盒子，箱子，匣子
>
> 箱を開けたり閉めたりする。
> 將盒子開開關關。

1534 □□□
はこぶ
【運ぶ】
（他五・自五）

> 譯 運送，搬運；進行
>
> その商品は、店の人が運んでくださるの
> です。
> 那個商品，店裡的人會幫我送過來。

ます形 運びます
ない形 運ばない
た形 運んだ

1535 □□□
はさまる
【挟まる】
（自五）

> 譯 夾，（物體）夾在中間；夾在（對立雙方中間）
>
> 歯の間に食べ物が挟まってしまった。
> 食物塞在牙縫裡了。

ます形 挟まります
ない形 挟まない
た形 挟んだ

1536 □□□
はさん
【破産】
（名・自サ）

> 譯 破産
>
> うちの会社は借金だらけで、結局破産し
> ました。
> 我們公司欠了一屁股債，最後破産了。

ます形 破産します
ない形 破産しない
た形 破産した

1537 ☐☐☐

はし
【箸】
名

> 譯 筷子，箸

木で箸を作りました。
用木頭做成筷子。

1538 ☐☐☐

はし
【橋】
名

> 譯 橋，橋樑

橋の上にだれもいません。
沒有人在橋上。

1539 ☐☐☐

はし
【端】
名

> 譯 開端，開始；邊緣；零頭，片段；開始，盡頭

道の端を歩いてください。
請走路的兩旁。

1540 ☐☐☐

はじまる
【始まる】
自五

> 譯 開始，開頭；發生，引起；起源，緣起

授業が始まります。
上課了。

ます形 始まります
ない形 始まらない
た形 始まった

1541 ☐☐☐

はじめ
【初め】
名

> 譯 開始，起頭；起因

● T61

初めは、何もわかりませんでした。
一開始，什麼也不懂。

1542 ☐☐☐

はじめて
【初めて】
副

> 譯 最初，初次，第一次

林さんは、初めて北海道に行きました。
林先生第一次去了北海道。

1543 ☐☐☐

はじめまして
寒暄

> 譯 初次見面，你好

はじめまして。私は山田商事の田中です。
初次見面，我是山田商事的田中。

1544 ☐☐☐

はじめる
【始める】
他下一

> 譯 開始

ベルが鳴るまで、テストを始めてはいけません。
在鈴聲響起前，不能開始考試。

ます形 始めます
ない形 始めない
た形 始めた

は
行

はく～はじめる ひ ふ へ ほ

 は ひ ふ へ ほ

動詞「た形」變化跟「て形」一樣。
如：買う→買った、買って

● T61- 00:36 分 秒

1545 □□□
はしる
【走る】
自五

譯（人、動物）跑步，奔跑；（車、船等）行駛

車が町を走ります。
車子在街上奔馳。

ます形 走ります
ない形 走らない
た形 走った

1546 □□□
はず
形式名詞

譯 應該；會；確實

彼は、年末までに日本に來るはずです。
他在年底前，應該會來日本。

1547 □□□
バス
【bus】
名

譯 巴士，公車

あれは大学へ行くバスです。
那是前往大學的巴士。

1548 □□□
はずかしい
【恥ずかしい】
形

譯 丟臉；難為情

失敗しても、恥ずかしいと思うな。
即使失敗了也不用覺得丟臉。

丁寧形 恥ずかしいです
ない形 恥ずかしくない
た形 恥ずかしかった

1549 □□□
はずす
【外す】
他五

譯 摘下，解開，取下；錯過；失掉；避開

重大な話につき、あなたは席をはずして
ください。
由於是重要的事情，所以請你先離座一下。

ます形 外します
ない形 外さない
た形 外した

1550 □□□
バター
【butter】
名

譯 奶油

バターを入れたあとで、塩を入れます。
放進奶油後再放鹽。

1551 □□□
はだか
【裸】
名

譯 裸體；沒有外皮的東西；精光，身無分文；不存先入之見，
不裝飾門面

風呂に入るため裸になったら、電話が鳴って困った。
脫光了衣服要洗澡時，電話卻剛好響起，真是傷腦筋。

1552 □□□
はたち
【二十歳】
名

譯 二十歲

二十歳になったから、お酒を飲みます。
因為滿二十歲了，所以喝酒。

1553 □□□

はたらく
【働く】
自五

> 譯 工作，勞動，做工

母は、一日中働いています。

媽媽工作一整天。

ます形 働きます
ない形 働かない
た形 働いた

1554 □□□

はち
【八】
名

> 譯（數）八，八個

りんごが八個だけあります。

只有八個蘋果。

1555 □□□

はつおん
【発音】
名

> 譯 發音

日本語の発音を直してもらっているところです。

正在請他矯正日語的發音。

1556 □□□

はつか
【二十日】
名

> 譯 二十日，二十天

二十日には、国へ帰ります。

二十號回國。

1557 □□□

はっきり
副・自サ

> 譯 清楚；直接了當

君ははっきり言いすぎる。

你說得太露骨了。

ます形 はっきりします
ない形 はっきりしない
た形 はっきりした

1558 □□□

はっけん
【発見】
名・他サ

> 譯 發現

博物館に行くと、子どもたちにとっていろいろな発見があります。

孩子們去到博物館會有很多新發現。

ます形 発見します
ない形 発見しない
た形 発見した

1559 □□□

はっこう
【発行】
名・自サ

> 譯（圖書等）發行；發售

新しい雑誌を発行したところ、とてもよく売れました。

發行新雜誌，結果銷路很好。

ます形 発行します
ない形 発行しない
た形 発行した

1560 □□□

はったつ
【発達】
名・自サ

> 譯（身心）成熟，發達；擴展，進步

子どもの発達に応じて、玩具を与えよう。

依小孩的成熟程度給玩具。

ます形 発達します
ない形 発達しない
た形 発達した

は
行

はしる～はったつ ひ ふ へ ほ

は ひ ふ へ ほ

動詞「た形」變化跟「て形」一樣。
如：買う→買った、買って

分 秒
● T61- 02:22

1561 □□□
はってん
【発展】
名・自サ

| 譯 擴展，發展；活躍，活動 |

驚いたことに、町はたいへん発展していました。

令人驚訝的是，小鎮蓬勃發展起來了。

ます形 発展します
ない形 発展しない
た形 発展した

1562 □□□
はっぴょう
【発表】
名・他サ

| 譯 發表，宣布，聲明；揭曉 |

こんなに面白い意見は、発表せずにはいられません。

這麼有趣的意見，實在無法不提出來。

1563 □□□
はつめい
【発明】
名・他サ

| 譯 發明 |

社長は、新しい機械を発明するたびにお金をもうけています。

每逢社長研發出新型機器，就會賺大錢。

ます形 発明します
ない形 発明しない
た形 発明した

1564 □□□
はで
【派手】
名・形動

| 譯（服裝等）鮮艷的；（為引人注目而動作）誇張，做作 |

いくらパーティーでも、そんな派手な服を着ることはないでしょう。

就算是派對，也不用穿得那麼華麗吧。

丁寧形 派手です
ない形 派手ではない
た形 派手だった

1565 □□□
はな
【花】
名

| 譯 花 |

ここにきれいな花があります。

這裡有漂亮的花。

1566 □□□
はな
【鼻】
名

| 譯 鼻子 |

● T62

漢字は、鼻ですか？花ですか。

漢字是「鼻」？還是「花」？

1567 □□□
はなし
【話】
名

| 譯 話，説話，講話；談話的內容 |

どんな話をしますか。

要聊什麼話題？

206

1568 ☐☐☐
はなす
【話す】
他五

譯 説，講；告訴（別人），敘述

彼に何を話しましたか。
你跟他講了什麼？

ます形 話します
ない形 話さない
た形 話した

1569 ☐☐☐
はなす
【離す】
他五

譯 使…離開，使…分開；隔開，拉開距離

子どもの手を握って、離さないでください。
請握住小孩的手，不要放掉。

ます形 離します
ない形 離さない
た形 離した

1570 ☐☐☐
はなみ
【花見】
名

譯 賞花

花見は楽しかったかい。
賞花有趣嗎？

1571 ☐☐☐
はなれる
【離れる】
自下一

譯 離開；離去；相隔；脱離（關係），背離

故郷を離れるに先立ち、みんなに挨拶を
しました。
在離開家郷之前，先和大家告別。

ます形 離れます
ない形 離れない
た形 離れた

1572 ☐☐☐
はね
【羽】
名

譯 羽毛；（鳥與昆蟲等的）翅膀；（機器等）翼，葉片

羽のついた帽子がほしい。
我想要頂有羽毛的帽子。

1573 ☐☐☐
はは
【母】
名

譯 媽媽，母親

母は、野菜がきらいです。
媽媽不喜歡蔬菜。

1574 ☐☐☐
はば
【幅】
名

譯 寛度，幅面；幅度，範圍；勢力；伸縮空間

道路の幅を広げる工事をしている。
正在進行拓展道路的工程。

1575 ☐☐☐
はめる
【嵌める】
他下一

譯 嵌上，鑲上；使陷入，欺騙；擲入

金属の枠にガラスを嵌めました。
在金屬框裡，嵌上了玻璃。

ます形 嵌めます
ない形 嵌めない
た形 嵌めた

は
行

はってん～はめる ひ ふ へ ほ

207

動詞「た形」變化跟「て形」一樣。
如：買う→買った、買って

● T62-00:55

1576 □□□
はやい
【早い】
形

📖（時間等）迅速，早

起きる時間が、早くなりました。
起床的時間變早了。

丁寧形 早いです
ない形 早くない
た形 早かった

1577 □□□
はやい
【速い】
形

📖（速度等）快速

この電車は速いですね。
這電車的速度好快。

丁寧形 速いです
ない形 速くない
た形 速かった

1578 □□□
はら
【腹】
名

📖 肚子；心思，內心活動；心情；度量

たとえ腹が立っても、黙ってがまんします。
就算一肚子氣，也會默默地忍耐下來。

1579 □□□
はらう
【払う】
他五

📖 付錢；除去；傾注

来週までに、お金を払わなくてはいけない。
下星期前得付款。

ます形 払います
ない形 払わない
た形 払った

1580 □□□
はり
【針】
名

📖 縫衣針；針狀物；（動植物的）針，刺

針と糸で雑巾を縫った。
我用針和線縫補了抹布。

1581 □□□
はる
【春】
名

📖 春，春天

こっちは、まだ春が来ません。
這邊的春天還沒有來。

1582 □□□
はる
【貼る】
他五

📖 貼上，糊上，黏上

切手が貼ってあります。
有貼著郵票。

ます形 貼ります
ない形 貼らない
た形 貼った

1583 □□□
はる
【張る】
自五・他五

📖 延伸，伸展；覆蓋；膨脹；展平，擴張

今朝は寒くて、池に氷が張るほどだった。
今早好冷，冷到池塘都結了一層薄冰。

ます形 張ります
ない形 張らない
た形 張った

1584 □□□

はれる
【晴れる】
自下一

譯（天氣）晴，（雲霧）消散；（雨、雪）放晴

晴れたら、どこかへ遊びに行きましょう。
要是天氣放晴，我們找個地方去玩吧。

ます形 晴れます
ない形 晴れない
た形 晴れた

1585 □□□

はん
【半】
接尾

譯 …半，一半

もう5時半になりました。
已經5點半了。

1586 □□□

ばん
【番】
名・接尾・漢造

譯 輪班；看守；（順序）第…號；（交替）順序

3番の女性は、背が高くて、美しいです。
三號的女性，身材高挑又漂亮。

1587 □□□

ばん
【晩】
名

譯 晚，晚上

あの晩は、とても疲れていました。
那個晚上非常疲倦。

1588 □□□

パン
【（葡）pão】
名

譯 麵包

パンと卵を食べました。
吃了麵包和蛋。

1589 □□□

はんい
【範囲】
名

譯 範圍，界線

消費者の要望にこたえて、販売地域の範囲を広げた。
為了回應消費者的期待，拓展了銷售區域的範圍。

1590 □□□

ハンカチ
【handkerchief】
名

譯 手帕

だれもハンカチを持っていません。
沒有人帶手帕。

1591 □□□

ばんぐみ
【番組】
名

譯 節目

新しい番組が始まりました。
新節目已經開始了。

は
行

はやい～ばんぐみ ひ ふ へ ほ

動詞「た形」變化跟「て形」一樣。
如：買う→買った、買って

分　秒
● T62- 02:22

1592 □□□

ばんごう
【番号】
名

譯 號碼，號數

番号を呼ぶ前に、入らないでください。

叫到號碼前，請不要進來。

1593 □□□

ばんごはん
【晩ご飯】
名

譯 晚餐

どこかへ行って、晩ご飯を食べましょう。

找個地方去吃晚餐吧。

1594 □□□

はんたい
【反対】
名・自サ

譯 相反；反對

あなたが社長に反対しちゃ、困りますよ。

你要是跟社長作對，我會很頭痛的。

ます形 反対します
ない形 反対しない
た形 反対した

1595 □□□

はんだん
【判断】
名・他サ

譯 判斷；推測；占卜

上司の判断が間違っていると知りつつ、
意見を言わなかった。

明明知道上司的判斷是錯的，但還是沒講出自己的意見。

ます形 判断します
ない形 判断しない
た形 判断した

1596 □□□

ばんち
【番地】
名

譯 門牌號；住址

お宅は何番地ですか。

您府上門牌號碼幾號？

1597 □□□

はんぶん
【半分】
名

譯 半，一半，二分之一

急いでやって、かかる時間を半分にします。

加速進行，把花費的時間縮減成一半。

動詞「た形」變化跟「て形」一樣。
如：買う→買った、買って

● T63

1598 □□□

ひ
【火】
名

譯 火；火焰

火が静かに燃えています。

火靜靜地燃燒著。

1599 □□□

ひ
【日】
名

譯 天，日子

その日、私は朝から走りつづけていた。
那一天，我從早上開始就跑個不停。

1600 □□□

ひ
【灯】
名

譯 燈光，燈火

山の上から見ると、街の灯がきれいだ。
從山上往下眺望，街道上的燈火真是美啊。

1601 □□□

ひえる
【冷える】
自下一

譯 變冷；變冷淡

夜は冷えるのに、毛布がないのですか。
晚上會變冷，卻沒有毛毯嗎？

ます形 冷えます
ない形 冷えない
た形 冷えた

1602 □□□

ひかく
【比較】
名・他サ

譯 比，比較

周囲と比較してみて、自分の実力がわかった。
和周遭的人比較過之後，認清了自己的實力在哪裡。

ます形 比較します
ない形 比較しない
た形 比較した

1603 □□□

ひがし
【東】
名

譯 東，東方，東邊

そちらは、東です。
那邊是東邊。

1604 □□□

ひかり
【光】
名

譯 光，光線；（前途）光明，有希望；光輝，光榮

ろうそくの光が消えかけています。
蠟燭的燭光就快要熄滅了。

1605 □□□

ひかる
【光る】
自五

譯 發光，發亮

星が光る。
星光閃耀。

ます形 光ります
ない形 光らない
た形 光った

1606 □□□

ひき
【匹】
接尾

譯 （鳥、蟲、魚、獸）…匹，…頭，…條，…隻

ここには、犬が何匹いますか。
這裡有幾隻狗？

は
行
ばんごう～ひき
ふ
へ
ほ

211

1607 □□□
ひきだし
【引き出し】
名

譯 抽屜

引き出しの中には、鉛筆とかペンとかがあります。
抽屜中有鉛筆跟筆等。

1608 □□□
ひく
【引く】
他五

譯 拉，拖，曳；翻查；感染

辞書を引きながら、英語の本を読みました。
邊看英文書邊查字典。

ます形 引きます
ない形 引かない
た形 引いた

1609 □□□
ひく
【弾く】
他五

譯 彈，彈奏，彈撥

だれもピアノを弾きません。
沒有人要彈鋼琴。

ます形 弾きます
ない形 弾かない
た形 弾いた

1610 □□□
ひくい
【低い】
形

譯 低，矮的；卑微，低賤

明日の気温は、低いでしょう。
明天的氣溫應該很低吧！

丁寧形 低いです
ない形 低くない
た形 低かった

1611 □□□
ひげ
名

譯 鬍鬚

今日は休みだから、ひげをそらなくてもかまいません。
今天休息，所以不刮鬍子也沒關係。

1612 □□□
ひこうき
【飛行機】
名

譯 飛機

あれは、飛行機ですね。
那是飛機對不對！

1613 □□□
ひこうじょう
【飛行場】
名

譯 機場

もう一つ飛行場ができるそうだ。
聽說要蓋另一座機場。

1614 □□□
ひさしぶり
【久しぶり】
名・副

譯 許久，隔了好久

久しぶりに、卒業した学校に行ってみた。
隔了許久才回畢業的母校看看。

1615 □□□
びじゅつかん
【美術館】
名

> 譯 美術館

美術館で絵葉書をもらいました。

在美術館拿了明信片。

1616 □□□
ひじょう
【非常】
名・形動

> 譯 非常，很；緊急

そのニュースを聞いて、彼は非常に喜んだに違いない。

聽到那個消息時，他一定非常的高興。

丁寧形 非常です
ない形 非常ではない
た形 非常だった

1617 □□□
ひじょうに
【非常に】
副

> 譯 非常，很

王さんは、非常に元気そうです。

王先生看起來很有精神。

1618 □□□
ひだり
【左】
名

> 譯 左，左邊；左手

銀行の左に、高い建物があります。

銀行的左邊，有一棟高大的建築物。

1619 □□□
びっくり
副・自サ

> 譯 驚嚇，吃驚

びっくりさせないでください。

請不要嚇我。

ます形 びっくりします
ない形 びっくりしない
た形 びっくりした

1620 □□□
ひづけ
【日付】
名

> 譯（報紙、新聞上的）日期

日付が変わらないうちに、この仕事を完成するつもりです。

我打算在今天之內完成這份工作。

1621 □□□
ひっこす
【引っ越す】
自サ

> 譯 搬家，遷居

大阪に引っ越すことにしました。

決定搬到大阪。

ます形 引っ越します
ない形 引っ越さない
た形 引っ越した

1622 □□□
ひっぱる
【引っ張る】
他五

> 譯（用力）拉；拉緊；強拉走；拖延；拉（電線等）

人の耳を引っ張る。

拉人的耳朵。

ます形 引っ張ります
ない形 引っ張らない
た形 引っ張った

は
行

は
ひきだし～ひっぱる　ふ　へ　ほ

は ひ ふ へ ほ

動詞「た形」變化跟「て形」一樣。
如：買う→買った、買って

分 秒
● T63- 02:20

1623 □□□ ひつよう 【必要】 名・形動	譯 需要，必要	
	必要だったら、さしあげますよ。 如果需要就送您。	丁寧形 必要です ない形 必要ではない た形 必要だった

1624 □□□ ひてい 【否定】 名・他サ	譯 否定，否認	
	方法に問題があったことは、否定しがたい。 難以否認方法上出了問題。	ます形 否定します ない形 否定しない た形 否定した

1625 □□□ ひと 【人】 名	譯 人，人類；（社會上一般的）人；他人，旁人	
	あそこにも人がいます。 那裡也有人。	

1626 □□□ ひどい 形	譯 殘酷；過分；非常	
	そんなひどいことを言うな。 別說那麼過分的話。	丁寧形 ひどいです ない形 ひどくない た形 ひどかった

1627 □□□ ひとしい 【等しい】 形	譯 （性質、數量、狀態等）相等的；相似的	
	AプラスBはCプラスDに等しい。 A加B等於C加D。	丁寧形 等しいです ない形 等しくない た形 等しかった

1628 □□□ ひとつ 【一つ】 名	譯 （數）一；一個；一歲	● T64
	石鹸を一つください。 請給我一塊香皂。	

1629 □□□ ひとつき 【一月】 名	譯 一個月	
	一月の間、なにもしませんでした。 一個月當中什麼都沒做。	

1630 □□□ ひとり 【一人】 名	譯 一人；一個人；單獨一個人	
	あなた一人だけですか。 只有你一個人嗎？	

1631 □□□

ひま
【暇】
名・形動

譯 時間，功夫；空閒時間，暇餘

1時から2時まで暇です。
一點到兩點有空。

丁寧形 暇です
ない形 暇ではない
た形 暇だった

1632 □□□

ひゃく
【百】
名

譯 一百；數目眾多；一百歲

どちらの人が、百歳ですか。
哪位已經一百歲了？

1633 □□□

ひやす
【冷やす】
他五

譯 使變涼，冰鎮；(喻)使冷靜

ミルクを冷蔵庫で冷やしておく。
把牛奶放在冰箱冷藏。

ます形 冷やします
ない形 冷やさない
た形 冷やした

1634 □□□

ひよう
【費用】
名

譯 費用，開銷

たとえ費用が高くてもかまいません。
即使費用再怎麼貴也沒關係。

1635 □□□

ひょう
【表】
名・漢造

譯 表，表格；表面，外表；表現；代表

仕事でよく表を作成します。
工作上經常製作表格。

1636 □□□

びょういん
【病院】
名

譯 醫院

子供は、病院がきらいです。
小孩不喜歡醫院。

1637 □□□

びょうき
【病気】
名

譯 生病，疾病；毛病，缺點

病気で会社を休みました。
因為生病，所以向公司請假。

1638 □□□

ひょうげん
【表現】
名・他サ

譯 表現，表達，表示

意味は表現できたとしても、雰囲気はうまく表現できません。
就算有辦法將意思表達出來，意境還是無法傳達得很好。

ます形 表現します
ない形 表現しない
た形 表現した

は
行

は

ひつよう～ひょうげん

ふ

へ

ほ

1639 □□□

ひょうし
【表紙】
名

譯 封面，封皮，書皮

ほん ひょう し
本の表紙がとれてしまった。
書皮掉了。

1640 □□□

ひょうじょう
【表情】
名

譯 面部表情

かれ つら ひょうじょう あか
彼は、辛いことがあったわりには、表情が明るい。
他雖遇上了難受的事，但是表情卻很開朗。

1641 □□□

びょうどう
【平等】
名・形動

譯 平等，同等

にんげん びょうどう
人間はみな平等であるべきだ。
人人須平等。

丁寧形 平等です
ない形 平等ではない
た形 平等だった

1642 □□□

ひょうばん
【評判】
名

譯（社會上的）評價；名聲；受到注目；風聞

ひょうばん かれ かしゅ
みんなの評判からすれば、彼はすばらしい歌手のようです。
就大家的評價來看，他好像是位出色的歌手。

1643 □□□

ひらがな
【平仮名】
名

譯 平假名

ひら が な やさ かん じ むずか
平仮名は易しいが、漢字は難しい。
平假名很簡單，但是漢字很難。

1644 □□□

ひらく
【開く】
自五・他五

譯 綻放；開，拉開

はな ひら
ばらの花が開きだした。
玫瑰花綻放開來了。

ます形 開きます
ない形 開かない
た形 開いた

1645 □□□

ひる
【昼】
名

譯 中午；白天，白晝；午飯

ひる はん た
昼に、どこでご飯を食べますか。
中午要到哪裡吃飯？

1646 □□□

ビル
【building 的省
略説法】
名

譯 高樓，大廈

たか
このビルは、あのビルより高いです。
這棟大廈比那棟大廈高。

1647 □□□
ひるごはん
【昼ご飯】
名

譯 午餐

昼ご飯は食べましたか？まだですか。
吃過午餐了嗎？還是還沒吃？

1648 □□□
ひるま
【昼間】
名

譯 白天，白晝

彼は、昼間は忙しいと思います。
我想他白天應該很忙吧！

1649 □□□
ひるやすみ
【昼休み】
名

譯 午休

昼休みなのに、仕事をしなければなりませんでした。
明明是午休卻得工作。

1650 □□□
ひろい
【広い】
形

譯 （面積、空間）寬廣；（幅度）寬闊；（範圍）廣泛

公園は、どのぐらい広かったですか。
公園大概有多大？

丁寧形 広いです
ない形 広くない
た形 広かった

1651 □□□
ひろう
【拾う】
他五

譯 撿拾；叫車

公園でごみを拾わせられた。
被叫去公園撿垃圾。

ます形 拾います
ない形 拾わない
た形 拾った

1652 □□□
ひろげる
【広げる】
他下一

譯 打開，展開；（面積、規模、範圍）擴張，發展

犯人が見つからないので、捜査の範囲を広げるほかはない。
因為抓不到犯人，所以只好擴大搜查範圍了。

ます形 広げます
ない形 広げない
た形 広げた

は行
ひょうし～ひろげる

は ひ ふ へ ほ

動詞「た形」變化跟「て形」一樣。
如：買う→買った、買って

T65

1653 □□□
ふあん
【不安】
名・形動

譯 不安，不放心，擔心；不穩定

不安のあまり、友だちに相談に行った。
因為實在是放不下心，所以找朋友來聊聊。

丁寧形 不安です
ない形 不安ではない
た形 不安だった

1654 □□□
フィルム
【film】
名

譯 底片，膠片；影片；電影

カメラにフィルムを入れました。
將底片裝進相機。

1655 □□□
ふうとう
【封筒】
名

譯 信封，封套；文件袋

どちらの封筒に入れましたか。
你放進了哪個信封？

1656 □□□
プール
【pool】
名

譯 游泳池

勉強する前に、プールで泳ぎます。
唸書之前，先到游泳池游泳。

1657 □□□
ふえる
【増える】
自下一

譯 增加，增多

結婚しない人が増えだした。
不結婚的人變多了。

ます形 増えます
ない形 増えない
た形 増えた

1658 □□□
フォーク
【fork】
名

譯 叉子，餐叉

フォークやスプーンなどは、ありますか。
有叉子或湯匙嗎？

1659 □□□
ふかい
【深い】
形

譯 深的；深刻；深刻

このプールは深すぎて、危ない。
這個游泳池太深了，很危險！

丁寧形 深いです
ない形 深くない
た形 深かった

1660 □□□
ふく
【吹く】
自五

譯 （風）刮，吹；（緊縮嘴唇）吹氣

風が吹きます。
風吹拂著。

ます形 吹きます
ない形 吹かない
た形 吹いた

1661 ☐☐☐

ふく
【服】
名

譯 衣服(數)

どの服を着て行きますか。
你要穿哪件衣服去？

1662 ☐☐☐

ふくざつ
【複雑】
名・形動

譯 複雑

日本語と英語と、どちらのほうが複雑だと
思いますか。
日語與英語，你覺得哪個比較複雑？

丁寧形 複雑です
ない形 複雑ではない
た形 複雑だった

1663 ☐☐☐

ふくしゅう
【復習】
名・他サ

譯 複習

授業の後で、復習をしなくてはいけませ
んか。
下課後一定得複習嗎？

ます形 復習します
ない形 復習しない
た形 復習した

1664 ☐☐☐

ふくそう
【服装】
名

譯 服裝，服飾

面接では、服装に気をつけるばかりでなく、言葉も丁寧に
しましょう。
面試時，不單要注意服裝儀容，講話也要恭恭敬敬的！

1665 ☐☐☐

ぶじ
【無事】
名・形動

譯 平安無事；健康；沒毛病；沒有過失

息子の無事を知ったとたんに、母親は気を
失った。
一得知兒子平安無事，母親便昏了過去。

丁寧形 無事です
ない形 無事ではない
た形 無事だった

1666 ☐☐☐

ふしぎ
【不思議】
名・形動

譯 奇怪，不可思議

ひどい事故だったので、助かったのが
不思議なくらいです。
因為是很嚴重的事故，所以能得救還真是令人
覺得不可思議。

丁寧形 不思議です
ない形 不思議ではない
た形 不思議だった

1667 ☐☐☐

ふじん
【婦人】
名

譯 婦女，女子

婦人用トイレは二階です。
女性用的廁所位於二樓。

は
行

は ひ ふ あん～ふじん へ ほ

動詞「た形」變化跟「て形」一樣。
如：買う→買った、買って

分 秒
● T65- 01:34

1668 □□□
ふせぐ
【防ぐ】
(他五)

> [譯] 防禦，防守，防止；預防，防備

> 窓を二重にして寒さを防ぐ。
> 安裝兩層的窗戶來禦寒。

(ます形) 防ぎます
(ない形) 防がない
(た形) 防いだ

1669 □□□
ふそく
【不足】
(名・形動・自サ)

> [譯] 不足，短缺；缺乏；不滿意

> 栄養が不足がちだから、もっと食べなさい。
> 有營養不足的傾向，請多吃一點。

(丁寧形) 不足です
(ない形) 不足ではない
(た形) 不足だった

1670 □□□
ふた
【蓋】
(名)

> [譯] （瓶、箱、鍋等）的蓋子；（貝類的）蓋

> ふたを取ったら、いい匂いがした。
> 打開蓋子後，聞到了香味。

1671 □□□
ふたつ
【二つ】
(名)

> [譯] （數）二；兩個；兩歲；兩邊，雙方

> 消しゴムを二つ、買いました。
> 買了兩個橡皮擦。

1672 □□□
ぶたにく
【豚肉】
(名)

> [譯] 豬肉

> 豚肉はもうありません。
> 已經沒有豬肉了。

1673 □□□
ふたり
【二人】
(名)

> [譯] 兩個人，兩人；一對（夫妻等）

> 二人で、なにか食べに行きましょう。
> 我們兩個人一起去吃點什麼吧！

1674 □□□
ふだん
【普段】
(名・副)

> [譯] 平常，平日

> ふだんからよく勉強しているだけに、テストの時も慌てない。
> 到底是平常就有在好好讀書，考試時也都不會慌。

1675 □□□
ふつう
【普通】
(名・形動)

> [譯] 普通，平凡

> 普通のサラリーマンになるつもりだ。
> 我打算當一名平凡的上班族。

(丁寧形) 普通です
(ない形) 普通ではない
(た形) 普通だった

1676 ☐☐☐
ふつか
【二日】
名

譯 二號，二日；兩天；第二天　　　　　　　　🔊 T66

来月の二日に、帰ってくるでしょう。
下個月二號應該會回來吧？

1677 ☐☐☐
ぶつり
【物理】
名

譯 (文)事物的道理；物理(學)

物理の点が悪かったわりには、化学はまあまあだった。
物理的成績不好，但比較起來化學是算好的了。

1678 ☐☐☐
ふとい
【太い】
形

譯 粗，肥胖

足が太くなりました。
腿變胖了。

丁寧形 太いです
ない形 太くない
た形 太かった

1679 ☐☐☐
ぶどう
名

譯 葡萄

隣のうちから、ぶどうをいただきました。
隔壁的鄰居送我葡萄。

1680 ☐☐☐
ふとる
【太る】
自五

譯 胖，肥胖

ああ太っていると、苦しいでしょうね。
一胖成那樣，會很辛苦吧！

ます形 太ります
ない形 太らない
た形 太った

1681 ☐☐☐
ふとん
【布団】
名

譯 棉被

布団をしいて、いつでも寝られるようにした。
鋪好棉被，以便隨時可以睡覺。

1682 ☐☐☐
ふね
【船】
名

譯 船

飛行機は、船より速いです。
飛機比船還快。

1683 ☐☐☐
ぶぶん
【部分】
名

譯 部分

この部分は、とてもよく書けています。
這部分寫得真好。

は
行
は
ひ
ふせぐ〜ぶぶん
へ
ほ

221

は ひ ふ へ ほ 動詞「た形」變化跟「て形」一樣。
如：買う→買った、買って

分 秒
T66- 00:49

1684 □□□	譯 不方便

ふべん
【不便】
形動

この機械は、<u>不便</u>すぎます。
這機械太不方便了。

丁寧形 不便です
ない形 不便ではない
た形 不便だった

1685 □□□	譯 踩住，踩到

ふむ
【踏む】
他五

電車の中で、足を<u>踏</u>まれることはありますか。
在電車裡有被踩過腳嗎？

ます形 踏みます
ない形 踏まない
た形 踏んだ

1686 □□□	譯 冬天，冬季

ふゆ
【冬】
名

夏と<u>冬</u>と、どちらが好きですか。
你喜歡夏天還是冬天？

1687 □□□	譯 落，下，降（雨、雪、霜等）

ふる
【降る】
自五

雨が<u>降</u>って、寒いです。
下雪好冷。

ます形 降ります
ない形 降らない
た形 降った

1688 □□□	譯 揮；丟；（俗）放棄；謝絕；在漢字上註假名

ふる
【振る】
他五

ハンカチを<u>振</u>る。
揮著手帕。

ます形 振ります
ない形 振らない
た形 振った

1689 □□□	譯 以往；老舊，年久，老式

ふるい
【古い】
形

この家は、とても<u>古</u>いです。
這棟房子相當老舊。

丁寧形 古いです
ない形 古くない
た形 古かった

1690 □□□	譯 禮物

プレゼント
【present】
名

子どもたちは、<u>プレゼント</u>をもらって嬉しがる。
孩子們收到禮物，感到欣喜萬分。

1691 □□□	譯 浴缸，澡盆；洗澡；洗澡熱水

ふろ
【風呂】
名

<u>風呂</u>に入ったあとで、ビールを飲みます。
洗過澡後喝啤酒。

1692 □□□
ふん
【分】
名

譯（時間）…分；（角度）分

2時15分ごろ、電話が鳴りました。
兩點十五分左右，電話響了。

1693 □□□
ぶん
【文】
名・漢造

譯 文學，文章；花紋；修飾外表；文字

長い文は読みにくい。
冗長的句子很難看下去。

1694 □□□
ぶんか
【文化】
名

譯 文化；文明

外国の文化について知りたがる。
我想多了解外國的文化。

1695 □□□
ぶんがく
【文学】
名

譯 文學

アメリカ文学は、日本文学ほど好きではありません。
我對美國文學，沒有像日本文學那麼喜歡。

1696 □□□
ぶんしょう
【文章】
名

譯 文書，文件

文章を発表するかしないかのうちに、読者からの手紙が来ました。
剛發表文章沒多久，就接到了讀者的來信。

1697 □□□
ぶんぽう
【文法】
名

譯 文法

文法を説明してもらいたいです。
想請你說明一下文法。

は
行
は
ひ
ふべん〜ぶんぽう
へ
ほ

動詞「た形」變化跟「て形」一樣。
如：買う→買った、買って

● T67

1698 □□□

へい
【塀】
名

譯 圍牆，牆院，柵欄

塀の向こうをのぞいてみたい。
我想窺視一下圍牆的那一頭看看。

1699 □□□

へいき
【平気】
名・形動

譯 鎮定，冷靜；不在乎，不介意，無動於衷

たとえ何を言われても、私は平気だ。
不管別人怎麼説，我都無所謂。

丁寧形 平気です
ない形 平気ではない
た形 平気だった

1700 □□□

へいきん
【平均】
名・自サ・他サ

譯 平均；（數）平均值；平衡，均衡

集めたデータをもとにして、平均を計算
しました。
把蒐集來的資料做為參考，計算出平均值。

ます形 平均します
ない形 平均しない
た形 平均した

1701 □□□

ページ
【page】
名・接尾

譯 頁

どのページにも、絵があります。
每一頁都有圖畫。

1702 □□□

へた
【下手】
名・形動

譯 （技術等）不高明，笨拙；不小心

私は、歌が下手です。
我不太會唱歌。

丁寧形 下手です
ない形 下手ではない
た形 下手だった

1703 □□□

ベッド
【bed】
名

譯 床，床舖；花壇，苗床

本を読んでから、ベッドに入ります。
看過書後上床睡覺。

1704 □□□

べつに
【別に】
副

譯 （後接否定）不特別

別に教えてくれなくてもかまわないよ。
不教我也沒關係。

1705 □□□

へや
【部屋】
名

譯 房間；屋子；室

この部屋は明るくて、静かです。
這個房間既明亮又安靜。

1706 ☐☐☐
へる
【減る】
[自五]

譯 減，減少；磨損；（肚子）餓

收入が減る。
収入減少。

ます形 減ります
ない形 減らない
た形 減った

1707 ☐☐☐
ベル
【bell】
[名]

譯 鈴聲

どこかでベルが鳴っています。
不知哪裡的鈴聲響了。

1708 ☐☐☐
へん
【変】
[形動]

譯 奇怪，怪異；意外

その服は、あなたが思うほど変じゃないですよ。
那件衣服，其實並沒有你想像中的那麼怪。

丁寧形 変です
ない形 変ではない
た形 変だった

1709 ☐☐☐
へん
【辺】
[名]

譯 附近，一帶；程度，大致

鳥は、この辺へは来ません。
鳥是不會飛來這一帶的。

1710 ☐☐☐
ペン
【pen】
[名]

譯 筆，原子筆，鋼筆

あなたのペンは、これですか。
你的筆是這一支嗎？

1711 ☐☐☐
へんか
【変化】
[名・自サ]

譯 變化；（語法）變形

街の変化はとても激しく、別の場所に来たのかと思うぐらいです。
城裡的變化，大到幾乎讓人以為來到了別的地方。

ます形 変化します
ない形 変化しない
た形 変化した

1712 ☐☐☐
べんきょう
【勉強】
[名・他サ]

譯 努力學習，唸書

この本を使って勉強します。
利用這本書來學習。

ます形 勉強します
ない形 勉強しない
た形 勉強した

1713 ☐☐☐
へんじ
【返事】
[名・自サ]

譯 回答，回覆

早く、返事しろよ。
快點回覆我啦！

ます形 返事します
ない形 返事しない
た形 返事した

は
行
は
ひ
ふ
へい～へんじ
ほ

は ひ ふ へ ほ

動詞「た形」變化跟「て形」一樣。
如：買う→買った、買って

分 秒
● T67- 01:30

1714 □□□
へんしゅう
【編集】
名・他サ

譯 編集；（電腦）編輯

今ちょうど、新しい本を編集している最中です。

現在正好在編輯新書。

ます形 編集します
ない形 編集しない
た形 編集した

1715 □□□
べんじょ
【便所】
名

譯 廁所，便所

便所はどこでしょうか。

廁所在哪裡？

1716 □□□
べんり
【便利】
形動

譯 方便，便利

どの店が便利で安いですか。

哪一家店既方便又便宜？

丁寧形 便利です
ない形 便利ではない
た形 便利だった

は ひ ふ へ ほ

動詞「た形」變化跟「て形」一樣。
如：買う→買った、買って

● T68

1717 □□□
ほう
【方】
名

譯 （用於並列或比較屬於哪一）部類，類型

この本の方が、面白いですよ。

這本書比較有趣。

1718 □□□
ぼう
【棒】
名・漢造

譯 棒，棍子；（音樂）指揮；（畫的）直線

疲れて、足が棒のようになりました。

太過疲累，兩腳都僵掉了。

1719 □□□
ぼうえき
【貿易】
名

譯 貿易

貿易の仕事は、おもしろいはずだ。

貿易工作應該很有趣的！

1720 □□□
ほうこう
【方向】
名

譯 方向；方針

泥棒は、あっちの方向に走っていきました。

小偷往那個方向跑了。

1721 □□□

ほうこく
【報告】
名・他サ

> 譯 報告，匯報，告知

忙しさのあまり、報告を忘れました。
因為太忙了，而忘了告知您。

ます形 報告します
ない形 報告しない
た形 報告した

1722 □□□

ぼうし
【帽子】
名

> 譯 帽子

きれいな帽子がほしいです。
我想要一頂漂亮的帽子。

1723 □□□

ほうしん
【方針】
名

> 譯 方針；(羅盤的)磁針

政府の方針は、決まったかと思うとすぐに変更になる。
政府的施政方針，以為要定案，卻馬上又更改掉。

1724 □□□

ほうそう
【放送】
名・他サ

> 譯 播映，播放

英語の番組が放送されることがありますか。
有時會播放英語節目嗎？

ます形 放送します
ない形 放送しない
た形 放送した

1725 □□□

ほうそく
【法則】
名

> 譯 規律，定律；規定，規則

実験を通して、法則を考察した。
藉由實驗來審核定律。

1726 □□□

ほうほう
【方法】
名

> 譯 方法，辦法

方法しだいで、結果が違ってきます。
因方法不同，結果也會不同。

1727 □□□

ほうぼう
【方々】
名・副

> 譯 各處，到處

方々探したが、見つかりません。
四處都找過了，但還是找不到。

1728 □□□

ほうめん
【方面】
名

> 譯 方面，方向；領域

新宿方面の列車はどこですか。
往新宿方向的列車在哪邊？

動詞「た形」變化跟「て形」一樣。
如：買う→買った、買って

● T68-01:17

1729 □□□

ほうもん
【訪問】
名・他サ

譯 訪問，拜訪

^{かれ}彼の^{いえ}家を^{ほうもん}訪問するにつけ、^{むかし}昔のことを^{おも}思い^だ出す。

每次去拜訪他家，就會想起以往的種種。

ます形 訪問します
ない形 訪問しない
た形 訪問した

1730 □□□

ほうりつ
【法律】
名

譯 法律

^{ほうりつ}法律は、ぜったい^{まも}守らなくてはいけません。

一定要遵守法律。

1731 □□□

ボールペン
【ball pen】
名

譯 原子筆，鋼珠筆

あなたのボールペンは、どれですか。

你的原子筆是哪一支？

1732 □□□

ほか
【外・他】
名

譯 其他，另外，別的；旁邊，旁處，外部

^{ほか}外になにか^{しつもん}質問はありますか。

還有什麼其他問題嗎？

1733 □□□

ぼく
【僕】
名

譯 我（男性用）

この^{しごと}仕事は、^{ぼく}僕がやらなくちゃならない。

這個工作非我做不行。

1734 □□□

ポケット
【pocket】
名

譯（西裝的）口袋，衣袋

その^{ふく}服に、ポケットはいくつありますか。

那件衣服有幾個口袋？

1735 □□□

ほこり
【埃】
名

譯 灰塵，塵埃

ほこりがたまらないように、^{まいにち}毎日そうじをしましょう。

為了不要讓灰塵堆積，我們來每天打掃吧。

1736 □□□

ほし
【星】
名

譯 星星

^{やま}山の^{うえ}上では、^{ほし}星がたくさん^み見えるだろうと^{おも}思います。

我想在山上應該可以看到很多的星星吧！

1737 ☐☐☐

ほしい
形

譯 想要，希望得到手

本棚もテーブルも<u>ほしい</u>です。
我想要書架，也想要餐桌。

丁寧形 ほしいです
ない形 ほしくない
た形 ほしかった

1738 ☐☐☐

ぼしゅう
【募集】
名・他サ

譯 募集，征募

工場において、工員を<u>募集</u>しています。
工廠在招募員工。

ます形 募集します
ない形 募集しない
た形 募集した

1739 ☐☐☐

ほそい
【細い】
形

譯 細，細小；狹窄；微少

<u>細い</u>ペンがほしいです。
我想要支細的筆。

丁寧形 細いです
ない形 細くない
た形 細かった

1740 ☐☐☐

ほぞん
【保存】
名・他サ

譯 保存

ファイルを<u>保存</u>してからでないと、パソコンのスイッチを切ってはだめです。
要是沒將檔案先儲存好，就不能關電腦的電源。

ます形 保存します
ない形 保存しない
た形 保存した

1741 ☐☐☐

ボタン
【(葡) botão】
名

譯 扣子，鈕釦；按鈕

<u>ボタン</u>を強く押しました。
用力地按下了按鈕。

1742 ☐☐☐

ホテル
【hotel】
名

譯 (西式)飯店，旅館

日本の<u>ホテル</u>で、どこが一番有名ですか。
日本的飯店，哪一家最有名？

1743 ☐☐☐

ほど
副助

譯 …的程度

あなた<u>ほど</u>上手な文章ではありませんが、なんとか書き終わったところです。
我的文章沒有你寫得好，但總算是完成了。

1744 ☐☐☐

ほとけ
【仏】
名

譯 佛，佛像；(佛一般)溫厚，仁慈的人；死者

地獄で<u>仏</u>に会ったような気分だ。
心情有如在地獄裡遇見了佛祖一般。

は ひ ふ へ ほ 動詞「た形」變化跟「て形」一樣。
如：買う→買った、買って

分 秒
T68- 02:50

1745 □□□ **ほとんど**【殆ど】 副	譯 幾乎

みんな、ほとんど食べ終わりました。
大家幾乎都用餐完畢了。

1746 □□□ **ほほ**【頬】 名	譯 臉頰

彼女は、ほほを真っ赤にした。
她的兩頰泛紅了起來。

1747 □□□ **ほめる** 他下一	譯 誇獎，稱讚，表揚

両親がほめてくれた。
父母誇獎了我。

ます形 ほめます
ない形 ほめない
た形 ほめた

1748 □□□ **ほん**【本】 名・接尾	譯 書，書籍；計算細而長的物品）…枝，…棵，…瓶，…條

本を見ないで、答えなさい。
請不要看書回答。

1749 □□□ **ほんだな**【本棚】 名	譯 書架，書櫥，書櫃

その本は、どの本棚にありますか。
那本書在哪個書架上？

1750 □□□ **ほんと** 名	譯 真實，真心；實在，的確；真正；本來，正常

それがほんとの話だとは、信じがたいです。
我很難相信那件事是真的。

1751 □□□ **ほんとうに**【本当に】 副	譯 真的，確實；實在，的確

彼女は本当に面白いですね。
她真是個有趣的人。

1752 □□□ **ほんやく**【翻訳】 名・他サ	譯 翻譯，筆譯

英語の小説を翻訳しようと思います。
我想翻譯英文小説。

ます形 翻訳します
ない形 翻訳しない
た形 翻訳した

1753 □□□
ぼんやり
（名・副・自サ）

譯 模糊，不清楚；迷糊；心不在焉；笨蛋

ぼんやりしていたにせよ、ミスが多すぎますよ。
就算你當時是在發呆，也錯得太離譜了吧！

（ます形）ぼんやりします
（ない形）ぼんやりしない
（た形）ぼんやりした

動詞「た形」變化跟「て形」一樣。
如：買う→買った、買って

● T69

1754 □□□
まい
【枚】
（接尾）

譯（計算平而薄的東西）張，片，幅，扇

5枚（まい）でいくらですか。
五張要多少錢？

は
行

ま
行

1755 □□□
まいあさ
【毎朝】
（名）

譯 每天早上

私（わたし）たちは、毎朝（まいあさ）体操（たいそう）をしています。
我們每天早上都會做體操。

ほとんど〜まいにち

1756 □□□
**まいげつ・
まいつき**
【毎月】
（名）

譯 每個月

毎月（まいげつ）、部長（ぶちょう）さんがたのパーティーがあります。
每個月部長都會舉辦宴會。

み
む
め
も

1757 □□□
まいしゅう
【毎週】
（名）

譯 每個星期，每週，每個禮拜

毎週（まいしゅう）、どんなスポーツをしますか。
每個星期都做什麼樣運動？

1758 □□□
**まいとし・
まいねん**
【毎年】
（名）

譯 每年

毎年（まいとし）、子どもたちが遊（あそ）びに来（き）ます。
每年孩子們都會來玩。

1759 □□□
まいにち
【毎日】
（名）

譯 每天，每日，天天

毎日（まいにち）、洗濯（せんたく）や掃除（そうじ）などをします。
每天清洗和打掃。

動詞「た形」變化跟「て形」一樣。
如：買う→買った、買って

● T69- 00:43
分 秒

1760 □□□
まいばん
【毎晩】
名

> 譯 每天晚上

毎晩、うちに帰って、晩ご飯を食べます。
每天晚上回家吃晚飯。

1761 □□□
まいる
【参る】
自五

> 譯 來，去（「行く、来る」的謙讓語）

ご都合がよろしかったら、2時にまいります。
如果您時間方便，我兩點過去。

ます形 参ります
ない形 参らない
た形 参った

1762 □□□
まえ
【前】
名

> 譯 （時間、空間的）前，之前

それは、何年前の話ですか。
那是幾年前的事？

1763 □□□
まがる
【曲がる】
自五

> 譯 彎曲；拐彎

あの道を曲がれば、郵便局があります。
那條路轉彎後，就有一間郵局。

ます形 曲がります
ない形 曲がらない
た形 曲がった

1764 □□□
まく
【巻く】
自五・他五

> 譯 形成漩渦；捲；纏繞；上發條；捲起

紙を筒状に巻く。
把紙捲成筒狀。

ます形 巻きます
ない形 巻かない
た形 巻いた

1765 □□□
まける
【負ける】
自下一

> 譯 輸；屈服

がんばれよ。ぜったい負けるなよ。
加油喔！千萬別輸了！

ます形 負けます
ない形 負けない
た形 負けた

1766 □□□
まげる
【曲げる】
他下一

> 譯 彎，曲；歪，傾斜；扭曲；改變

腰を曲げる。
彎腰。

ます形 曲げます
ない形 曲げない
た形 曲げた

1767 □□□
まじめ
【真面目】
名・形動

> 譯 認真

今後も、まじめに勉強していきます。
從今以後，會認真唸書。

丁寧形 真面目です
ない形 真面目ではない
た形 真面目だった

1768 □□□
まず
【先ず】
副

譯 首先，總之

<u>まず</u>ここにお名前をお書きください。
首先請在這裡填寫姓名。

1769 □□□
まずい
形

譯 不好吃，難吃

この料理は<u>まずいです</u>。
這道菜不好吃。

丁寧形 まずいです
ない形 まずくない
た形 まずかった

1770 □□□
まずしい
【貧しい】
形

譯（生活）貧窮的；（經驗、才能的）淺薄

<u>貧しい</u>人々を助けようじゃないか。
我們一起來救助貧困人家吧！

丁寧形 貧しいです
ない形 貧しくない
た形 貧しかった

1771 □□□
ますます
【益々】
副

譯 越發，益發，更加

若者向けの商品が、<u>ますます</u>増えている。
迎合年輕人的商品是越來越多。

1772 □□□
まぜる
【混ぜる】
他下一

譯 混入；加上，加進；攪，攪拌

ビールとジュースを<u>混ぜる</u>とおいしいです。
將啤酒和果汁加在一起很好喝。

ます形 混ぜます
ない形 混ぜない
た形 混ぜた

1773 □□□
また
副

譯 還，又，再；也，亦；而

<u>また</u>、そちらに遊びに行きます。
還會再度造訪您的。

1774 □□□
まだ
副

譯 還，尚；仍然；才，不過；並且

<u>まだ</u>、なにも飲んでいません。
還沒有喝任何東西。

1775 □□□
または
【又は】
接

譯 或者

ペンか、<u>または</u>鉛筆をくれませんか。
可以給我筆或鉛筆嗎？

ま
行

まいばん～または み む め も

ま み む め も   動詞「た形」變化跟「て形」一樣。
如：買う→買った、買って

分 秒
● T69- 01:58

1776 □□□ **まち**【町】 名	譯 城鎮；街道；町	

町で、友達と会います。
在街上跟朋友見面。

1777 □□□ **まちがう**【間違う】 他五・自五	譯 做錯；錯誤	

緊張のあまり、字を間違ってしまいました。
太過緊張，而寫錯了字。

ます形 間違います
ない形 間違わない
た形 間違った

1778 □□□ **まちがえる**【間違える】 他下一	譯 錯；弄錯	● T70

先生は、間違えたところを直してください
ました。
老師幫我訂正了錯誤的地方。

ます形 間違えます
ない形 間違えない
た形 間違えた

1779 □□□ **まつ**【待つ】 他五	譯 等候，等待；期待，指望	

あなたは、まだあの人を待っているの。
你還在等那個人嗎？

ます形 待ちます
ない形 待たない
た形 待った

1780 □□□ **まつ**【松】 名	譯 松樹，松木；新年裝飾正門的松枝，裝飾松枝的期間	

裏山に松の木がたくさんある。
後山那有許多松樹。

1781 □□□ **まっすぐ** 副・形動	譯 筆直，不彎曲；一直，直接	

あちらにまっすぐ歩いてください。
請往那裡直走。

丁寧形 まっすぐです
ない形 まっすぐではない
た形 まっすぐだった

1782 □□□ **まったく**【全く】 副	譯 完全；實在，簡直；（後接否定）絕對，完全	

全く知らない人だ。
素不相識的人。

1783 □□□ **マッチ**【match】 名	譯 火柴；火材盒	

だれか、マッチを持っていますか。
有誰帶火柴嗎？

1784 □□□

まど
【窓】
（名）

> 譯 窗戶

窓^{まど}が開^あいています。
窗戶是開著的。

1785 □□□

まとめる
【纏める】
（他下一）

> 譯 解決，結束；總結；收集；整理

クラス委員^{いいん}を中心^{ちゅうしん}に、意見^{いけん}をまとめてください。
請以班級委員為中心，整理一下意見。

ます形 纏めます
ない形 纏めない
た形 纏めた

1786 □□□

まにあう
【間に合う】
（自五）

> 譯 來得及；夠用

タクシーに乗^のらなくちゃ、間^まに合^あわないですよ。
要是不搭計程車，就來不及了唷！

ます形 間に合います
ない形 間に合わない
た形 間に合った

1787 □□□

まね
【真似】
（名・他サ・自サ）

> 譯 模仿，仿效；（愚蠢糊塗的）舉止，動作

彼^{かれ}の真似^{まね}など、とてもできません。
我實在無法模仿他。

ます形 真似します
ない形 真似しない
た形 真似した

1788 □□□

まねく
【招く】
（他五）

> 譯 （搖手、點頭）招呼；招待；招聘；招惹

大使館^{たいしかん}のパーティーに招^{まね}かれた。
我受邀到大使館的派對。

ます形 招きます
ない形 招かない
た形 招いた

1789 □□□

まま
（名）

> 譯 如實，照舊；隨意

靴^{くつ}もはかないまま、走^{はし}りだした。
沒穿著鞋，就跑起來了！

1790 □□□

まもる
【守る】
（他五）

> 譯 保衛，守護；遵守，保守；保持

秘密^{ひみつ}を守^{まも}る。
保密。

ます形 守ります
ない形 守らない
た形 守った

1791 □□□

まよう
【迷う】
（自五）

> 譯 迷，迷失；困惑；迷戀；（佛）執迷

山^{やま}の中^{なか}で道^{みち}に迷^{まよ}う。
在山上迷路。

ます形 迷います
ない形 迷わない
た形 迷った

ま
行

まち～まよう みむめも

動詞「た形」變化跟「て形」一樣。
如：買う→買った、買って

分 秒
T70- 01:09

1792 □□□
まるい
【丸い】
形

譯 圓形，球形

いつごろ、月は丸くなりますか。

月亮什麼時候會變圓？

丁寧形 丸いです
ない形 丸くない
た形 丸かった

1793 □□□
まるで
【丸で】
副

譯（後接否定）簡直，全部，完全；好像

９０歳の人からすれば、私はまるで孫のようなものです。

從 90 歲的人的眼裡來看，我就像是孫子一般。

1794 □□□
まわす
【回す】
他五・接尾

譯 轉，轉動；（依次）傳遞；傳送

こまを回す。

轉動陀螺（打陀螺）。

ます形 回します
ない形 回さない
た形 回した

1795 □□□
まわり
【周り】
名

譯 周圍，周邊

周りの人のことを気にしなくてもかまわない。

不必在乎周圍的人也沒有關係！

1796 □□□
まわる
【回る】
自五

譯 轉動；走動；旋轉

村の中を、あちこち回るところです。

正要到村裡的許多地方繞一繞。

ます形 回ります
ない形 回らない
た形 回った

1797 □□□
まん
【万】
名

譯 萬

何万人の人が死にましたか。

幾萬人喪命了？

1798 □□□
まんいん
【満員】
名

譯（規定的名額）額滿；（車、船等）擠滿乘客

このバスは満員だから、次のに乗ろう。

這班巴士人已經爆滿了，我們搭下一班吧。

1799 □□□
まんが
【漫画】
名

譯 漫畫

漫画ばかりで、本はぜんぜん読みません。

光看漫畫，完全不看書。

1800 □□□

まんぞく
【満足】
名・自他サ・形動

> 譯 滿足，令人滿意的；符合要求；完全，圓滿

父はそれを聞いて、満足げに微笑みました。

父親聽到那件事，便滿足地微笑了一下。

丁寧形 満足です
ない形 満足ではない
た形 満足だった

1801 □□□

まんなか
【真ん中】
名

> 譯 正中間

真ん中にあるケーキをいただきたいです。

我想要中間的那個蛋糕。

1802 □□□

まんねんひつ
【万年筆】
名

> 譯 鋼筆

万年筆はどこですか。

鋼筆在哪裡？

動詞「た形」變化跟「て形」一樣。
如：買う→買った、買って

🔊 T71

1803 □□□

み
【実】
名

> 譯 （植物的）果實；（植物的）種子；成功，成果

りんごの木にたくさんの実がなった。

蘋果樹上結了許多果實。

1804 □□□

みえる
【見える】
自下一

> 譯 看見；看得見；看起來

ここから東京タワーが見えるはずがない。

從這裡不可能看得到東京鐵塔。

ます形 見えます
ない形 見えない
た形 見えた

1805 □□□

みおくり
【見送り】
名

> 譯 送行；靜觀，觀望；（棒球）放著好球不打

彼の見送り人は50人以上いた。

給他送行的人有50人以上。

1806 □□□

みがく
【磨く】
他五

> 譯 刷洗，擦亮；研磨，琢磨

顔を洗って、歯を磨きます。

洗臉後刷牙。

ます形 磨きます
ない形 磨かない
た形 磨いた

動詞「た形」變化跟「て形」一樣。
如：買う→買った、買って

分　秒
● T71- 00:31

1807 □□□

みかた
【見方】
（名）

譯 看法，看的方法；見解，想法

彼と私とでは見方が異なる。
他跟我有不同的見解。

1808 □□□

みぎ
【右】
（名）

譯 右，右側，右邊，右方

道を渡る前に、右と左をよく見てください。
過馬路之前，請仔細看左右方。

1809 □□□

みじかい
【短い】
（形）

譯（時間）短少；（距離、長度等）短，近

王さんのスカートは、どれぐらい短いで
すか。
王小姐的裙子大約有多短？

丁寧形 短いです
ない形 短くない
た形 短かった

1810 □□□

みず
【水】
（名）

譯 水

きれいで冷たい水が飲みたい。
我想喝乾淨又冰涼的水。

1811 □□□

みずうみ
【湖】
（名）

譯 湖，湖泊

山の上に、湖があります。
山上有湖泊。

1812 □□□

みせ
【店】
（名）

譯 店，商店，店鋪，攤子

その店のはあまりおいしくありません。
那家店的東西不怎麼好吃。

1813 □□□

みせる
【見せる】
（他下一）

譯 讓…看，給…看；表示，顯示

みんなにも写真を見せました。
我也將相片拿給大家看了。

ます形 見せます
ない形 見せない
た形 見せた

1814 □□□

みそ
【味噌】
（名）

譯 味噌

この料理は、味噌を使わなくてもかまいません。
這道菜不用味噌也行。

238

1815 ☐☐☐

みたい
助動・形動型

> 譯（表示和其他事物相像）像…一樣；（表示具體的例子）像…這樣

外は雪が降っているみたいだ。
外面好像在下雪。

1816 ☐☐☐

みち
【道】
名

> 譯 路，道路；道義，道德；方法，手段

10年前、この道はどんな様子でしたか。
十年前，這條道路是什麼樣子？

1817 ☐☐☐

みっか
【三日】
名

> 譯（每月）三號；三天

三月三日ごろに遊びに行きます。
三月三號左右要去玩。

1818 ☐☐☐

みつかる
【見つかる】
自五

> 譯 被發現；找到

財布は見つかったかい。
錢包找到了嗎？

ます形 見つかります
ない形 見つからない
た形 見つかった

1819 ☐☐☐

みつける
【見つける】
他下一

> 譯 發現，找到；目睹

どこでも、仕事を見つけることができませんでした。
到哪裡都找不到工作。

ます形 見つけます
ない形 見つけない
た形 見つけた

1820 ☐☐☐

みっつ
【三つ】
名

> 譯 三；三個；三歲

三つで100円です。
三個共100日圓。

1821 ☐☐☐

みとめる
【認める】
他下一

> 譯 看出，看到；認識，賞識；承認；同意

これだけ証拠があっては、罪を認めざるをえません。
有這麼多的證據，不認罪也不行。

ます形 認めます
ない形 認めない
た形 認めた

1822 ☐☐☐

みどり
【緑】
名

> 譯 綠色

今、町を緑でいっぱいにしているところです。
現在鎮上正是綠意盎然的時候。

ま行
ま み かた～みどり む め も

239

 ま み む め も

動詞「た形」變化跟「て形」一樣。
如：買う→買った、買って

分 秒
● T71-01:52

1823 □□□
みな
名

> 譯 大家；所有的

この街は、みなに愛されてきました。
這條街一直深受大家的喜愛。

1824 □□□
みなさん
【皆さん】
名

> 譯 大家，各位

皆さんは、もう来ていますよ。
大家已經都到了哦。

1825 □□□
みなと
【港】
名

> 譯 港口，碼頭

港には、船が沢山あるはずだ。
港口應該有很多船。

1826 □□□
みなみ
【南】
名

> 譯 南，南方，南邊

南はどちらですか。
南邊在哪一邊？

1827 □□□
みまい
【見舞い】
名

> 譯 探望，慰問；蒙受，挨（打），遭受（不幸）

先生の見舞いのついでに、デパートで買い物をした。
去老師那裡探病的同時，順便去百貨公司買了東西。

1828 □□□
みみ
【耳】
名

> 譯 耳朵

耳が遠いから、大きい声で言ってください。
因為我耳朵不好，麻煩講話大聲一點。

1829 □□□
みやげ
【土産】
名

> 譯 （贈送他人的）禮品；（出門帶回的）土產

神社から駅にかけて、お土産の店が並んでいます。
神社到車站這一帶，並列著賣土產的店。

1830 □□□
みりょく
【魅力】
名

> 譯 魅力，吸引力

老若を問わず、魅力のある人と付き合いたい。
不分老幼，我想和有魅力的人交往。

1831 □□□
みる
【見る】
他上一

> 譯 看，觀看，察看；照料；參觀
>
> 私は映画を見ません。
> 我不看電影。

ます形 見ます
ない形 見ない
た形 見た

1832 □□□
みんな
代・副

> 譯 大家，全部，全體
>
> 男の子は、みんな電車が好きです。
> 男孩子大都喜歡電車。

> 動詞「た形」變化跟「て形」一樣。
> 如：買う→買った、買って

● T72

1833 □□□
むいか
【六日】
名

> 譯 六號，六日，六天
>
> 作業は、六日以内に終わるでしょう。
> 工作應該會在六天內完成吧！

1834 □□□
むかう
【向かう】
自五

> 譯 向著，朝著；面向；往…去，向…去；趨向，轉向
>
> 向かって右側が郵便局です。
> 面對它的右手邊就是郵局。

ます形 向かいます
ない形 向かわない
た形 向かった

1835 □□□
むかえる
【迎える】
他下一

> 譯 迎接；迎接；邀請
>
> 村の人がみんなで迎えてくださった。
> 全村的人都來迎接我。

ます形 迎えます
ない形 迎えない
た形 迎えた

1836 □□□
むかし
【昔】
名

> 譯 以前；十年來
>
> 私は昔、あんな家に住んでいました。
> 我以前住過那樣的房子。

1837 □□□
むく
【向く】
自五・他五

> 譯 朝，向，面；傾向，趨向；適合；面向，著
>
> 右を向く。
> 向右。

ます形 向きます
ない形 向かない
た形 向いた

ま行

まみな～むくめも

241

動詞「た形」變化跟「て形」一樣。
如：買う→買った、買って

1838 □□□
むく
【剥く】
他五

譯 剥，削

りんごを<u>剥</u>いてあげましょう。
我替你削蘋果皮吧。

ます形 剥きます
ない形 剥かない
た形 剥いた

1839 □□□
むける
【向ける】
自他下一

譯 向，朝，對；差遣，派遣

<u>銃</u>を<u>男</u>に<u>向</u>けた。
槍指向男人。

ます形 向けます
ない形 向けない
た形 向けた

1840 □□□
むこう
【向こう】
名

譯 對面，正對面；另一側；那邊

<u>木村</u>さんは、まだ<u>向</u>こうにいます。
木村先生還在那邊。

1841 □□□
むし
【虫】
名

譯 蟲；昆蟲

<u>動物</u>や<u>虫</u>を<u>殺</u>してはいけない。
不可殺動物或昆蟲。

1842 □□□
むしあつい
【蒸し暑い】
形

譯 悶熱的

<u>昼間</u>は<u>蒸し暑</u>いから、<u>朝</u>のうちに<u>散歩</u>に<u>行</u>った。
因白天很悶熱，所以趁早晨去散步。

丁寧形 蒸し暑いです
ない形 蒸し暑くない
た形 蒸し暑かった

1843 □□□
むずかしい
【難しい】
形

譯 難，困難，難辦；麻煩，複雜

この<u>問題</u>は、<u>私</u>にも<u>難</u>しいです。
這個問題對我來説也很難。

丁寧形 難しいです
ない形 難しくない
た形 難しかった

1844 □□□
むすこさん
【息子さん】
名

譯 (尊稱他人的)令郎

<u>息子</u>さんのお<u>名前</u>を<u>教</u>えてください。
請教令郎的大名。

1845 □□□
むすめさん
【娘さん】
名

譯 您女兒，令嬡

<u>娘</u>さんはあなたに<u>似</u>ている。
令千金長得像您。

1846 □□□
むだ
【無駄】
名・形動

> 譯 徒勞，無益；浪費，白費

> 彼を説得しようとしても無駄だよ。
> 你想說服他也只是白費口舌。

1847 □□□
むちゅう
【夢中】
名・形動

> 譯 夢中，在睡夢裡；不顧一切，熱中

> 競馬に夢中になる。
> 沉迷於賭馬。

丁寧形 夢中です
ない形 夢中ではない
た形 夢中だった

1848 □□□
むっつ
【六つ】
名

> 譯 六；六個；六歲

> どうしてお菓子を六つも食べたのですか。
> 為什麼吃了六個點心那麼多？

1849 □□□
むら
【村】
名

> 譯 村莊，村落

> この村への行きかたを教えてください。
> 請告訴我怎麼去這個村子。

1850 □□□
むり
【無理】
名・形動

> 譯 不合理；勉強；逞強；強求

> 病気のときは、無理をするな。
> 生病時不要太勉強。

丁寧形 無理です
ない形 無理ではない
た形 無理だった

動詞「た形」變化跟「て形」一樣。
如：買う→買った、買って

● T73

1851 □□□
め
【目】
名・接尾

> 譯 眼睛；眼珠，眼球；眼神；第…

> そちらの目のきれいな方はだれですか。
> 那邊那位眼睛很漂亮的人是誰？

1852 □□□
め
【芽】
名

> 譯（植）芽

> 春になって、木々が芽をつけています。
> 春天來到，樹木們長出了嫩芽。

動詞「た形」變化跟「て形」一樣。
如：買う→買った、買って

分 秒
T73- 00:20

1853 □□□
めいれい
【命令】
名・他サ

> 譯 命令，規定；（電腦）指令

上司の命令には、従わざるをえません。
不得不遵從上司的命令。

ます形 命令します
ない形 命令しない
た形 命令した

1854 □□□
めいわく
【迷惑】
名・形動・自サ

> 譯 麻煩，煩擾；為難；妨礙，打擾

人に迷惑をかけるな。
不要給人添麻煩。

丁寧形 迷惑です
ない形 迷惑ではない
た形 迷惑だった

1855 □□□
メーター
【meter】
名

> 譯 米，公尺；儀表，測量器

このプールの長さは、何メーターありますか。
這座泳池的長度有幾公尺？

1856 □□□
メートル
【（法）metre】
名

> 譯 公尺，米

そこからあそこまで、10 メートルあります。
從那邊到那邊，相距 10 公尺。

1857 □□□
めがね
【眼鏡】
名

> 譯 眼鏡

どんな時に眼鏡をかけますか。
什麼時候會戴眼鏡？

1858 □□□
めしあがる
【召し上がる】
他五

> 譯 吃，喝

お菓子を召し上がりませんか。
要不要吃一點點心呢？

ます形 召し上がります
ない形 召し上がらない
た形 召し上がった

1859 □□□
めずらしい
【珍しい】
形

> 譯 少見；稀奇

彼がそう言うのは、珍しいですね。
他會那樣說倒是很稀奇。

丁寧形 珍しいです
ない形 珍しくない
た形 珍しかった

1860 □□□
めでたい
【目出度い】
形

> 譯 可喜可賀；幸運，圓滿；表恭喜慶祝

赤ちゃんが生まれたとは、めでたいですね。
聽說小寶貝誕生了，那真是可喜可賀。

丁寧形 目出度いです
ない形 目出度くない
た形 目出度かった

1861 ☐☐☐
めん
【綿】
名・漢造

譯 棉，棉線；棉織品；綿長；詳盡；棉，棉花

<ruby>綿<rt>めん</rt></ruby>のセーターを<ruby>探<rt>さが</rt></ruby>しています。
我在找棉質的毛衣。

1862 ☐☐☐
めんどう
【面倒】
名・形動

譯 麻煩，費事；繁瑣，棘手；照顧

<ruby>手伝<rt>てつだ</rt></ruby>おうとすると、<ruby>彼<rt>かれ</rt></ruby>は<ruby>面倒<rt>めんどう</rt></ruby>げに<ruby>手<rt>て</rt></ruby>を<ruby>振<rt>ふ</rt></ruby>って<ruby>断<rt>ことわ</rt></ruby>った。
本來要過去幫忙，他卻礙事地揮手説不用了。

丁寧形 面倒です
ない形 面倒ではない
た形 面倒だった

動詞「た形」變化跟「て形」一樣。
如：買う→買った、買って

🔊 T74

1863 ☐☐☐
もう
副

譯 已經；馬上就要；還，再

<ruby>もう</ruby>あなたとは、<ruby>友達<rt>ともだち</rt></ruby>ではありません。
我跟你不再是朋友了。

1864 ☐☐☐
もうしあげる
【申し上げる】
他下一

譯 説（「言う」的謙讓語）

<ruby>先生<rt>せんせい</rt></ruby>にお<ruby>礼<rt>れい</rt></ruby>を<ruby>申<rt>もう</rt></ruby>し<ruby>上<rt>あ</rt></ruby>げようと<ruby>思<rt>おも</rt></ruby>います。
我想跟老師道謝。

ます形 申し上げます
ない形 申し上げない
た形 申し上げた

1865 ☐☐☐
もうす
【申す】
自・他五

譯 叫做，稱；告訴；請求

<ruby>私<rt>わたし</rt></ruby>は、<ruby>田中<rt>たなか</rt></ruby>と<ruby>申<rt>もう</rt></ruby>します。
我叫做田中。

ます形 申します
ない形 申さない
た形 申した

1866 ☐☐☐
もうすぐ
副

譯 不久，馬上

この<ruby>本<rt>ほん</rt></ruby>は、<ruby>もうすぐ</ruby><ruby>読<rt>よ</rt></ruby>み<ruby>終<rt>お</rt></ruby>わります。
這本書馬上就要看完了。

1867 ☐☐☐
もくてき
【目的】
名

譯 目的，目標

<ruby>情報<rt>じょうほう</rt></ruby>を<ruby>集<rt>あつ</rt></ruby>めるのが、<ruby>彼<rt>かれ</rt></ruby>の<ruby>目的<rt>もくてき</rt></ruby>にきまっているよ。
他的目的一定是蒐集情報啊。

ま行
まみむめい～もくてき

動詞「た形」變化跟「て形」一樣。
如：買う→買った、買って

分 秒
● T74- 00:35

1868 □□□
もくようび
【木曜日】
名

譯 星期四

木曜日か金曜日か、どちらかに行きます。
星期四或星期五，我會其中選一天過去。

1869 □□□
もし
副

譯 如果，假如

もしほしければ、さしあげます。
如果想要就送您。

1870 □□□
もじ
【文字】
名

譯 字跡，文字，漢字；文章，學問

ひらがなは、漢字をもとにして作られた文字だ。
平假名是根據漢字而成的文字。

1871 □□□
もしもし
感

譯 （打電話）喂

もしもし、田中商事ですか。
喂！請問是田中商事嗎？

1872 □□□
もちいる
【用いる】
他上一

譯 使用；採用，採納；任用，錄用

これは、DVD の製造に用いる機械です。
這台是製作 DVD 時會用到的機器。

ます形 用います
ない形 用いない
た形 用いた

1873 □□□
もちろん
副

譯 當然，不用説，不待言

私はもちろん、楽しい映画が好きです。
我當然是喜歡愉快的電影。

1874 □□□
もつ
【持つ】
他五

譯 拿，帶，持，攜帶

百円玉をいくつ持っていますか。
你身上有幾個百圓硬幣？

ます形 持ちます
ない形 持たない
た形 持った

1875 □□□
もっと
副

譯 更，再，進一步，更稍微

もっと安いのはありますか。
有沒有更便宜一點的？

246

1876 □□□
もっとも
【最も】
副

> 譯 最，頂

思案のすえに、最も優秀な学生を選んだ。
再三考慮後才選出最優秀的學生。

1877 □□□
もっとも
【尤も】
形動・接續

> 譯 合理，正當，理所當有的；話雖如此，不過

合格して、嬉しさのあまり大騒ぎしたのももっともです。
因上榜太過歡喜而大聲喧鬧也是正常的呀。

1878 □□□
もと
【元】
名・接尾

> 譯 本源，根源；根本，基礎；原因，起因；顆，根

私は、元スチュワーデスでした。
我原本是空中小姐。

1879 □□□
もとめる
【求める】
他下一

> 譯 想要；謀求；要求；購買

私たちは株主として、経営者に誠実な答えを求めます。
作為股東的我們，要求經營者要給真誠的答覆。

ます形 求めます
ない形 求めない
た形 求めた

1880 □□□
もどる
【戻る】
自五

> 譯 回到；回到（原來的地點）；折回

こう行って、こう行けば、駅に戻れます。
這樣走，再這樣走下去，就可以回到車站。

ます形 戻ります
ない形 戻らない
た形 戻った

1881 □□□
もの
【物】
名

> 譯 （有形、無形的）物品，東西；事物，事情

おいしいものが、食べたいです。
我想吃好吃的東西。

1882 □□□
もの
【者】
名

> 譯 （特定情況之下的）人，者

泥棒の姿を見た者はいません。
沒有人看到小偷的蹤影

1883 □□□
もめん
【木綿】
名

> 譯 棉

友だちに、木綿の靴下をもらいました。
朋友送我棉質襪。

動詞「た形」變化跟「て形」一樣。
如：買う→買った、買って

分 秒
● T74- 02:03

1884 □□□
もよう
【模様】
名

譯 花紋，圖案；情形，狀況；徵兆，趨勢

模様のあるのやら、ないのやら、いろいろな服があります。

有花樣的啦、沒花樣的啦，這裡有各式各樣的衣服。

1885 □□□
もらう
他五

譯 收到，拿到

私は、もらわなくてもいいです。

不用給我也沒關係。

ます形 もらいます
ない形 もらわない
た形 もらった

1886 □□□
もん
【門】
名

譯 門，大門

学生たちが、学校の門の前に集まりました。

學生們聚集在學校的校門前。

1887 □□□
もんだい
【問題】
名

譯 問題；（需要研究、處理、討論的）事項

この問題は、どうしますか。

這個問題該怎麼辦？

動詞「た形」變化跟「て形」一樣。
如：買う→買った、買って

● T75

1888 □□□
や
【屋】
接尾

譯 …店，商店或工作人員

薬屋まで、どのぐらいですか。

到藥房大約要多久？

1889 □□□
やおや
【八百屋】
名

譯 蔬果店，菜舖

八百屋で、果物を買いました。

到蔬菜店買了水果。

1890 □□□
やがて
副

譯 不久，馬上；幾乎，大約；歸根究底

やがて上海行きの船が出港します。

不久後前往上海的船就要出港了。

1891 □□□

やかましい
【喧しい】
形

> 譯（聲音）吵鬧的，喧擾的；嘮叨的

> 隣のテレビがやかましかったものだから、抗議に行った。
> 因為隔壁的電視聲太吵了，所以跑去抗議。

丁寧形 喧しいです
ない形 喧しくない
た形 喧しかった

1892 □□□

やく
【焼く】
他五

> 譯 焚燒；烤

> 肉を焼きすぎました。
> 肉烤過頭了。

ます形 焼きます
ない形 焼かない
た形 焼いた

1893 □□□

やく
【役】
名・漢造

> 譯 職務，官職；（負責的）職位；角色

> この役を、引き受けないわけにはいかない。
> 不可能不接下這個職位。

1894 □□□

やく
【約】
名・副・漢造

> 譯 約定；縮寫，略語；大概；節約

> 資料によれば、この町の人口は約100万人だそうだ。
> 根據資料顯示，這城鎮的人口約有100萬人。

1895 □□□

やくしょ
【役所】
名

> 譯 官署，政府機關

> 手続きはここでできますから、役所までいくことはないよ。
> 這裡就可以辦手續，沒必要跑到區公所哪裡。

1896 □□□

やくそく
【約束】
名・他サ

> 譯 約定，規定

> ああ約束したから、行かなければならない。
> 已經那樣約定好了，所以非去不可。

ます形 約束します
ない形 約束しない
た形 約束した

1897 □□□

やくにたつ
【役に立つ】
慣

> 譯 有幫助，有用

> その辞書は役に立つかい。
> 那辭典有用嗎？

1898 □□□

やける
【焼ける】
自下一

> 譯 烤熟；（被）烤熟

> ケーキが焼けたら、お呼びいたします。
> 蛋糕烤好後我會叫您的。

ます形 焼けます
ない形 焼けない
た形 焼けた

ま行

や行

もよう～やける

ゆ

よ

249

や ゆ よ   動詞「た形」變化跟「て形」一樣。
如：買う→買った、買って

分 秒
● T75- 01:09

1899 □□□

やさい
【野菜】
名

訳 蔬菜,青菜

野菜では、何が好きですか。
你喜歡什麼蔬菜？

1900 □□□

やさしい
【易しい】
形

訳 簡單,容易,易懂

どの問題が易しいですか。
哪個問題比較簡單？

丁寧形 やさしいです
ない形 やさしくない
た形 やさしかった

1901 □□□

やさしい
【優しい】
形

訳 溫柔,體貼

彼女があんなに優しい人だとは知りませんでした。
我不知道她是那麼貼心的人。

丁寧形 優しいです
ない形 優しくない
た形 優しかった

1902 □□□

やすい
【安い】
形

訳 便宜,(價錢)低廉

こちらの店は、安いですよ。
這家店很便宜唷。

丁寧形 安いです
ない形 安くない
た形 安かった

1903 □□□

やすい
接尾

訳 容易…

風邪をひきやすいので、気をつけなくてはいけない。
容易感冒,所以得小心一點。

1904 □□□

やすみ
【休み】
名

訳 休息,假日；休假,停止營業

学生さんがたの休みは長いですね。
學生們的假期還真長。

1905 □□□

やすむ
【休む】
自五

訳 休息,歇息；停歇,暫停；睡,就寢

風邪を引いて、会社を休みました。
感冒而向公司請假。

ます形 休みます
ない形 休まない
た形 休んだ

1906 □□□

やせる
【痩せる】
自下一

訳 瘦；貧瘠

先生は、少し痩せられたようですね。
老師您好像瘦了。

ます形 痩せます
ない形 痩せない
た形 痩せた

1907 □□□
やっつ
【八つ】
（名）

譯 （數）八，八個，八歲

箱は八つしかありません。
只有八個箱子。

1908 □□□
やっと
（副）

譯 終於，好不容易

やっと来てくださいましたね。
您終於來了。

1909 □□□
やとう
【雇う】
（他五）

譯 雇用

大きなプロジェクトに先立ち、アルバイト
をたくさん雇いました。
進行盛大的企劃前，事先雇用了很多打工的人。

ます形 雇います
ない形 雇わない
た形 雇った

1910 □□□
**やはり・
やっぱり**
（副）

譯 果然；還是，仍然

やっぱり、がんばってみます。
我還是再努力看看。

1911 □□□
やぶる
【破る】
（他五）

譯 弄破；破壞；違反；打敗；打破（記錄）

警官はドアを破って入った。
警察破門而入。

ます形 破ります
ない形 破らない
た形 破った

1912 □□□
やぶれる
【破れる】
（自下一）

譯 破損，損傷；破壞，破裂，被打破；失敗

上着がくぎに引っ掛かって破れた。
上衣被釘子鉤破了。

ます形 破れます
ない形 破れない
た形 破れた

1913 □□□
やま
【山】
（名）

譯 山；一大堆，成堆如山

山へは、いつ行きますか。
什麼時候去山上？

1914 □□□
やむ
【止む】
（自五）

譯 停止，中止，罷休

雨が止んだら、でかけましょう。
如果雨停了，就出門吧！

ます形 止みます
ない形 止まない
た形 止んだ

や
行

やさい~やむ

ゆ
よ

251

動詞「た形」變化跟「て形」一樣。
如：買う→買った、買って

分 秒
● T75- 02:30

1915 □□□ **やめる** 【辞める】 他下一	譯 停止；取消；離職

こう考えると、会社を辞めたほうがいい。
這樣一想，還是離職比較好。

ます形 辞めます
ない形 辞めない
た形 辞めた

1916 □□□ **やる** 他五	譯 做，幹；派遣，送去；給，給予

この仕事は、明日中にやります。
這個工作會在明天之內做好。

ます形 やります
ない形 やらない
た形 やった

1917 □□□ **やわらかい** 【柔かい】 形	譯 柔軟；和藹；靈活

柔らかい布団のほうがいい。
柔軟的棉被比較好。

丁寧形 柔らかいです
ない形 柔らかくない
た形 柔らかかった

  動詞「た形」變化跟「て形」一樣。
如：買う→買った、買って

● T76

1918 □□□ **ゆ** 【湯】 名	譯 開水，熱水

湯をわかすために、火をつけた。
為了燒開水而點了火。

1919 □□□ **ゆうがた** 【夕方】 名	譯 傍晚

なぜ夕方出かけましたか。
為什麼傍晚出門去了呢？

1920 □□□ **ゆうき** 【勇気】 名	譯 勇敢

彼には、彼女に声をかける勇気はあるまい。
他大概沒有跟她講話的勇氣吧。

1921 □□□ **ゆうじょう** 【友情】 名	譯 友情

友情を裏切るわけにはいかない。
友情是不能背叛的。

1922 □□□

ゆうはん
【夕飯】
名

> 譯 晚飯

叔母は、いつも夕飯を食べさせてくれる。

叔母總是做晚飯給我吃。

1923 □□□

ゆうびん きょく
【郵便局】
名

> 譯 郵局

郵便局で、手紙を出しました。

到郵局寄了信。

1924 □□□

ゆうべ
【夕べ】
名

> 譯 昨天晚上，昨夜

夕べは、どこかへ行きましたか。

昨天晚上到哪裡去了嗎？

1925 □□□

ゆうめい
【有名】
形動

> 譯 有名，聞名，著名，名見經傳

あちらにいる人は、とても有名です。

那邊的那位，非常的有名。

丁寧形 有名です
ない形 有名ではない
た形 有名だった

1926 □□□

ユーモア
【humor】
名

> 譯 幽默

彼はとてもユーモアのある人だ。

他是個充滿幽默感的人。

1927 □□□

ゆかい
【愉快】
名・形動

> 譯 愉快，暢快；令人愉快；令人意想不到

お酒なしでは、みんなと愉快に楽しめない。

如沒有酒，就沒辦法和大家一起愉快的享受。

丁寧形 愉快です
ない形 愉快ではない
た形 愉快だった

1928 □□□

ゆき
【雪】
名

> 譯 雪

雪で、電車が止まりました。

電車因為下雪而停駛了。

1929 □□□

ゆしゅつ
【輸出】
名・他サ

> 譯 出口

自動車の輸出をしたことがありますか。

曾經出口汽車嗎？

ます形 輸出します
ない形 輸出しない
た形 輸出した

や行

やめる〜ゆしゅつ

よ

動詞「た形」變化跟「て形」一樣。
如：買う→買った、買って

1930 □□□

ゆっくりと
副

> 譯 慢慢，不著急；舒適，安靜

> ドアがゆっくりと閉まる。
> 門慢慢地關了起來。

1931 □□□

ゆでる
【茹でる】
他下一

> 譯（用開水）煮，燙

> よく茹でて、熱いうちに食べてください。
> 請將這煮熟後，再趁熱吃。

ます形 茹でます
ない形 茹でない
た形 茹でた

1932 □□□

ゆび
【指】
名

> 譯 手指

> 指が痛いために、ピアノが弾けない。
> 因為手指疼痛而無法彈琴。

1933 □□□

ゆびわ
【指輪】
名

> 譯 戒指

> 記念の指輪がほしいかい。
> 想要戒指做紀念嗎？

1934 □□□

ゆめ
【夢】
名

> 譯 夢；夢想

> 彼は、まだ甘い夢を見つづけている。
> 他還在做天真浪漫的美夢！

1935 □□□

ゆるい
【緩い】
形

> 譯 鬆，不緊；徐緩，不陡；不急；不嚴格；稀薄

> ねじが緩くなる。
> 螺絲鬆了。

丁寧形 緩いです
ない形 緩くない
た形 緩かった

1936 □□□

ゆるす
【許す】
他五

> 譯 允許，批准；寬恕；免除；容許；承認

> 外出が許される。
> 准許外出。

ます形 許します
ない形 許さない
た形 許した

1937 □□□

ゆれる
【揺れる】
自下一

> 譯 搖晃，搖動；躊躇

> 大きい船は、小さい船ほど揺れない。
> 大船不像小船那麼會搖晃。

ます形 揺れます
ない形 揺れない
た形 揺れた

動詞「た形」變化跟「て形」一樣。
如：買う→買った、買って

🔊 T77

1938 ☐☐☐
よう
【用】
名

譯 事情，工作

用がなければ、来なくてもかまわない。
如果沒有事要辦，不來也沒關係。

1939 ☐☐☐
よう
【酔う】
自五

譯 醉，酒醉；暈（車、船）；（吃魚等）中毒；陶醉

彼は酔っても乱れない。
他喝醉了也不會亂來。

ます形 酔います
ない形 酔わない
た形 酔った

1940 ☐☐☐
ようい
【用意】
名・他サ

譯 準備

食事をご用意いたしましょうか。
我來為您準備餐點吧？

ます形 用意します
ない形 用意しない
た形 用意した

1941 ☐☐☐
ようか
【八日】
名

譯 （月的）八號；八日；八天

八日ぐらい、学校を休みました。
向學校請了約八天的假。

1942 ☐☐☐
ようきゅう
【要求】
名・他サ

譯 要求，需求

社員の要求を受け入れざるをえない。
不得不接受員工的要求。

ます形 要求します
ない形 要求しない
た形 要求した

1943 ☐☐☐
ようじ
【用事】
名

譯 事情，工作

用事があるなら、行かなくてもかまわない。
如果有事，不去也沒關係。

1944 ☐☐☐
ようじん
【用心】
名・自サ

譯 注意，留神，警惕，小心

治安がいいか悪いかにかかわらず、泥棒には用心しなさい。
無論治安是好是壞，請注意小偷。

ます形 用心します
ない形 用心しない
た形 用心した

1945 ☐☐☐
ようす
【様子】
名

譯 情況，狀態；容貌，樣子；緣故；光景，徵兆

あの様子から見れば、ずいぶんお酒を飲んだのに違いない。
從他那樣子來看，一定是喝了很多酒。

や ゆ よ
動詞「た形」變化跟「て形」一樣。
如：買う→買った、買って

分 秒
● T77- 00:54

1946 □□□

ようふく
【洋服】
（名）

> 譯 西服，西裝
>
> 本や洋服を買います。
> 買書籍和衣服。

1947 □□□

よく
（副）

> 譯 仔細地，充分地；經常地，常常
>
> よく見てくださいね。
> 請仔細看清楚喔。

1948 □□□

**よくいらっ
しゃいました**
（寒暄）

> 譯 歡迎光臨
>
> よくいらっしゃいました。靴を脱がずに、
> お入りください。
> 歡迎光臨。不用脫鞋，請進來。

1949 □□□

よこ
【横】
（名）

> 譯 橫；側面；旁邊
>
> ドアの横になにかあります。
> 門的一旁好像有什麼東西。

1950 □□□

よごす
【汚す】
（他五）

> 譯 弄髒；攪拌
>
> 服を汚した。
> 弄髒了衣服。

ます形 汚します
ない形 汚さない
た形 汚した

1951 □□□

よごれる
【汚れる】
（自下一）

> 譯 髒污；齷齪
>
> 汚れたシャツを洗ってもらいました。
> 我請人幫我洗了弄髒的襯衫。

ます形 汚れます
ない形 汚れない
た形 汚れた

1952 □□□

よさん
【予算】
（名）

> 譯 預算
>
> 予算については、社長と相談します。
> 關於預算，我會跟社長商量的。

1953 □□□

よしゅう
【予習】
（名・他サ）

> 譯 預習
>
> 授業の前に予習をしたほうがいいです。
> 上課前預習一下比較好。

ます形 予習します
ない形 予習しない
た形 予習した

1954 ☐☐☐

よそ
【他所】
名

譯 別處，他處；遠方；別的，他的；不顧，無視

彼は、よそでは愛想がいい。
他在外頭待人很和藹。

1955 ☐☐☐

よっか
【四日】
名

譯 四號，四日；四天

なぜ四日も休みましたか。
為什麼連請了四天的假？

1956 ☐☐☐

よっつ
【四つ】
名

譯（數）四個；四歲

四つで 100 円ですよ。
四個共一百日圓喔。

1957 ☐☐☐

よてい
【予定】
名・他サ

譯 預定

木村さんから自転車をいただく予定です。
我準備接收木村的腳踏車。

ます形 予定します
ない形 予定しない
た形 予定した

1958 ☐☐☐

よなか
【夜中】
名

譯 半夜，深夜，午夜

夜中に電話が鳴った。
深夜裡電話響起。

1959 ☐☐☐

よぶ
【呼ぶ】
他五

譯 呼叫，招呼；喚來，叫來；叫做

だれか呼んでください。
請幫我叫人來。

ます形 呼びます
ない形 呼ばない
た形 呼んだ

1960 ☐☐☐

よぼう
【予防】
名・他サ

譯 預防

病気の予防に関しては、保健所に聞いてください。
關於生病的預防對策，請你去問健保單位。

ます形 予防します
ない形 予防しない
た形 予防した

1961 ☐☐☐

よむ
【読む】
他五

譯 閱讀，看；念，朗讀

朝は新聞しか読みません。
早上都只看報紙。

ます形 読みます
ない形 読まない
た形 読んだ

や
行

や
ゆ

ようふく〜よむ

動詞「た形」變化跟「て形」一樣。
如：買う→買った、買って

分 秒
● T77- 02:12

1962 □□□
よやく
【予約】
名・他サ

譯 預約

レストランの<ruby>予約<rt>よ やく</rt></ruby>をしなくてはいけない。
得預約餐廳。

ます形 予約します
ない形 予約しない
た形 予約した

1963 □□□
よる
【夜】
名

譯 晚上，夜裡

<ruby>今日<rt>きょう</rt></ruby>の<ruby>夜<rt>よる</rt></ruby>は、いかがですか。
今晚如何？

1964 □□□
よる
【寄る】
自五

譯 順道去…；接近

<ruby>彼<rt>かれ</rt></ruby>は、<ruby>会社<rt>かいしゃ</rt></ruby>の<ruby>帰<rt>かえ</rt></ruby>りに<ruby>喫茶店<rt>きっさてん</rt></ruby>に<ruby>寄<rt>よ</rt></ruby>りたがります。
他回公司途中總喜歡順道去咖啡店。

ます形 寄ります
ない形 寄らない
た形 寄った

1965 □□□
よる
【因る】
自五

譯 由於，因為；任憑，取決於；依靠，依賴；按照，根據

<ruby>理由<rt>りゆう</rt></ruby>に<ruby>よっ</ruby>ては、<ruby>許可<rt>きょか</rt></ruby>することができる。
根據理由來判斷是否批准。

ます形 因ります
ない形 因らない
た形 因った

1966 □□□
よろこぶ
【喜ぶ】
自五

譯 高興，歡喜

<ruby>弟<rt>おとうと</rt></ruby>と<ruby>遊<rt>あそ</rt></ruby>んでやったら、とても<ruby>喜<rt>よろこ</rt></ruby>びました。
我陪弟弟玩，結果他非常高興。

ます形 喜びます
ない形 喜ばない
た形 喜んだ

1967 □□□
よろしい
形

譯 好，可以

<ruby>よろし</ruby>ければ、お<ruby>茶<rt>ちゃ</rt></ruby>をいただきたいのですが。
如果可以的話，我想喝杯茶。

丁寧形 よろしいです
ない形 よろしくない
た形 よろしかった

1968 □□□
よろしく
寒暄

譯 指教，關照

これからも、どうぞよろしく。
今後也請多多指教。

1969 □□□
よわい
【弱い】
形

譯 虛弱；不高明

その<ruby>子<rt>こ</rt></ruby>どもは、<ruby>体<rt>からだ</rt></ruby>が<ruby>弱<rt>よわ</rt></ruby>そうです。
那個小孩看起來身體很虛弱。

丁寧形 弱いです
ない形 弱くない
た形 弱かった

ら り る れ ろ

動詞「た形」變化跟「て形」一樣。
如：買う→買った、買って

🔊 T78

1970 □□□
らいげつ
【来月】
（名）

譯 下個月

来月は 11 月ですね。
下個月就是十一月了吧！

1971 □□□
らいしゅう
【来週】
（名）

譯 下星期

テストは来週です。
下星期考試。

1972 □□□
らいねん
【来年】
（名）

譯 明年

来年から再来年まで、アメリカに留学します。
從明年到後年要到美國留學。

1973 □□□
らく
【楽】
（名・形動・漢造）

譯 快樂，安樂，快活；輕鬆；富足

生活が、以前に比べて楽になりました。
生活比過去快活了許多。

1974 □□□
ラジオ
【radio】
（名）

譯 收音機

まだラジオを買っていません。
還沒買收音機。

check!

ら り る れ ろ

動詞「た形」變化跟「て形」一樣。
如：買う→買った、買って

🔊 T79

1975 □□□
りえき
【利益】
（名）

譯 利益，好處；利潤，盈利

たとえ利益が上がらなくても、私は仕事をやめません。
就算薪水不增，我也不會辭掉工作。

1976 □□□
りかい
【理解】
（名・他サ）

譯 理解，領會，明白；體諒，諒解

あなたの考えは、理解しがたい。
你的想法，我實在難以理解。

ます形 理解します
ない形 理解しない
た形 理解した

や行
ら行
よやく～りかい
るれろ

 動詞「た形」變化跟「て形」一樣。
如：買う→買った、買って

分 秒
● T79- 00:20

1977 □□□ **りく**【陸】 名・漢造	譯 陸地，旱地；陸軍的通稱

長い航海の後、陸が見えてきた。
在長期的航海之後，見到了陸地。

1978 □□□ **りこう**【利口】 名・形動	譯 聰明，伶利機靈；巧妙，能言善道

彼らは、もっと利口に行動するべきだった。
他們那時應該要更機伶些行動才是。

丁寧形 利口です
ない形 利口ではない
た形 利口だった

1979 □□□ **りそう**【理想】 名	譯 理想

理想の社会について、話し合おうではないか。
大家一起來談談理想中的社會吧！

1980 □□□ **りっぱ**【立派】 形動	譯 了不起，優秀；漂亮，美觀

あなたのお父さんは、立派ですばらしいです。
你的父親既優秀又了不起。

丁寧形 立派です
ない形 立派ではない
た形 立派だった

1981 □□□ **りゆう**【理由】 名	譯 理由，原因

彼女は、理由を言いたがらない。
她不想說理由。

1982 □□□ **りゅうがくせい**【留学生】 名	譯 留學生

アメリカからも、留学生が来ています。
也有從美國來的留學生。

1983 □□□ **りゅうこう**【流行】 名・自サ	譯 流行，時興；蔓延

去年はグレーが流行したかと思ったら、
今年はピンクですか。
還在想去年是流行灰色，今年是粉紅色啊？

ます形 流行します
ない形 流行しない
た形 流行した

1984 □□□ **りよう**【利用】 名・他サ	譯 利用

図書館を利用したがらないのは、なぜですか。
你為什麼不想使用圖書館呢？

ます形 利用します
ない形 利用しない
た形 利用した

1985 ☐☐☐
りょう
【量】
名・漢造

譯 數量，份量，重量；推量；器量

期待に反して、収穫量は少なかった。

與預期相反，收成量是少之又少。

1986 ☐☐☐
りょう
【寮】
名・漢造

譯 宿舍（狹指學生、公司宿舍）；茶室

学生寮はにぎやかで、動物園かと思うほどだ。

學生宿舍熱鬧到讓人誤以為是動物園的程度。

1987 ☐☐☐
りょうきん
【料金】
名

譯 費用，使用費，手續費

料金を払ってからでないと、会場に入ることができない。

如尚未付款，就不能進會場。

1988 ☐☐☐
りょうしん
【両親】
名

譯 父母，雙親

両親は、なにも言いません。

父母什麼都沒説。

1989 ☐☐☐
りょうほう
【両方】
名

譯 兩方，兩種

やっぱり両方買うことにしました。

我還是決定兩種都買。

1990 ☐☐☐
りょうり
【料理】
名

譯 菜餚，飯菜；做菜，烹調

兄は、料理ができます。

哥哥會作菜。

1991 ☐☐☐
りょかん
【旅館】
名

譯 旅館

日本風の旅館に泊まることがありますか。

你有時會住日式旅館嗎？

1992 ☐☐☐
りょこう
【旅行】
名・自サ

譯 旅行，旅遊，遊歷

明日、旅行に行きます。

明天要去旅行。

ます形 旅行します
ない形 旅行しない
た形 旅行した

ら行
ら りく～りょこう る れ ろ

261

1993 □□□	譯 不在家；看家

るす
【留守】
名

遊びに行ったのに、留守だった。
我去找他玩，他卻不在家。

1994 □□□	譯 零

れい
【零】
名

そこは、冬は零度になります。
那邊冬天氣溫會降到零度。

1995 □□□	譯 禮儀，禮貌；鞠躬；道謝；敬禮；禮品

れい
【礼】
名・漢造

いろいろしてあげたのに、礼さえ言わない。
我幫他那麼多忙，他卻連句道謝的話也不說。

1996 □□□	譯 例外

れいがい
【例外】
名

例外に関しても、きちんと決めておこう。
我們也來好好規範一下例外的處理方式吧。

1997 □□□	譯 禮儀，禮節，禮法，禮貌

れいぎ
【礼儀】
名

彼は、外見に反して、礼儀正しい青年でした。
跟外表不同，其實是他是位端正有禮的青年。

1998 □□□	譯 冰箱，冷藏室，冷藏庫

れいぞうこ
【冷蔵庫】
名

冷蔵庫はどこにありますか。
冰箱在哪裡？

1999 □□□	譯 歷史

れきし
【歴史】
名

日本の歴史についてお話しいたします。
我要講的是日本歷史。

2000 □□□
レコード
【record】
名

譯 黑膠唱片

このレコードは、どなたのですか。
這張唱片是誰的？

2001 □□□
レストラン
【(法) restaurant】
名

譯 西餐廳

どのレストランで、食事をしますか。
要到哪家餐廳用餐？

2002 □□□
れつ
【列】
名・漢造

譯 列，隊列，隊；排列；行，列，級，排

列が長いか短いかにかかわらず、私は並びます。
無論排隊隊伍是長是短，我都要排。

2003 □□□
れんしゅう
【練習】
名・他サ

譯 練習，反覆學習

ここで歌の練習ができます。
這裡可以練習唱歌。

ます形 練習します
ない形 練習しない
た形 練習した

2004 □□□
れんらく
【連絡】
名・自他サ

譯 聯繫，聯絡

連絡せずに、仕事を休みました。
沒有聯絡就請假了。

ます形 連絡します
ない形 連絡しない
た形 連絡した

らりるれろ

動詞「た形」變化跟「て形」一樣。
如：買う→買った、買って

● T82

2005 □□□
ろうじん
【老人】
名

譯 老人，老年人

老人は楽しげに、「はっはっは」と笑った。
老人快樂地「哈哈哈」笑了出來。

2006 □□□
ろうどう
【労働】
名・自サ

譯 勞動，體力勞動，工作；(經)勞動力

労働したせいか、体が痛い。
不知道是不是工作勞動的關係，身體很酸痛。

ます形 労働します
ない形 労働しない
た形 労働した

ら行 らり るす～ろうどう

263

動詞「た形」變化跟「て形」一樣。
如：買う→買った、買って

2007 □□□
ろく
【六】
（名）

鳥が六羽ぐらいいます。
鳥有六隻左右。

2008 □□□
ろんぶん
【論文】
（名）

論文を提出して以来、毎日寝てばかりいる。
自從交出論文以來，每天就是一直睡。

動詞「た形」變化跟「て形」一樣。
如：買う→買った、買って

2009 □□□
ワイシャツ
【white shirt】
（名）

青いワイシャツがほしいです。
我想要藍色的襯衫。

2010 □□□
わかい
【若い】
（形）

どの人が、一番若いですか。
哪個人最年輕？

丁寧形 若いです
ない形 若くない
た形 若かった

2011 □□□
わかす
【沸かす】
（他五）

ここでお湯が沸かせます。
這裡可以將水煮開。

ます形 沸かします
ない形 沸かさない
た形 沸かした

2012 □□□
わがまま
【我侭】
（名・形動）

あなたがわがままなことを言わないかぎり、彼は怒りませんよ。
只要你不說些任性的話，他就不會生氣。

丁寧形 わがままです
ない形 わがままではない
た形 わがままだった

2013 □□□
わかる
（自五）

意味がわかりますね。
懂意思吧！

ます形 わかります
ない形 わからない
た形 わかった

2014 □□□
わかれる
【別れる】
(自下一)

譯 分別，分開

若い二人は、両親に別れさせられた。
兩位年輕人，被父母給強行拆散了。

ます形 別れます
ない形 別れない
た形 別れた

2015 □□□
わく
【沸く】
(自五)

譯 煮沸，煮開；興奮

お湯が沸いたから、ガスをとめてください。
熱水一開，就請把瓦斯關掉。

ます形 沸きます
ない形 沸かない
た形 沸いた

2016 □□□
わけ
【訳】
(名)

譯 原因，理由；意思

私がそうしたのには、訳があります。
我那樣做，是有原因的。

2017 □□□
わずか
【僅か】
(副・形動)

譯 （數量、程度、價值、時間等）很少，僅僅；一點也（後加否定）

貯金があるといっても、わずか 20 万円にすぎない。
雖說有存款，但也只不過是僅僅的 20 萬日幣而已。

丁寧形 僅かです
ない形 僅かではない
た形 僅かだった

2018 □□□
わすれもの
【忘れ物】
(名)

譯 遺忘物品，遺失物

あまり忘れ物をしないほうがいいね。
最好別太常忘東西。

2019 □□□
わすれる
【忘れる】
(他下一)

譯 忘記，忘掉；忘懷，忘卻；遺忘

私は、あなたを忘れません。
我不會忘記你的。

2020 □□□
わた
【綿】
(名)

譯 （植）棉；棉花；柳絮；絲棉

布団の中には、綿が入っています。
棉被裡裝有棉花。

2021 □□□
わだい
【話題】
(名)

譯 話題，談話的主題、材料；引起爭論的人事物

彼らは、結婚して以来、いろいろな話題を提供してくれる。
自從他們結婚以來，總會分享很多不同的話題。

ら行

わ行

ろく～わだい

動詞「た形」變化跟「て形」一樣。
如：買う→買った、買って

分 秒
● T83- 01:16

2022 □□□
わたし
【私】
（代）

譯 我（謙遜的説法「わたくし」）

私は、冬がきらいです。
我不喜歡冬天。

2023 □□□
わたす
【渡す】
（他五）

譯 交給；給，讓予；渡，跨過河

渡すか渡さないかは、私が決める。
由我來決定給或不給。

ます形 渡します
ない形 渡さない
た形 渡した

2024 □□□
わたる
【渡る】
（自五）

譯 渡，過；（從海外）渡來，傳入

船に乗って、川を渡ります。
搭上船渡河。

ます形 渡ります
ない形 渡らない
た形 渡った

2025 □□□
わらう
【笑う】
（自五・他五）

譯 笑；譏笑

失敗して、みんなに笑われました。
失敗了被大家譏笑。

ます形 笑います
ない形 笑わない
た形 笑った

2026 □□□
わりあいに
【割合に】
（名・副）

譯 相比而言；比較地；更…一些

東京の冬は、割合寒いだろうと思う。
我想東京的冬天，應該比較冷吧！

2027 □□□
わるい
【悪い】
（形）

譯 不好，壞的；惡性，有害；不對，錯誤

悪いのはそっちですよ。
錯的人是你吧！

丁寧形 悪いです
ない形 悪くない
た形 悪かった

2028 □□□
われる
【割れる】
（自下一）

譯 碎，裂；分裂

鈴木さんにいただいたカップが、割れてしまいました。
鈴木送我的杯子，破掉了。

ます形 割れます
ない形 割れない
た形 割れた

2029 □□□
わん
【湾】
（名）

譯 灣，海灣

東京湾に、船がたくさん停泊している。
東京灣裡停靠著許多船隻。

MEMO

わ
行

わたし～わん

日本語 基本 2000 單字
西村惠子
山田玲奈
林勝田 ◎合著
生活、旅遊、交友用這本就夠啦！

著　者	西村惠子, 山田玲奈, 林勝田

發行人	林德勝

出版發行	山田社文化事業有限公司

臺北市大安區安和路一段112巷17號7樓
電話　02-2755-7622
傳真　02-2700-1887

郵政劃撥	19867160號　大原文化事業有限公司

總經銷	聯合發行股份有限公司

新北市新店區寶橋路235巷6弄6號2樓
電話　02-2917-8022
傳真　02-2915-6275

印　刷	上鎰數位科技印刷有限公司

法律顧問	林長振法律事務所　林長振律師

書＋MP3	定價　新台幣 329 元

初　版	2023 年 5 月

© ISBN : 978-986-246-760-2
2023, Shan Tian She Culture Co. , Ltd.